ANDREA WALBERG

KORALLENTRÄUME

Roman

Bibliografische Information der Deutschen Nationalbibliothek:
Die Deutsche Nationalbibliothek verzeichnet diese Publikation in der
Deutschen Nationalbibliografie; detaillierte bibliografische Daten sind im
Internet über http://dnb.dnb.de abrufbar.

© 2016 Andrea Walberg

© 2016 Herstellung und Verlag: BoD - Books on Demand, Norderstedt.
Umschlaggestaltung: www.rausch-gold.com - Catrin Sommer
Umschlagmotiv: © Shutterstock 91118060

Alle Rechte vorbehalten

Nachdruck nur mit schriftlicher Genehmigung der Autorin. Personen und
Handlung sind frei erfunden, etwaige Ähnlichkeiten mit real
existierenden Personen sind rein zufällig und nicht beabsichtigt.

ISBN: 978-3-7431-0247-7

Für meine Schwester

KAPITEL 1

Mit verschränkten Armen stand sie am Fenster, schaute hinaus auf das offene Meer, dessen Oberfläche in der untergehenden Sonne glitzerte. Wellen mit weißen Schaumkronen rollten gegen das Atoll, wo sie sich mit leisem Rauschen brachen. Rebecca atmete tief ein und genoss den beruhigenden Anblick aus ihrem Bürofenster. Als Hoteldirektorin auf diesem maledivischen Atoll führte sie das renommierte Fünf-Sterne-Hotel mit über 300 Mitarbeitern, lebte mitten im Paradies. Sonne, Strand, Meer, Idylle pur. So war es gewesen - bis vor einer Viertelstunde. Seither schien sich ihr Leben der letzten zwei Jahre in Luft aufzulösen, ja war kurz davor, sich in eine Seifenblase zu verwandeln, die jeden Augenblick platzen konnte. Warum? Warum jetzt? Warum hier? Womit hatte sie das verdient? Ihr Blick wanderte zum Horizont, der azurblau und wolkenlos an die unendliche Weite des Meeres grenzte.

Nichtsahnend war sie die Gästeliste der morgigen Neuankömmlinge durchgegangen, hatte routiniert die Buchungen für die drei frisch vermählten Paare, der jungen Familie und des Rentnerehepaares überprüft, bis sie seinen Namen gelesen hatte. David Gallecker. Sofort hatte ihr Herz zu rasen begonnen, der Raum um sie herum gefährlich geschwankt. Jede Kraft war aus ihren Gliedern gewichen, sodass sie froh gewesen war, bereits in ihrem Schreibtischstuhl zu sitzen. Ungläubig hatte sie erneut nach der Gästeliste gegriffen, gierig die weiteren Angaben gelesen. Schriftsteller, Reservierung Villa 18, Aufenthaltsdauer vier Wochen mit der Option zur Verlängerung, besondere Wünsche: Privatsphäre. Ein Fausthieb mitten ins Gesicht hätte nicht schmerzhafter sein können. Die Gästeliste war ihren Fingern entglitten, geräuschlos auf den geölten Holzboden gesegelt, wo sie immer noch als stummer Zeuge mitten im Raum lag.

David kam in ihr Hotel für unendlich erscheinende vier Wochen. Was hatte sie falsch gemacht, was hatte sie übersehen? Sie hatte sich so bemüht, alle Spuren hinter sich zu verwischen, ihre Leben für immer zu trennen. Mit aller Anstrengung hatte sie die Tür zu ihrer Vergangenheit geschlossen, verriegelt und den Schlüssel dazu in den Tiefen des Meeres versenkt, nur damit sie jetzt mit einem Ruck wieder geöffnet wurde? Rebecca schüttelte vehement den Kopf. Niemals! Zu sehr hatte er sie verletzt, ihre Gefühle mit Füßen getreten. Endlich hatte sie, fast am anderen Ende der Welt, einen Platz gefunden, wo sie die letzten verbliebenen Trümmer ihres Lebens neu zusammenfügen, ihrer Existenz wieder einen Sinn geben konnte. Und nun kam er. War es Zufall oder Kalkül? Warum vier Wochen? Rebecca zuckte resigniert mit den Schultern. Es war müßig zu spekulieren. Sie war zu sehr Realist, um vor den Tatsachen wegzulaufen. Es half alles nichts. Sie musste die Situation so nehmen wie sie war. Kampfeslustig straffte Rebecca die Schultern. Es war egal, was David im Schilde führte. Er war Vergangenheit. Auch er musste dies akzeptieren. Sie würde einfach ihre Begegnungen auf das Mindeste beschränken. Hoffentlich vergingen die vier Wochen schneller als sie jetzt dachte.

»Miss Quentlin, die neuen Gäste sind gleich da. Das Boot hat Malé bereits verlassen.« Nita, Rebeccas Assistentin, steckte den Kopf durch die Bürotür.

Rebecca nickte zustimmend. »Gut. Ich komme schon.« Dabei stand sie auf, strich sich ihren beigefarbenen, kurzen Rock glatt, zupfte ihr weißes Top zurecht und griff nach der taillierten Kostümjacke, die sie trotz der tropischen Temperaturen tragen würde. Sie warf einen letzten prüfenden Blick in den bodenlangen Flurspiegel. Das Kostüm saß makellos, ihre farblich abgestimmten, hohen Pumps passten perfekt. Ihre langen, roten Locken hatte sie in einem locker aufgesteckten Knoten gebändigt, ihre grünen Augen leuchteten kampfeslustig. Aufmunternd nickte sie ihrem Spiegelbild zu, sah eine erfolgreiche Hoteldirektorin, die jetzt zum gefühlten tausendsten Mal neue Gäste in dieser erlesenen Hotelanlage zum Verleben glücklicher Tage begrüßte. Das war nicht nur ihre Pflicht, sondern auch ihr Verständnis von ihrem Beruf. Ein letztes Mal atmete sie tief ein, bevor sie sich mit ausholenden Schritten zu dem kleinen Steg begab, an dem das Motorboot jeden Moment eintreffen würde.

Er sah ihr kupferrotes Haar, das in der Sonne in strahlendem Rot leuchtete, schon von weitem. Lässig lehnte David an der

Reling des Motorbootes. Seinen hellen Panamahut hatte er zum Schutz vor der gleißenden Mittagssonne tief ins Gesicht gezogen. Sein weißes Leinenhemd hing lose über den beigen Shorts. Er nahm seine Sonnenbrille ab, genoss es, sich ihr dort auf dem Bootssteg zu nähern. Zwei lange Jahre war es her, dass er Becs gesehen hatte. Ob sie wusste, dass er in diesem Boot war? Ein wissendes Lächeln umspielte seinen Mund. Natürlich wusste sie es. Becs' Akribie war geradezu legendär. Ihr entging nicht das geringste Detail. Nichts überließ sie dem Zufall - solange sie den Ablauf der Dinge bestimmen konnte, dachte er grimmig. Doch nun war er hier, um das zu ändern.

Hart stieß das Boot gegen die Wellen, stemmte sich gegen die Strömung, um seinem Ziel inmitten des Meeres näher zu kommen. Neugierig beobachtete David, wie Rebecca dort auf dem Bootssteg wartete. Zum Schutz vor der Sonne legte sie die Hand über ihre Augen, blickte ihnen mit einem warmen Lächeln entgegen. Um ihn herum griffen seine Mitreisenden bereits eifrig nach ihren Taschen, um sich auf das Anlegen des Bootes vorzubereiten. Er hatte keine Eile, ganz im Gegenteil. Er wollte als Letzter das Boot verlassen, den Moment, ihr gegenüber zu treten, in vollen Zügen genießen. Zwei lange, quälende Jahre hatte er darauf gewartet. In seinem Magen kribbelte es vor Vorfreude, doch seine ebenen Gesichtszüge verrieten keine Regung.
Mit einem sanften Rumps stieß das Motorboot gegen den

Steg. Sofort zogen zwei beflissentliche Helfer das Seil fest um die Verankerungen, bevor sie eine kleine Holzplanke für einen leichten Ausstieg befestigten. Auf dem Steg streckte ein Hotelangestellter den Gästen helfend eine Hand entgegen.

Das verliebte Pärchen im Partnerlook stieg zuerst aus, küsste sich lachend, als sie beide auf dem Bootssteg standen. Rebecca trat in wiegendem Schritt auf sie zu. Herzlich schüttelte sie beiden die Hand, dann griff sie nach einem hinter ihr befindlichen Tablett mit Kokosnüssen, in denen bunte Strohhalme steckten. Lächelnd reichte sie jedem eine davon, bevor sie das Paar einlud, sich unweit des Bootsstegs in eine der gemütlichen Lounges zu setzen, um dort ihren Begrüßungsdrink zu genießen. Fasziniert beobachtete David, wie sie dieses Ritual bei allen Ankömmlingen wiederholte. Dabei verlieh sie jedem Einzelnen das Gefühl, ein ganz besonderer Gast an diesem Ort zu sein.

Ruhig griff David nach der ledernen Reisetasche neben sich, hängte sie sich über die Schulter. Dann schloss er sich dem älteren Ehepaar vor ihm an und betrat als Letzter den Steg.

Da war er. Sie hatte seine große, athletische Figur sofort erkannt. Die Art, wie er lässig gegen die Reling lehnte, war ihr schmerzlich vertraut. Sein Hut, dessen Krempe er sich tief ins Gesicht gezogen hatte, verdeckte sein kurzes, blondes Haar. Wie aus Stein gemeißelt blickte er in ihre Richtung. Nun kam es darauf an, den richtigen Ton zu treffen, nach dem das Lied ihres Wiedersehens gespielt werden sollte. Professionell, unverbindlich war Rebeccas Wahl. Ihr Herz raste, ihre Knie hatten die Konsistenz von Wackelpudding, doch ihre Professionalität verbot es ihr, jegliches Anzeichen von Schwäche zu zeigen. Daher trat sie lächelnd auf ihn zu, doch die Wärme erreichte ihre Augen nicht. Mechanisch streckte sie David die Hand entgegen. »Willkommen im Grande Vie. Ich wünsche Ihnen einen schönen Aufenthalt in unserem kleinen Paradies.«

David trat einen Schritt näher auf Rebecca zu und ergriff ihre Hand. Warm schlossen sich seine Finger um die ihren, hielten sie fest. »Vielen Dank für den herzlichen Empfang. Ich freue mich sehr, endlich hier zu sein.« Er schenkte ihr sein gefährlich charmantes Lächeln, wobei seine Augen sie scharf beobachteten.

»Wie schön«, erwiderte Rebecca, entzog ihm entschieden ihre Hand. Dann drehte sie sich schnell um und griff nach der letzten Kokosnuss. »Ein kleiner maledivischer Willkommensgruß, den Sie gerne in einer unser Lounges genießen können. Meine Kollegin wird Sie dort zum Einchecken aufsuchen.« Sie spürte, wie ihre Mitarbeiterin hinter ihr sich abwand und mit dem leeren Tablett den Steg in Richtung Hotelanlage verließ.

»Es ist schön, dich wiederzusehen, Becs.« Davids Stimme nahm den so schmerzlich vertrauten Ton an.

Blitzartig verschwand Rebeccas letzter Rest von Herzlichkeit. »Wie gesagt, dort drüben sind die Lounges. Ich muss los, die Pflicht ruft.« Ohne ein weiteres Wort drehte sie sich um und eilte mit festem Schritt den Bootssteg entlang.

David blickte ihr fasziniert nach. Er liebte ihren weichen, gleichzeitig bestimmten Gang, der jedem sagte, dass sie keine Zeit zu verlieren hatte. Langsam griff er nach dem Strohhalm, trank einen großen Schluck der kühlenden Kokosmilch, bevor er gemächlich hinüber zu einer der leeren Lounges schlenderte, wo er in die weichen Kissen der Couch sank. Zufrieden setzte er seine Sonnenbrille auf und genoss den weiten Blick über das unendlich erscheinende Meer.

»Mister Gallecker?«

Er wandte seinen Kopf. Eine junge Frau, deren Haare zu einem strengen Knoten am Hinterkopf festgesteckt waren, lächelte ihn freundlich an, während sie auf die Unterlagen in ihrer Hand wies.

»Ja, richtig.«

»Herzlich Willkommen im Grande Vie. Mein Name ist Caroline. Ich möchte mit Ihnen gerne die Formalitäten durchgehen.«

David nickte freundlich. »Gerne.«

Caroline setzte sich in den Sessel neben ihn und blätterte durch ihre Unterlagen. »Wir haben für Sie die Villa 18 gebucht. Das ist die letzte Villa am Ende unserer Anlage. Sie ist wunderschön und sehr ruhig. Wir hoffen, dass wir damit Ihrem Wunsch nach Ruhe entsprechen.« Sie schwieg

bedeutungsvoll, bevor sie fortfuhr: »Ich nehme an, Sie zahlen alle weiteren Ausgaben während Ihres Aufenthaltes mit derselben Kreditkarte wie bei der Buchung?« Fragend blickte sie David an. Als er zustimmend nickte, lächelte sie erleichtert. »Sehr gut, dann benötige ich keine weiteren Details, da wir ja bereits eine Kopie Ihres Passes besitzen.« Sie legte die Hände feierlich auf ihren Block. »Sobald Sie in Ihre Villa möchten, wird mein Kollege Sie mit dem Buggy dorthin fahren. Er heißt Josh und ist während Ihres gesamten Aufenthaltes für Sie zuständig.«
David schenkte ihr sein warmes, unverbindliches Lächeln. »Sehr gut. Ich bin gleich so weit.«
»Lassen Sie sich ruhig Zeit.« Die junge Frau nickte zustimmend, wobei ihre Gesichtsfarbe sich gefährlich verfärbte. Schnell erhob sie sich und verließ mit eiligem Schritt Davids Lounge.

Er hatte lange genug hier gesessen und den typischen Touristen gemimt, nun wollte David endlich in seine Villa. Entschieden stellte er die Kokosnuss auf den Couchtisch, griff nach seiner Reisetasche und trat gelassen auf Josh zu, der wartend am Buggy lehnte.
»Hallo, ich bin David Gallecker. Ihre Kollegin sagte mir, dass Sie mich zu meiner Villa bringen.«
Sofort stellte der junge Mann sich gerade hin und lächelte David herzlich an. »Ich bin Josh, Ihr persönlicher Butler. Bitte steigen Sie ein, dann bringe ich Sie zu Ihrer Villa. Ein

sehr schönes Haus am Ende unserer Anlage.«
David verkniff sich ein Lächeln, nickte stattdessen und schwang sich auf die Rückbank, während Josh eiligst Davids Reisetasche neben sich auf dem Sitz verstaute.
»Ihre Koffer sind bereits angekommen, Sir«, wandte Josh sich erklärend an David, bevor er hinter das Steuer rutschte. Fast zeitgleich setzte der Buggy sich in Bewegung.
»Möchten Sie, dass ich Sie direkt zu Ihrer Villa fahre, oder haben Sie Lust auf eine kleine Rundfahrt?«
»Bitte direkt zu meiner Villa. Es war doch eine lange Reise. Das Angebot der Rundfahrt nehme ich gerne später an.«
»Natürlich«, nickte Josh eifrig.

Sie fuhren einen schmalen Weg entlang, gesäumt von dichten Banyanbäumen, hohen Kokosnusspalmen und indischen Maulbeerbäumen, vorbei an vier ausladenden, miteinander verbundenen Villen. Im Gegensatz zur gleißenden Sonne auf dem Steg, umgab sie hier eine kühlere, schattige Atmosphäre, die bei der hohen Luftfeuchtigkeit einen Moment des tiefen Atemholens erlaubte. Josh wies mit dem Arm auf die Gebäude.
»Dies ist unser Haupthaus mit der Lounge und den zwei Hauptrestaurants. Darüber hinaus gibt es noch drei weitere Restaurants auf dem Gelände.«
Die cremefarbenen Gebäude mit den tiefgezogenen, dunklen Holzdächern zogen an David vorbei. Erstaunt stellte er fest, dass sie direkt an die dschungelartige Vegetation

anschlossen, durch die fein säuberlich schmale Wege verliefen.

»Das Fortbewegungsmittel auf unserer Insel sind entweder diese Buggys oder aber ein Fahrrad, das bereits an ihrer Villa auf sie wartet.« Josh drosselte die Geschwindigkeit, bevor er an einer kleinen Wegkreuzung anhielt. Er streckte seinen Arm aus, wies nach rechts. »In dem Haus dort hinten befindet sich unser Fitnessraum.« Er nickte stolz. »Mit den allerneuesten Geräten.« Daraufhin streckte er erklärend seinen Arm nach links. »Und am Ende dieses Weges ist unser Spa. Wir haben eine Vielzahl an Massagen im Angebot, das sie in Ihrer Villa finden.« Dann trat er erneut aufs Gaspedal und sie setzten ihre Fahrt über die bewaldete Insel fort. Plötzlich lichteten sich die hohen Bäume, gaben den Blick auf das türkisblaue Meer frei, auf dessen Oberfläche die Sonnenstrahlen wie unzählige Diamanten glitzerten. So konnte auch das Paradies aussehen, dachte David. Becs hatte sich wirklich einen wunderschönen Ort als Unterschlupf ausgesucht. Aber überraschte ihn das? Nein, nicht die Spur. Becs hatte immer schon einen ausgesprochen eleganten Geschmack besessen. Während David schweigend die Szenerie genoss, bog Josh rasant nach links auf einen in das Meer gebauten Holzsteg, an dessen Ende mehrere Villen gebaut waren. »Schön, nicht wahr?« fragte er stolz.

David konnte ihm nur zustimmen. »Wirklich traumhaft.«

Als Antwort lachte Josh übermütig auf. »Wenn Sie das hier

schön finden, wie toll werden Sie erst Villa 18 finden?«

Mit diesen Worten drehte er sich um, drückte die Kupplung und fuhr in halsbrecherischem Tempo rückwärts zum bewaldeten Weg zurück. Dort lenkte er den Wagen auf einen schmalen, bewachsenen Pfad, an dessen Ende sich eine kleine Lichtung befand, nur um kurz darauf auf einen weiteren Steg zu fahren, an dessen Ende ein einzelnes Haus aus dem Wasser ragte. Es war größer als die vorherigen Villen, wies neben einer breiten Tür lediglich ein kleines Fenster zur Inselseite auf. Josh bremste scharf. Geistesgegenwärtig griff David nach der Lehne, um sich festzuhalten, bevor er in Joshs strahlendes Gesicht blickte.

»Und, das ist noch viel besser, nicht wahr?«

David blickte den jungen Mann einen Moment irritiert an, dann lachte er über die ehrliche Freude des Hotelangestellten. »Ja, das ist besser.«

»Sag ich ja«, erwiderte Josh selbstzufrieden.

Neugierig stieg David aus. Die gesamte dem Meer zugewandte Hausseite bestand aus einer einzigen Glasfront. Davor erstreckte sich eine weitläufige Veranda mit einem breiten Gartentisch, zwei Sonnenliegen, einer Hängematte und einer riesigen Schlafcouch. Seitlich führte eine Treppe hinunter zu einer unteren Ebene, von der man direkt ins Wasser gelangte. Davids Blick wanderte zurück ins Hausinnere, das in modernen Naturtönen gehalten war. Dadurch wirkten die Räume hell und luftig. Josh erklärte ihm bereits eifrig alle Vorzüge der Villa, doch David hörte ihm nur mit halbem Ohr zu.

Er war endlich da. Nach langem Suchen und Warten war er endlich hier. Natürlich würde er hier arbeiten, um seinen neuen Bestseller zu schreiben, aber vor allem war er hier, um sich das zurückzuholen, was man ihm einfach so weggenommen hatte. Er war hier, um sich das zu holen, was ihm gehörte, ihm allein.

Erleichtert schloss Rebecca die Bürotür hinter sich, lehnte sich erschöpft dagegen. Es war geschafft. Sie hatte ihre erste Begegnung mit David gemeistert, genauso professionell, wie sie es vorgehabt hatte. Er hatte sich nicht verändert. Er war noch genauso gefährlich attraktiv wie früher mit diesen eisgrauen Augen, die von kleinen Lachfältchen umringt waren, der geraden, aristokratischen Nase und den markanten Gesichtszügen. Seine Ausstrahlung brachte sie immer noch um den Verstand. Aber nur für den Bruchteil einer Sekunde, dann hatte sie sich wieder unter Kontrolle gehabt und ihn behandelt wie jeden anderen Gast. Glücklicherweise hatten ihre Mitarbeiter seinen Wunsch nach Privatsphäre umgesetzt und ihm die entfernteste Villa auf dem Gelände zugeteilt. Ja, sie hatte Davids Aufenthalt soweit unter Kontrolle. Dieser bloße Gedanke gab ihr ein wenig der alten Selbstsicherheit zurück. Entschlossen trat sie an ihren Schreibtisch. Doch noch bevor sie sich setzte, klopfte es an der Tür.

»Ja, bitte.«

Nita kam herein, in der Hand einen dicken Stapel Papier. »Können wir die Pläne für morgen durchgehen? Jean-François will Sie unbedingt sprechen.«

»Natürlich, kommen Sie herein, Nita.« Rebecca wies ihrer Assistentin freundlich, Platz zu nehmen.

Schnell schloss Nita die Tür, setzte sie sich Rebecca gegenüber. Eifrig klopfte sie mit ihrem Kugelschreiber auf die oberste Seite des Papierstapels auf ihrem Schoß. »Der Segelturn für morgen ist geplant und die Flyer sind in allen Villen verteilt. Für diejenigen, die nicht daran teilnehmen können, werden wir das Buffet am Strand aufbauen, allerdings nicht vor dem Hauptrestaurant, sondern am Pavillon.«

»Sind die neuen Befestigungen für die Tischdecken eingetroffen? Und was ist mit den Fackeln, die in den Sand gesteckt werden? Die letzten waren beim Wind am Pavillon ja völlig unbrauchbar.«

Nita nickte eifrig. »Wir haben beides gestern erhalten. Auch sind alle notwendigen Tische schon in der Nähe des Pavillons gelagert, sodass sie morgen schnell aufgebaut werden können. Allerdings gab es ein Problem mit der Gemüse- und Fischlieferung, sodass Jean-François sein Menü umstellen muss.« Nita schwieg bedeutungsschwer.

Rebecca zog eine Augenbraue hoch. »Dann soll er das tun. Das ist ja kein Problem für ihn.«

»Nicht für ihn, aber für James. Er weigert sich, seine Weinauswahl zu ändern, da er keine angemessenen Weine für das abgeänderte Menü vorrätig hat.« Sie blickte Rebecca vielsagend an. »Es ist heute Morgen bei der Team-Besprechung deswegen zu einem unschönen Streit gekommen.«

»Gut, dann schicken Sie die Streithähne sofort zu mir oder haben Sie noch etwas Wichtiges mit mir zu besprechen?«

»Nein, der Rest kann warten.«

»Gut«. Rebecca nickte. Sofort erhob sich Nita und verließ Rebeccas Büro, doch nur, um sofort darauf die Tür erneut zu öffnen und zwei kampfeslustig dreinblickende Männer hinein zu schicken. Jean-François trug seine weiße Kochjacke mit der obligatorisch schwarzen Hose des Chefkochs. Sein blau eingestickter Name prangte stolz auf seiner Brust. Er wedelte mit einzelnen Blättern, die er in der Hand hielt. Seine blauen Augen funkelten Rebecca aufgebracht aus dem schmalen Gesicht mit den kurzen braunen Locken an. Dicht dahinter folgte James, groß, schlank und mit kurzem, blondem Haar, von dem jedes einzelne vorschriftsmäßig an seinem Platz lag. Sein cremefarbiger Anzug saß perfekt. Überlegen lächelte er Rebecca an, worauf sie unmerklich den Kopf schüttelte. Ihr Chefkoch und ihr F&B Manager, wie der Verantwortliche für die Getränke und für alles, was mit den Speisen außerhalb der Küche und somit außerhalb von Jean-François' Gebiet zu tun hatte, genannt wurde, waren wie Tag und Nacht. Der leidenschaftliche, französische Koch und der kühle, kopfgesteuerte, australische F&B Manager lagen sich mit wöchentlicher Regelmäßigkeit in den Haaren. Mal wegen der Kosten, mal wegen des Budgets, mal wegen zu organisierenden Events und heute eben wegen des umgestellten Menüs. Und jedes Mal musste sie einschreiten, sie zu sich zitieren wie kleine Schuljungen und nach einem für alle Seiten akzeptablen Kompromiss suchen.

Als beide Männer Platz nahmen, beugte sie sich leicht vor.

»Ich höre«, forderte sie ihre Mitarbeiter auf.

»Der Flug wurde annulliert. Nun sind mein schönes Gemüse und all die leckeren Meerestiere anstatt in meiner Küche in einer Lagerhalle am Pariser Flughafen Charles de Gaulle.« Pure Empörung sprach aus Jean-François' Worten. Rebecca schwankte zwischen Belustigung über diese Wortwahl und Respekt für die Ernsthaftigkeit, mit der er seinem Beruf nachging. Sie entschied sich für Letzteres und forderte Jean-François mit einem Nicken auf, fortzufahren.

»Nun bin ich gezwungen, mein wunderbares Menü umzustellen. Wenig Gemüse, keinen Fisch und viel Fleisch, das haben wir noch genügend da. Die Fischlieferung kommt erst übermorgen.« Um seinen Worten Nachdruck zu verleihen, nickte er zur Bekräftigung seiner Worte, verschränkte die Arme vor der Brust und schaute James abwartend an.

»Alles schön und gut. Es gab aber bei der letzten Weinlieferung einen Fehler, sodass wir nun Unmengen an Weißwein und kaum Rotwein haben. Weißwein zu Rindfleisch ist ein absolutes No-Go für ein Hotel unseres

Ranges. Daher gedenke ich nicht, diesen Ruf wegen einer fehlenden Fischlieferung zu riskieren.«

»Wieviel Rotwein haben wir noch?«

»Zwanzig Flaschen. Bei hundertfünfzig Gästen viel zu wenig.«

Rebecca nickte nachdenklich.

»Wie sehen unsere verbleibenden Fischvorräte aus, vor allem die Garnelen und Kleinfische zum Grillen?« Sie blickte Jean-François fragend an.

Er zuckte mit den Schultern, legte die Stirn nachdenklich in Falten. »Kleinfische habe ich noch für circa 30 Personen, Crevetten, Garnelen und Riesengarnelen habe ich für circa 20 Personen.«

»Besteht noch die Möglichkeit, weitere Meerestiere zu organisieren? Vielleicht über andere Fischer?«

Jean-François dachte angestrengt nach, dann hellte sich sein Gesicht auf. »Ja, es gibt eine Möglichkeit.« Er strahlte Rebecca an.

Sie kannte diesen Blick. Sofort schüttelte sie verneinend den Kopf. »Oh nein, vergessen Sie es. Ich werde es nicht schon wieder tun.«

»Das ist aber unsere einzige Chance. Bitte.« Jean-François verlieh seiner Stimme ein nachdrückliches Flehen.

James, der ebenso verstand, schloss sich spontan der Idee seines Kollegen an. »Ich tue dies wirklich nicht gern, Rebecca, aber ich muss Jean-François Recht geben. Es ist die einzige Möglichkeit.«

Verstimmt lehnte Rebecca sich in ihrem Sessel zurück, blickte missbilligend von einem zum anderen. »Es ist das allerletzte Mal, meine Herren, damit wir uns klar verstehen. Und damit diese neuartige Gewohnheit endlich ein Ende findet, will ich, dass Sie Ihre gesamte Lieferkette sowie alle Einkaufsabläufe analysieren und mir Ende dieser Woche erklären, wie wir solche Situationen zukünftig verhindern. Es ist ja schließlich keine Neuigkeit, dass wir auf einer abgelegenen Insel leben. Zudem sind wir nicht das einzige Fünf-Sterne-Hotel hier. Und da ich bisher keine Anrufe dieser Art von meinen Kollegen erhalten habe, werden wir wohl einige Schwächen in unseren Abläufen haben.« Zufrieden schaute sie in die entsetzten Gesichter ihrer Mitarbeiter. »Also, am Freitag will ich Ihre Vorschläge hören. Nita schickt Ihnen gleich die Einladungen dazu in ihre Kalender.« Sie atmete hörbar aus. »Ich werde jetzt unsere geschätzten Kollegen im Residence Palace anrufen und versuchen, weitere Fischvorräte zu bekommen. Reicht es für 50 Personen?«

Beide Männer nickten eifrig.

»Gut. Dann drücken Sie mir jetzt die Daumen und nicht vergessen: Freitag.«

Mit zerknirschten Gesichtern erhoben sich ihr Chefkoch und F&B Manager und verließen eiligst ihr Büro. Widerwillig suchte Rebecca die Telefonnummer des Hoteldirektors des benachbarten Hotels heraus, tippte die Zahlen in ihr Telefon.

»Kirk Barley, wie kann ich Ihnen helfen?«

»Hallo Kirk, hier spricht Rebecca. Störe ich?«

»Rebecca, was für eine schöne Überraschung. Du störst nie. Wie kann ich dir helfen?«

»Wir haben einen Lieferausfall und ich bin auf der Suche nach einigen Meerestieren, um 50 hungrige Mägen morgen Abend zu füllen. Meinst du, ihr könntet uns noch einmal aushelfen? Wir bezahlen sie natürlich.«

»Das kann ich dir so spontan nicht sagen, aber ich werde sofort meinen Chefkoch fragen. Ich gebe dir danach Bescheid.«

»Danke Kirk, das ist wirklich sehr nett von dir.«

»So bin ich«, er lachte ins Telefon. »Da du so eine hohe Meinung von mir hast, magst du nicht an deinem nächsten freien Tag auf ein Glas Wein herüber kommen?«

Rebecca ließ den Kugelschreiber um ihre Finger tänzeln. Wann gab Kirk endlich auf?

»Komm schon, ein Glas Wein und einen Plausch mit einem Freund, fernab der Zivilisation. Klingt das nicht verlockend, vor allem, da der große Stress für uns beide gerade vorbei ist?«

Schön wäre es. Ihr großer Stress hatte heute in Form von David Gallecker das Atoll betreten und würde sie die kommenden vier Wochen vollauf beschäftigen. Aber vielleicht war es genau deswegen gut, ihren freien Tag mit Kirk zu verbringen, außerhalb Davids Reichweite.

»Überredet.«

»Fein. Dann rufe ich jetzt mal meinen Chefkoch an, bis

gleich.«

»Vielen Dank, Kirk.« Erleichtert legte Rebecca auf und blickte auf ihre Armbanduhr. In einer Stunde begann bereits das Abendessen. Ihre Gedanken wanderten zu David. Neugierig öffnete sie das Computerprogramm und klickte die Reservierungsliste für Villa 18 an, wo eindeutig »Zimmerservice« zu lesen war. Sehr gut, David machte es ihr leichter als gedacht. Für heute konnte sie ihn getrost vergessen.

Das Summen ihres Handys riss sie aus den Gedanken.

»Rebecca Quentlin. Hallo.«

»Hallo Rebecca, hier ist Kirk. Ihr bekommt morgen verschiedenes Meeresgetier geliefert, das für 50 Personen reichen sollte.«

»Oh Kirk, du bist ein Schatz. Vielen Dank.«

»Vergiss das nicht. Ich sehe dich also Mittwochabend in einer Woche gegen fünf?«

Sie nickte ergeben. »Abgemacht. Mittwoch, siebzehn Uhr, bei dir.«

»Lass mich wissen, wenn du wieder Lebensmittellieferungen brauchst. Jederzeit zu Diensten.«

Er lachte fröhlich ins Telefon und legte auf.

Ein Lächeln huschte über Rebeccas Gesicht. Vielleicht war es wirklich eine gute Idee, Kirks Einladung endlich anzunehmen. Schnell fuhr sie ihren Computer hinunter, damit sie sich noch frisch machen konnte, bevor sie ihre abendliche Gesprächsrunde mit den Hotelgästen begann.

Gut gelaunt schaute Rebecca die neuen Hotelbuchungen durch. Sie hatte sich umsonst aufgeregt. David machte es ihr wirklich leicht, seine Anwesenheit zu ignorieren. Seit drei Tagen igelte er sich in seiner Villa ein, nahm dort alle Mahlzeiten zu sich. Vielleicht suchte er das Fitnessstudio auf, aber ihre Wege kreuzten sich nie. Fast hätte sie vergessen können, dass er keinen Kilometer entfernt von ihr wohnte.

Genießerisch biss David in sein warmes Croissant. Während er entspannt an seinem gedeckten Frühstückstisch auf der Veranda saß, huschte Josh flink von einer Hausecke zur anderen, um die täglichen Routinearbeiten zu verrichten. Wie jeden Morgen arbeitete er sich langsam zu David vor, um sich mit ihm nach Beendigung des Frühstücks noch ein wenig zu unterhalten. David war das nur Recht.

Aus den Augenwinkeln sah er den jungen Mann näher kommen, dann abwartend an der Hauswand lehnen. Betont zufällig drehte David sich um.

»Kommen Sie, Josh. Lassen Sie uns eine kleine Pause einlegen.« Mit einer einladenden Geste wies David in Richtung des gegenüberstehenden Stuhls, der Josh nur zu gern folgte. Zögernd setzte er sich auf die Stuhlkante, fixierte David neugierig.

»Ein wunderbares Frühstück, wie jeden Morgen. Vielen Dank, Josh.«

»Gerne, Sir. Es freut mich, dass es Ihnen bei uns gefällt.«

David lehnte sich entspannt in seinem Stuhl zurück. »Es ist unmöglich, diese Sicht und diesen Komfort nicht zu mögen. Wie lange arbeiten Sie denn schon hier?«

»Vier Jahre, Sir.«

David nickte anerkennend. »Vier Jahre ist eine lange Zeit. Da kennen sie das Hotel ja bestens, genauso wie alle Ihre Kollegen.«

Stolz reckte Josh sein Kinn in die Höhe. »Das will ich meinen, Sir. Ich arbeite hier seit der Hoteleröffnung.«

»Dann haben Sie das Hotel zusammen mit der Direktorin aufgebaut, Kompliment.« Davids Gesicht zeigte keine Regung, doch nun wurde die Unterhaltung erst interessant. Gespannt wartete er auf Joshs Antwort.

»Nein, Sir. Miss Quentlin ist erst seit zwei Jahren hier. Davor war Mister Gilster hier Direktor. Ein schwieriger Mann. Immer musste man arbeiten, nichts konnte man richtig machen. Immer nur Ärger und Strafen. Aber seit Miss Quentlin hier Hoteldirektorin ist, ist alles viel besser.« Ein erleichtertes Strahlen zeigte sich auf seinem Gesicht.

»So?« fragte David lediglich.

»Oh ja, Sir. Sie ist sehr nett. Ich war sogar schon zweimal Mitarbeiter des Monats. Dafür habe ich als Belohnung ein Geschenk bekommen. Sie lächelt immer und man kann jederzeit zu ihr gehen.« Leicht nach vorn gebeugt fügte er in verschwörerischem Ton hinzu: »Wenn man einen Termin bei Nita, ihrer Assistentin, bekommt.« Er machte eine wegwerfende Bewegung, grinste breit. »Ja und wenn nicht, dann kann man sie einfach so ansprechen. Ich weiß ja, wo ich sie finde.«

»Das ist schön zu hören«, antwortete David mehrdeutig, bevor er gut gelaunt nach seiner Tasse Kaffee griff.

»Sir, darf ich Sie etwas fragen?«

»Aber natürlich.«

»Stimmt es, dass Sie ein bekannter Schriftsteller sind?« David lächelte Josh nachsichtig an. »Ob bekannt, das kann ich nicht sagen. Aber Schriftsteller stimmt.«

»Oh, darf ich ein Autogramm von Ihnen bekommen?« Josh knetete nervös seine Hände.

»Dürfen Sie. Ich werde Ihnen eines heraussuchen.«

»Toll.«

»Ich würde übrigens gerne auf Ihr Angebot der Inselrundfahrt zurückkommen. Wäre das am frühen Nachmittag möglich?«

»Natürlich, Sir. Wann soll ich Sie abholen?«

»So gegen zwei?«

»Gut, Sir. Um vierzehn Uhr hole ich Sie ab.« Zögernd stand Josh auf. »Ich muss nun wieder los.«

Auch David war aufgestanden. »Natürlich. Den Tisch können Sie schon abräumen. Ich muss jetzt auch wieder an die Arbeit. Bis um zwei.« Damit nickte er dem jungen Hotelangestellten freundlich zu und verschwand im Haus.

Mit sich zufrieden trat David vor den Badezimmerspiegel, griff nach der Dose mit dem Rasierschaum und sprühte eine verschwenderische Portion in seine Handfläche. Fröhlich summend seifte er sich sein Gesicht ein. Drei Tage reichten völlig aus, um sich an den Gedanken zu gewöhnen, dass er zurück war. Vorsichtig setzte er das Rasiermesser an und spürte, wie das Kribbeln der Vorfreude erneut erwachte.

Josh bremste scharf, um seinen entgegenkommenden Kollegen vorbei zu lassen, und David entschied, sich ab nun vorsichtshalber die gesamte Fahrt über festzuhalten. Joshs Fahrstil war schlicht unberechenbar, auch wenn er sich jetzt in gemäßigter Geschwindigkeit den Haupthäusern näherte. Mit seinen Augen suchte David das Gelände nach einem kupferroten Schopf Haare ab, aber ohne Erfolg. Entschuldigend wandte Josh sich an David. »Es tut mir leid, Sir. Aber ich muss hier langsam fahren. Miss Quentlin mag nicht, wenn wir so schnell unterwegs sind.« Er lachte spitzbübisch. »Weiter draußen auf der Insel sieht sie es jedoch meistens nicht.«

»Dann fahren Sie lieber langsam. Arbeitet Miss Quentlin denn hier in den Hauptgebäuden?«

»Ja, Sir. Sie hat ihr Büro im obersten Stockwerk der letzten Villa, aber auf der anderen Seite des Gebäudes. Ich kann es Ihnen gleich zeigen.« Verschwörerisch drehte Josh sich um und David betete, dass kein anderer Buggy ihnen entgegen kommen möge.

»Sie ist nicht immer dort oben, ganz oft ist sie irgendwo in der Anlage unterwegs. Aber jetzt hat sie die Mitarbeiterbesprechung und ist bestimmt in ihrem Büro.«

Grinsend zog Josh den Wagen scharf nach rechts, damit sie nicht über eine große Baumwurzel fuhren. »Das Haupthaus kennen Sie ja schon. Jetzt fahren wir erst einmal an das nördliche Ende unseres Atolls. Dort gibt es winzige Schildkröten und einen wunderschönen Strand, der aber nicht hinaus aufs Meer zeigt«, fügte er erklärend hinzu. »Auch befindet sich dort unser Inselrestaurant Pavillon. Sehr beliebt und sehr romantisch.«

»Gut zu wissen«, lachte David. Er genoss den warmen Fahrtwind auf seiner Haut, der die hohe Luftfeuchtigkeit erträglicher machte. Er freute sich schon darauf, wieder in seiner Villa zu sein und die Shorts gegen eine Badehose einzutauschen. Als Josh den Buggy verlangsamte, erkannte David ein kleines Restaurant, dessen Dach mit getrocknetem Schilf bedeckt war und aus einem riesigen offenen Raum bestand. Die Pfeiler des Gebäudes wurden von langen, zusammengebundenen, weißen Vorhängen verdeckt. Im Inneren erspähte David einige Tische, die bereits für das Abendessen eingedeckt waren.

»Die besondere Spezialität im Pavillon sind Fischgerichte. Sehr zu empfehlen.« Schon wendete Josh sein Gefährt, bog in einen schmalen, sich schlängelnden Weg ein, der sie zu einer erhöhten Lichtung führte. »Von dort oben hat man einen wunderschönen Blick über das Meer. Ein sehr beliebter Ort für Hochzeiten.« Ohne auf Davids Reaktion zu warten, bog Josh eiligst zurück in den bewaldeten Teil der Insel, wo sie den sogenannten Dschungelpfad, die Salsabar und das dritte Hotelrestaurant Jasminblüte an sich vorbeiziehen ließen, um erneut in Richtung der Hauptvillen abzubiegen. Doch dieses Mal näherte Josh sich von der anderen Seite. Versteckt hinter dem letzten hohen Baum des bewaldeten Wegstücks hielt er abrupt an, wies stolz mit dem Finger zum obersten Fenster. »Dort ist Miss Quentlins Büro.« Plötzlich duckte er sich. »Sie steht am Fenster, sehen Sie, Sir? Besser ich fahre zurück.«

»Fahren Sie doch noch einmal hinüber zu der kleinen Lichtung, von der man so eine schöne Sicht hat«, schlug David stattdessen vor. Wenn er Glück hatte, dann sah Becs ihn dort von ihrem Bürofenster aus. Ein guter Anfang, um sich wieder in Erinnerung zu bringen.

»Gerne, Sir«, antwortete Josh eilig und fuhr mit vorgeschriebener Geschwindigkeit an dem Haupthaus vorbei. Kurz darauf hielt er an der Lichtung.

Sehr gut, nur aus Becs' Büro konnte man ihn hier sehen. Und das war das Einzige, was David interessierte. »Ich schaue mir kurz die Sicht an, Josh. Bitte warten Sie hier.«

»Natürlich, Sir.«

Mit geschmeidigen Bewegungen stieg David aus dem Buggy, setzte seinen Hut auf und trat entspannt auf die kleine Lichtung, wo er für einen Augenblick den atemberaubenden Ausblick auf das offene Meer genoss, dessen Wellen sich krachend gegen die Steine des Atolls brachen. Betont arglos drehte er sich um, suchte hinter den Gläsern seiner Sonnenbrille nach Becs' Büro. Dort stand sie.

Mit verschränkten Armen blickte sie unverwandt in seine Richtung. Sehr gut. Schau genau hin, Becs. Hier bin ich. Langsam verzog sich sein Mund zu einem breiten Grinsen, dann hob er seinen Hut in ihre Richtung zum Gruß. Sofort verschwand sie im Inneren des Zimmers. Sie hatte ihn also gesehen, sehr gut. Soweit hatte sein Plan gut funktioniert. Mit sich zufrieden schlenderte David vergnügt zurück zu Josh.

»Ein wunderbarer Ausblick. Sie haben nicht zu viel versprochen.«

»Danke, Sir.«

»Sagen Sie, Josh. Könnte ich kurz einen Blick in die Hotellobby werfen? Vielleicht gibt es dort ja etwas Interessantes zu lesen?«

»Natürlich, Sir. Ich fahre Sie sofort dorthin und warte draußen auf dem Parkplatz auf Sie.«

»Das ist sehr nett, Josh. Danke.«

Sachte bremste Josh vor dem Eingang der mittleren Hotelvilla. Mit ausholenden Schritten stieg David die wenigen Stufen zur Lobby hinauf, wo ihn ein großer, luftiger Raum mit unzähligen an der Decke angebrachten Ventilatoren empfing und eine angenehme Kühle verströmte. Erst jetzt wurde ihm bewusst, wie schwülheiß es draußen war. Neugierig sah er sich in dem mit dunklem Holz gestalteten und weißen Möbeln dekorierten Raum um. Zu seiner Linken befand sich eine kleine Bar mit verschiedenen Getränken. Auf der davor befindlichen Theke standen verschiedene Karaffen mit Erfrischungsgetränken, welche die Gäste einluden, einen kleinen Drink zu nehmen. Warum nicht? Er griff nach einem Glas und goss sich gekühlten Melonensaft ein. Sofort trank er einen großen Schluck, spürte, wie das kalte Getränk seinen Rachen hinunter rann. Fantastisch. Allein diese Erfrischung war einen Ausflug in die Hotellobby wert. Gelassen durchschritt David den großen, leeren Raum, schlenderte entspannt zur gegenüberliegenden Bücherwand. Langsam glitten seine Finger über die hölzernen Regale, während seine Augen interessiert die Buchtitel absuchten. Eine gute Auswahl, für jeden Geschmack war etwas dabei. Er bezweifelte nicht, dass dies Becs' Auswahl war. Sie hatte schon immer ein gutes Gespür in diesen Dingen gehabt.

Mit seinem Glas in der Hand wandte er sich ab, ließ sich in den nächstbesten Sessel sinken, von dem er den ganzen Raum überblickte. Seinen Hut warf er nachlässig auf den Tisch vor sich, bevor er nachdenklich einen weiteren Schluck trank. Der erste Schritt war getan. Wie konnte er jetzt ein unverfängliches Treffen mit Becs arrangieren? Herankommende Stimmen ließen David aufhorchen. Interessiert wandte er seinen Kopf nach rechts, um zu sehen, wer die Lobby betrat.

»Nish, haben Sie das notiert? Ich möchte Sie morgen nicht wieder darauf aufmerksam machen.«

Der junge Elektriker nickte eifrig, während er einen kleinen Notizblock, auf dem Rebecca nur hieroglyphische Zeichen erkannte, als Beweis in die Höhe hielt. »Hab alles notiert, Miss Quentlin.«

»Gut, dann schauen wir uns jetzt die Lobby an und was sich dort seit unserem letzten Rundgang getan hat.« In gewohnt schnellem Schritt führte sie die Gruppe bestehend aus Nish, ihrem Hauselektriker, Evelyn, der Chefin des Housekeepings, sowie Nita, ihrer Assistentin, an, um ihren wöchentlichen Rundgang durchzuführen. Nur wenn sie selbst mit ihren Mitarbeitern durch die Hotelanlage lief und auf alle Missstände hinwies, konnte sie davon ausgehen, dass diese schnellstmöglich behoben wurden. Alles andere führte nur zu zeitraubenden Entschuldigungen und Schuldzuweisungen zwischen den verschiedenen Bereichen. Darum waren diese zwei Stunden gut investierte Zeit. Sie blickte kurz auf ihren Notizblock und den dort aufgelisteten Mängeln, die sie letzte Woche bemerkt hatte. »So, dann werden wir uns jetzt die vorderen zwei Ventilatoren anschauen.«

Nishs leises Stöhnen verriet ihr, dass er dieses Problem wohl noch nicht behoben hatte. Mit energischem Schritt durchquerte Rebecca den Verbindungsflur zur Hotellobby, wo sie ihren Kollegen den Vortritt ließ. Direkt neben der Durchgangstür befand sich der erste defekte Ventilator. Alle blickten schuldbewusst unter die Decke. Gegen ihren Willen huschte ein Lächeln über Rebeccas Gesicht, bevor sie in ernstem Ton fragte: »Nish, was ist mit dem Ventilator?«

»Er funktioniert nicht, Miss Quentlin.«

»Aha. Das hatten wir bereits letzte Woche festgestellt. Was machen wir nun?«

»Wir werden ihn reparieren, Miss Quentlin.«

»Bis wann?«

Nish ließ ergeben die Schultern sinken, blätterte eifrig in seinem Buch. »Vielleicht nächste Woche, wenn ich mit der Liste hier fertig bin?«

Rebecca schaute Nish nachsichtig an. Ein wirklich cleverer, junger Ingenieur, der eifrig und stets mit größter Gewissenhaftigkeit seine Arbeit tat, aber Priorisieren nach Wichtigkeit war nicht seine Stärke.

»Nish, wir haben bereits Regenzeit. Die Luft dort draußen ist schwülheiß, sodass jedem Gast schon nach drei Schritten die Kleidung am Körper klebt. Meinen Sie nicht, dass gerade jetzt ein funktionierender Ventilator wichtiger ist als die Inventur des Fuhrparks?«

Nish schien über ihre Worte ernsthaft nachzudenken. Schließlich nickte er zustimmend. »Ich glaube, Sie haben Recht, Miss Quentlin. Dann reparieren wir diese zwei Ventilatoren sofort.«

»Eine gute Entscheidung, Nish«, lobte Rebecca, notierte sich das Ergebnis. »Was ist nun mit den zwei wackelnden Barhockern?« Bei dieser Frage setzte die kleine Truppe ihren Weg durch die Lobby fort, wobei Rebecca aus den Augenwinkeln einen Gast im hinteren Teil der Lobby wahrnahm. Sofort wandte sie ihren Kopf, um ihn zu grüßen. Doch das Lächeln gefror ihr augenblicklich auf den Lippen, als sie David lässig mit einem Glas Melonensaft in der Hand erblickte. Amüsiert lauschte er ihrem Gespräch. Schnell blinzelte Rebecca ihre Überraschung weg, doch bevor sie ihren Blick von David abwenden konnte, hob er sein Glas zu einem unausgesprochenen Toast, dabei grinste er sie arglos an. Schnell drehte sie sich um, versuchte sich auf Nishs ausschweifende Erklärungen zu konzentrieren, mit denen er seine Reparaturarbeiten an den beiden Barhockern beschrieb. Als er endlich endete, nickte sie knapp. »Gut, ich denke, das reicht für heute hier in der Lobby und mit unserem Rundgang. Bitte erledigen Sie alle notierten Arbeiten bis zum nächsten Mal, ja?«

»Ja, Miss Quentlin«, erscholl es einstimmig.

»Gut, dann können wir alle wieder an unsere Arbeit gehen. Vielen Dank und ein Lob an Ihre Teams für die Verbesserungen.« Sie wandte sich ab. Mit bestimmtem Schritt verließ sie die Hotellobby, ohne David noch eines weiteren Blickes zu würdigen.

Fasziniert beobachtete er, wie glücklich der junge Ingenieur Becs hinterher schaute. War es nur die Freude über ihr Lob oder war er sogar ein wenig in Becs verliebt? Vielleicht eine Mischung aus beidem, entschied David und spürte einen Stich der Eifersucht. Schnell trank er den letzten Schluck seines Melonensafts, stellte das Glas auf den Tisch, griff nach seinem Hut und verließ mit ausholenden Schritten die Lobby. Vielleicht holte er Becs noch ein.

Die gleißende Nachmittagssonne blendete ihn, schnell setzte er seine Sonnenbrille auf, doch von Becs war nichts mehr zu sehen. David nickte ergeben. Für heute hatte er bereits einiges erreicht. Jetzt fuhr er erst einmal zurück zur Villa und schwamm eine Runde im Meer, bevor er sich die nächsten Schritte überlegte.

Was sollte das? Zuerst die Szene auf der Lichtung und dann sein Gruß in der Lobby. Was machte David hier? Wütend drückte Rebecca die Toilettentür hinter sich zu, drehte den Wasserhahn auf. Sie hielt ihre Hände unter das kalte Wasser, genoss die Abkühlung. Gut, er war Gast und hatte alles Recht, sich frei in der Hotelanlage zu bewegen. Sie hatte ja ohnehin nicht damit gerechnet, dass er die gesamte Zeit wie ein Einsiedler in seiner Villa verbringen würde. Dennoch. Aufgewühlt schloss sie die Augen, ließ die Szene in der Hotellobby noch einmal Revue passieren. Sie hatte sich professionell verhalten, daran gab es nichts auszusetzen. Rebecca atmete tief durch, dann stellte sie das Wasser ab. Mit den feuchten Händen betupfte sie sich zunächst die Schläfen, dann die Stirn. Ja, das half. David Gallecker war nur ein Gast wie jeder andere. Energisch griff sie nach einem Tuch und trocknete sich die Hände, bevor sie die Toiletten in Richtung Restaurant verließ.

Es war schon später Nachmittag, als Rebecca sich erschöpft in ihren Bürostuhl fallen ließ und die Pumps von ihren Füßen streifte. Der weiche Teppich unter ihren Füßen war eine Wohltat. Sie schloss für einen kurzen Moment die Augen. Der Tag war höllisch gewesen. Nachdem sie den Rundgang mit Nish, Evelyn und Nita beendet hatte, bestanden Jean-François und James darauf, dass sie das finale Menü für das Buffet am Abend absegnete, das sie nun dank Kirks Hilfe professionell anbieten konnten. Danach hatte sie mit Pedro, ihrem Restaurant Manager im Pavillon, die gelieferten Fackeln inspiziert und sich um die Suche nach einem verloren geglaubten Kind der Familie aus Villa 4 gekümmert. Erst nach knapp zwei Stunden hatten sie es unter einem Restauranttisch gefunden, wo es selig im Schutz des langen Tischtuches die süßen Snacks gegessen hatte. Erleichterung und Empörung über das Verhalten ihres Sohnes hatten sich bei den Eltern abgelöst und sie musste alle Beteiligten erst einmal beruhigen, wobei sie auch den kleinen Ausreißer ermahnte, immer in der Nähe seiner Eltern zu bleiben. Sie wollte sich gar nicht ausmalen, was alles hätte passieren können.

Zuletzt musste sie sich um Lee und Ming, die beiden Schwestern aus dem Housekeeping, kümmern, die wegen eines familiären Notfalls sofort nach Hause reisen mussten und denen sie den Urlaub unbürokratisch absegnete.

Das durchdringende Klingeln ihres Telefons riss Rebecca zurück in die Gegenwart. Sofort richtete sie sich auf, griff nach dem Hörer. »Rebecca Quentlin. Hallo?«

»Hi, Becs. Ich bin es, David.«

Vor Schreck umklammerte sie den Hörer fester, schluckte heftig. »Was kann ich für Sie tun?«

»Ich möchte dich gerne auf einen Drink einladen.«

»Das geht leider nicht. Ich habe zu tun.«

»Vielleicht gleich zum Sonnenuntergang?« hakte er unbeeindruckt nach.

»Es tut mir leid, aber wie ich schon sagte, es geht nicht.«

»Ich habe gehört, dass die Hoteldirektorin dafür bekannt ist, sich mit ihren Gästen zu unterhalten und sicherstellt, dass es ihnen an nichts fehlt.« Er schwieg bedeutungsschwer. »Und ich bin nun schon vier Tage hier, ohne dass die Direktorin auch nur ein einziges Wort an mich gerichtet hat.«

Wütend trommelte sie mit den Fingern auf den Schreibtisch, überlegte fieberhaft, was sie tun sollte. Es half alles nichts, da musste sie wohl durch. »Das liegt wahrscheinlich daran, dass Sie die Zeit hauptsächlich in Ihrer Villa verbracht haben.«

»Du hast mich beobachtet?« Sie konnte ihn förmlich vor sich sehen, wie er sich über sie lustig machte und ihren Kommentar genoss.

»Ich habe wirklich anderes zu tun, als Sie zu beobachten,« ihre Stimme klang frostig. »Außerdem bin ich hier die Direktorin und vergewissere mich mit meinem Team, dass es allen Gästen gut geht.«

»Ich hatte auch nichts anderes von dir erwartet, Becs.«

Davids Stimme nahm einen versöhnlichen Ton an.

Sie musste auf der Hut sein, er wusste genau, wie er sein Ziel bei ihr erreichte. »Es gibt in einer Stunde einen kleinen Aperitif am Strand bei den Lounges. Wenn Sie möchten, dann können wir uns dort unterhalten«, antwortete Rebecca steif.

»Nicht genau das, was ich mir vorgestellt habe, aber für den Anfang bin ich einverstanden. Das nächste Mal nehmen wir ihn dann zusammen bei mir auf der Veranda ein«, antwortete David.

»Niemals«, fauchte Rebecca in den Hörer. Wie sie Davids Selbstsicherheit hasste!

Er lachte spöttisch. »Oh doch, Becs, das werden wir. Also bis gleich am Strand.«

Noch bevor sie etwas erwidern konnte, legte er auf. Verwirrt und zornig starrte Rebecca auf den Hörer in ihrer Hand. Ein ungutes Gefühl beschlich sie. Instinktiv fühlte sie, dass die Zeit der friedlichen Ruhe vorbei war. David war zurück in ihr Leben getreten und würde alles tun, damit sie das keine Minute mehr vergaß.

Lächelnd näherte Rebecca sich dem Strand, der von der bereits tiefstehenden Sonne in warmes Licht getaucht vor ihr lag. Sie warf einen schnellen Blick hinüber zu den Lounges, atmete erleichtert auf. In jeder saßen mehrere Hotelgäste zusammen und unterhielten sich. Sie konnte sich entspannen. David hatte keine Lounge für sich allein.

»Suchst du mich, Becs?«

Erschrocken wirbelte Rebecca herum, starrte entgeistert in Davids Gesicht, der dicht hinter ihr stand. Ein strahlendes Lächeln breitete sich auf seinem Gesicht aus. Langsam ließ er seinen Blick über sie gleiten. Anstatt ihres Kostüms trug sie einen kurzen, dunkelblauen Rock mit einer weißen Wickelbluse und schwarzen Pumps.

»Du siehst toll aus, trotz strenger Uniform.«

Sie versuchte, sich zu fangen und konnte nichts auf sein Kompliment erwidern, aber damit rechnete er auch nicht.

»Hier, ich habe uns schon einmal ein Glas Wein organisiert.« Lächelnd trat er einen Schritt zurück und hielt ihr ein Glas gekühlten Weißweins entgegen. »Ich weiß, du trinkst lieber Rotwein, aber der wurde mir mit allerlei Argumenten ausgeredet.«

Bei 20 Flaschen Gesamtvorrat war das eine notwendige Maßnahme, aber das würde sie David wohl kaum erklären. Schweigend nahm sie ihr Glas entgegen, während er lässig vor ihr stand mit seinen sandfarbenen Slipper, der beigen Leinenhose und dem weißen Leinenhemd, dessen obere Knöpfe er absichtlich offen gelassen hatte. Sie rief sich ihre Pflicht in Erinnerung. Er wollte ein Gespräch mit der Direktorin. Bitteschön. »Wie gefällt es Ihnen bisher bei uns?«

Er blickte sie nachsichtig an, dann schüttelte er leicht den Kopf. »Becs, ich verstehe, dass du hier die Chefin bist, aber du kannst mich ruhig duzen. Ich finde das ein wenig übertrieben und ehrlich gesagt, recht albern. Wir beide wissen sehr wohl, dass wir uns kennen, ob du es nun willst oder nicht.«

»Deine Meinung ist mir wirklich egal«, zischte Rebecca und ärgerte sich im selben Moment, dass er sie aus der Reserve gelockt hatte.

»Wenigstens hast du das alberne Sie weggelassen.« Seine eisgrauen Augen versuchten in ihrem Gesicht zu lesen, doch das ließ sie nicht zu.

»Ich will kein Gerede unter meinen Mitarbeitern. Es ist klares Gesetz, die Gäste zu siezen und ich werde für dich davon keine Ausnahme machen. Jeden Moment kann ein Mitglied meines Teams uns hören, auch wenn ich es vielleicht nicht mitbekomme.«

Er nickte verständnisvoll. »In Ordnung. Aber wenn wir alleine sind, dann bestehe ich auf dem du.«

»Wir sind aber nicht alleine«, zischte sie, bemüht ihre aufkeimende Wut zu zähmen.

»Noch nicht Becs, aber bald.« Er liebte es, wenn ihre Augen ihn so wütend anfunkelten, ihre eiserne Selbstdisziplin ins Wanken geriet.

»Träum weiter.« Obwohl sie lächelnd ihr Glas erhob, ihm zuprostete und einen Schluck trank, sprühten ihre Augen vor Zorn. »Ich wünsche Ihnen noch einen schönen Abend.« Damit wandte sie sich ab und begrüßte bereits die Hotelgäste in der benachbarten Lounge.

Er trank noch einen großen Schluck bevor er sein Glas auf den nächstbesten Tisch stellte. Sein Aperitif war beendet, denn Becs würde nicht noch einmal zu ihm kommen, dafür kannte er sie zu gut. Alles in allem hatte er heute mehr erreicht als ursprünglich gedacht. Jetzt hatte er hier nichts mehr verloren. Mit einem raschen Blick auf die letzten roten Strahlen der Abendsonne, die den Himmel erhellten, wandte David sich ab und verließ den Strand.

KAPITEL 2

Schnell befestigte Rebecca die letzte Haarnadel in ihrem Knoten und begutachtete ihr Werk. Die Frisur saß locker, bändigte aber ihre langen Locken. Rebecca wandte sich vom Spiegel ab und schlüpfte in ihre beigen Pumps, die farblich zu ihrem weißen Kostüm, dessen Kragen, Nähte und Taschen in Cremefarbe abgesetzt waren, passten. Ein letzter Blick in den Spiegel bestätigte ihr, dass das kurze, eng geschnittene Kostüm makellos saß. Mit geübtem Griff befestigte sie ihre Uhr am Handgelenk und seufzte resigniert. Nachdem sie die halbe Nacht wach gelegen hatte wegen des vergeblichen Versuchs, sich eine Strategie für den Umgang mit David zurechtzulegen, hatte sie das Klingeln ihres Weckers überhört und war eine Stunde zu spät aufgewacht. Nun musste sie schleunigst ins Restaurant, bevor der große Frühstücksansturm stattfand. Flink schloss sie die Tür ihres Bungalows und bestieg das wartende Buggy, mit dem sie, so schnell sie konnte, den kurzen Weg zum Haupthaus zurücklegte. Sie grinste spitzbübisch. Hoffentlich sah kein Mitarbeiter, dass sie selbst mit dem Buggy über das Atoll raste.

Kurz darauf durchquerte sie mit schnellem Schritt das Restaurant. Die ersten Gäste belegten bereits die Tische, andere schlenderten teils neugierig, teils unschlüssig am einladenden Frühstücksbuffet entlang. Sie konnte das sehr gut verstehen, denn es bot nicht nur internationale Speisen an, sondern auch landestypische Gerichte sowie traditionelle Frühstücksspeisen aus Indien und Asien. Wo sonst gab es eine solche Vielfalt zum Frühstück? Lächelnd schritt Rebecca am Buffettisch entlang, überprüfte routiniert die Präsentation der Speisen, die Sauberkeit der Tische und die Menge in den präsentierten Schalen sowie auf den großen Porzellanplatten. Alles sah sehr üppig, sauber und zum Anbeißen auffordernd aus. Genauso sollte es sein. Dann wandte sie sich den Kochstationen zu, an denen die Gäste frisch zubereitete Speisen wie Omeletts, Reiskuchen, Sushi oder Crêpes bestellen konnten. Sie lächelte den jungen Köchen aufmunternd zu. »Denken Sie daran, Sie sind das Aushängeschild dieses Hotels. Sind Sie gut gelaunt, starten unsere Gäste in einen wunderbaren Urlaubstag.« Eifrig zustimmendes Nicken war die Antwort, worauf sie sich lächelnd zum Restaurantteil wandte.

Zwei junge Servicekräfte stapelten eifrig das bereits abgeräumte Frühstücksgeschirr. Rebecca blieb kurz stehen, nickte zufrieden, bei dem, was sie sah. Die beiden schienen sich trotz der doch eher unattraktiven Arbeit sehr gut zu amüsieren. Eifrig steckten sie die Köpfe zusammen. Wie schön, dass sie die Arbeit fröhlich erledigten, der Tag war noch lang genug. Sie wollte nur noch schnell einen Blick auf die notierten Vorbestellungen für das Abendessen werfen, dann konnte sie sich den ersten Gästen zuwenden. Die beiden Angestellten in ihrem Rücken tuschelten eifrig.

»Ich weiß es ganz sicher Lea, Josh hat ihn gefragt.«

»Wirklich?« Lea seufzte träumerisch. »Ein richtiger Schriftsteller. Oh wie romantisch!«

Rebeccas Herz zog sich unwillkürlich zusammen. Sprachen die beiden von David? Betont konzentriert blätterte sie durch die verschiedenen Dokumente vor sich, dabei spitzte sie die Ohren.

»Und er sieht so unglaublich attraktiv aus.« Tinas Stimme schmolz förmlich dahin.

»Hast du ihn etwa gesehen?«

»Aber klar, gestern Abend draußen beim Aperitif.«

»Das kann nicht sein, ich habe doch dort gearbeitet und ihn nicht entdeckt.« Leas Stimme klang zweifelnd.

»Er war nur kurz da, hat sich mit Miss Quentlin unterhalten und ist dann wieder gegangen. Oh, ich sag dir, das ist vielleicht ein Mann: groß, schlank, sportlich, attraktiv, männlich. Einfach ein Traumtyp.«

Ihre Freundin piekte sie in die Seite, sodass Tina fröhlich kicherte. »Hör auf, das sagst du nur so.«

»Warte nur, bis du ihn selbst siehst, dann weißt du, dass ich nicht im Mindesten übertrieben habe.« Tina klang sehr selbstsicher. »Er hat Josh sogar ein signiertes Autogramm geschenkt.«

»Ich will auch eins, Tina.« Lea klang ganz aufgeregt. »Ist er verheiratet?«

»Keine Ahnung, er ist jedenfalls alleine hier und arbeitet an seinem neuen Bestseller. Stell dir bloß vor, sein letztes Buch war wochenlang auf Platz zwei der Büchercharts.«

Rebecca wurde übel. Es reichte wohl nicht, dass David in ihr Leben getreten war, sondern nun holte sie auch sein Verrat ein! Mit ungebeugter Kraft schlug die Welle des Schmerzes über sie ein und sie konnte nichts, absolut nichts dagegen tun. In wenigen Wochen würde wohl die gesamte weibliche Belegschaft seinen Roman gelesen haben. Über ihre persönlichsten Geheimnisse würde getratscht werden. Plötzlich fühlte sie sich vollkommen ausgenutzt, hilflos und nackt. Panisch klammerte sich ihre Hand um die Kante des Stehpults, wie ein Ertrinkender um ein Stück Treibgut.

»Das muss ich unbedingt lesen.« Tina gluckste vor Lachen. »Ich habe es mir bereits bestellt.«

Genug! Sie konnte das Gespräch nicht länger ertragen. Mit einer raschen Bewegung klappte sie den Hefter vor sich zusammen, eilte zur Restauranttür hinaus. Sie musste weg, sich beruhigen. Rebecca begann zu laufen, rannte förmlich die Stufen der Holzveranda hinunter, bevor sie um die Hausecke bog. Unsanft prallte sie mit einem Hotelgast zusammen. »Autsch«, rief sie schockiert. Der Aufprall war so hart, dass sie taumelte und fast gestürzt wäre, wenn ihr Gegenüber nicht geistesgegenwärtig den Arm ausgestreckt und sie fest am Arm gegriffen hätte. Noch ehe sie aufblickte, gewann sie ihre Kontrolle zurück. »Entschuldigen Sie bitte. Das tut mir furchtbar leid. Habe ich Ihnen wehgetan?« Sie richtete sich auf und erschrak. Vor ihr stand niemand anderes als David. Dieser Tag hatte verflucht angefangen und gedachte, in der gleichen Manier fortzufahren, durchfuhr es sie wütend. Instinktiv trat sie einen Schritt zurück, entwand sich seinem Griff. Sie reckte ihr Kinn, blickte ihn direkt an, alles andere würde er sofort als Schwäche interpretieren. Sein glatt rasiertes, markantes Gesicht mit den kleinen Grübchen in den Wangen, wenn er so lachte wie jetzt, ließ ihren Puls automatisch schneller schlagen. Selbst die Lachfältchen um seine Augen waren ihr schmerzlich vertraut. Sie wagte kaum zu atmen, als sie ihm in seine eisgrauen Augen blickte. In seinem Blick las sie Besorgnis. »Alles in Ordnung, Becs?«

Sie lächelte unverbindlich. »Ja, natürlich ist alles in Ordnung. Wie kommen Sie darauf?«

»Du rennst hier um die Ecke, als ob du auf der Flucht wärst, ohne nach rechts oder links zu schauen.« Ein spöttisches Lächeln zuckte um seine Lippen. »Oder machst du das immer so?«

»Nein, natürlich nicht«, antwortete sie säuerlich. »Ich war nur gerade mit den Gedanken woanders.«

»Das habe ich gemerkt.« David schien sich köstlich zu

amüsieren, wodurch Rebeccas Laune zunehmend sank.

»Wollen Sie frühstücken?« Sie war stolz auf sich, das Gespräch wieder in eine normale Bahn zu lenken. Sollte er ruhig merken, dass er für sie nicht mehr war als ein ganz gewöhnlicher Gast. Mochten ihre Angestellten auch noch so sehr aus dem Häuschen sein. Sie aber wusste es besser!

Er legte seinen Kopf schief, schaute fragend auf sie herab. »Hast du eine bessere Idee?« Sie ignorierte seine Provokation.

»Wieso heute keinen Room Service?« fragte sie stattdessen. Er zuckte gleichgültig mit den Schultern, dann schenkte er ihr ein strahlendes Lächeln. »Ach weißt du, immer so allein dort hinten das gleiche Frühstück einzunehmen, ist doch auf die Dauer eintönig. Und da man mir von dem wunderbaren Buffet vorgeschwärmt hat, wollte ich es heute ausprobieren.« David schwieg bedeutungsvoll. »Eine gute Entscheidung, wie ich finde.« Sein breites Lächeln wirkte arglos, doch seine Augen beobachteten sie scharf.

Sie trat einen Schritt zur Seite, machte eine einladende Handbewegung. »Dann genießen Sie unser Frühstücksangebot und lassen sich nicht weiter aufhalten.«

»Oh, du hältst mich nicht auf, Becs.« Er machte keine Anstalten ihrer Geste zu folgen.

»Du mich aber schon«, entfuhr es ihr. Das kurze, amüsierte Aufblitzen seiner Augen ließ sie fast explodieren. »Ich bin spät dran. Viel Spaß.«

»Leistest du mir denn keine Gesellschaft?«

David war schlimmer als jede Klette.

»Ein guter Geist hat mir erzählt, dass du den Gästen beim Frühstück Gesellschaft leistest.«

»Heute nicht.« Ohne ein weiteres Wort von ihm abzuwarten, drehte sie sich um und eilte in die entgegengesetzte Richtung davon, begleitet von seinem schallenden Gelächter.

Oh wie er sie verhöhnte, ja regelrecht verspottete. Ihre Arbeit hier sah er wohl auch nur als Zeitvertreib an. Für einen Mann wie ihn, erfolgsverwöhnt und unabhängig, konnte das durchaus verständlich sein. Aber für sie war es ihr Leben, über das er sich lustig machte. Reichte es ihm nicht, dass er ihr Innerstes der Öffentlichkeit preisgab? Sie hatte den Rohentwurf des Manuskriptes zu seinem ach so gelobten Bestseller gelesen und wusste, auf wessen Kosten er sich das Lob holte. Bah! Angewidert griff sie sich an die Stirn. Sie musste sich beruhigen, wieder zu sich selbst kommen. Kurzentschlossen stieg sie in ihren Buggy und fuhr zum nördlichen Inselende.

Ordentlich legte sie ihre Kostümjacke auf den Sitz und zog ihre Schuhe aus. Barfuß betrat sie den kurzen Sandweg zum Strand hinunter. Sie musste jetzt einige Schritte gehen und nachdenken. Den warmen, pulvrigen Sand unter ihren Füßen zu spüren, beruhigte sie. Langsam näherte Rebecca sich den Wellen des Meeres, die im Inneren des Atolls sachte an den Strand heran rollten. Sanft umspülten sie ihre nackten Füße. Rebecca genoss das leichte Einsinken ihres Fußes in den nassen Sand. Sorgenvoll drehte sie ihr Gesicht zum Meer, wobei sie die Arme schützend vor sich verschränkte. Der Wind spielte mit ihren Haaren, löste einzelne Locken aus dem sorgfältig hochgesteckten Knoten. Ihr Blick glitt weit über die Wellen und endete erst an einem fernen, nicht zu lokalisierenden Punkt in der Unendlichkeit des Horizonts. Ihr war zum Heulen zu Mute. Am liebsten hätte sie erneut ihre Sachen gepackt und die Insel fluchtartig verlassen. Nur wusste sie es diesmal besser. Es gab kein Entrinnen vor der Vergangenheit. Jedes Weglaufen war nur ein Friede auf Zeit, abhängig vom Wohlwollen anderer. Er dauerte nur so lange, bis ihre Vergangenheit, oder besser gesagt David, entschied, dass es Zeit war, wieder in ihr Leben einzudringen. Was sollte sie tun? Was sollte sie bloß tun? Hilflos starrte sie auf einen imaginären Punkt, als ob dort die Antwort auf all ihre drängenden Fragen zu finden sei. Das gleichmäßige Rauschen des Meeres, die wiederkehrenden sanften Berührungen der Wellen beruhigten sie. Langsam konnte sie wieder klar denken. Dieses Mal musste sie die Situation ausstehen, damit sie David und all die bösen Schatten der Vergangenheit ein für alle Mal aus ihrem Leben streichen konnte. Sonst würde sie nie glücklich werden können. Soviel stand fest. Nur wie sie das schaffen sollte, das wusste Rebecca leider überhaupt nicht. Sie atmete ruhiger, ging nachdenklich am Strand entlang, bis sie sich stark genug fühlte, um zurück zum Hotel zu fahren.

Geraume Zeit später kehrte sie gefasst zum Buggy zurück

und fuhr zu ihrer Villa, wo sie sich schnell frisch machte und ihren mittlerweile aufgelösten Knoten neu feststeckte.

Es war schon später Vormittag als Rebecca endlich ihr Büro betrat. Nita erwartete sie bereits.

»Guten Morgen Rebecca, ich habe schon auf Sie gewartet.«

»Ich weiß, Nita. Guten Morgen.« Sie lächelte entschuldigend. »Heute ist wieder einmal so ein Tag, an dem nichts nach Plan läuft.«

»Oh je.« Dann strahlte Nita sie über das ganze Gesicht an. »Vielleicht hilft Ihnen ja dies?« Sie reichte Rebecca einen geschlossenen Briefumschlag.

»Was ist das?« Rebecca nahm den Umschlag an sich, schaute ihre Assistentin fragend an.

»Ich weiß es nicht. Aber Mister Gallecker war eben hier und hat es für Sie abgegeben.«

Sie musste sich verhört haben. »Bitte wer?«

»Mister Gallecker, Sie wissen schon, unser VIP Schriftsteller aus Villa 18.« Als Rebecca schwieg, fügte Nita helfend hinzu: »Sie erinnern sich bestimmt an ihn. Er ist groß, blond, äußerst attraktiv und trägt immer diesen verflixt schicken Hut.«

Verständnislos schaute Rebecca ihre Assistentin an. »Was ist denn mit Ihnen los, Nita? Ich habe Sie ja noch nie so schwärmerisch erlebt.«

Nitas Gesicht verfärbte sich gefährlich in Dunkelrot. »Er ist halt so unglaublich charmant«, fügte sie entschuldigend hinzu.

Rebecca schüttelte missbilligend den Kopf. »Nita, Nita. Ich dachte, wenigstens Sie seien anders als Ihre Kolleginnen. Und was wollte Mister Gallecker hier im Büro?«

»Oh, er wollte Sie sprechen und hat über eine halbe Stunde auf Sie gewartet, aber da Sie nicht gekommen sind, hat er Ihnen diesen Umschlag dagelassen. Er meinte, er würde später mit Ihnen darüber sprechen.«

»Aha.« Zu mehr konnte Rebecca sich nicht durchringen. Wütend klemmte sie sich den prallen Umschlag wie einen Notizblock unter den Arm. Sollte ihre Mitarbeiterin ruhig sehen, dass es für sie nichts Besonderes war, einen Brief von dem ach so attraktiven David Gallecker zu erhalten. »Gab es sonst noch etwas Wichtiges, während ich nicht hier war?«

Nita schaute auf ihre Notizen. »Ein kleiner Junge aus Villa 15 hatte heute Morgen einen Badeunfall. Nichts wirklich Schlimmes, aber sein Bein musste geschient werden. Sie sind noch eine Woche hier.«

»Wann ist das passiert?«

»Kurz nach dem Frühstück.«

Rebecca nickte. »Bitte organisieren Sie mir vom Housekeeping einen Rucksack mit etwas Spielzeug und einem Malbuch, Stiften und so. Sobald Sie alles zusammen haben, sagen Sie mir bitte Bescheid. Ich will dem kleinen Helden einen Besuch abstatten.« Sie öffnete ihre Bürotür, doch dann drehte sie sich spontan noch einmal zu Nita um. »Und bitte kaufen Sie eine Kinderkamera aus dem

Souvenirladen. Schreiben Sie sie auf mein Budget zusammen mit einer Pralinenschachtel, die Sie bei Devlin, dem Sous-Chef, bekommen.«

Nita notierte eifrig die Aufgaben und nickte geflissentlich.

»Schaffen Sie das in einer Stunde?«

»Natürlich, Rebecca.«

»Danke, Nita. Sie sind ein Schatz.« Mit diesen Worten schloss Rebecca leise die Bürotür hinter sich. Noch während sie zu ihrem Schreibtisch ging, griff sie nach dem Umschlag, riss ihn ungeduldig auf, fasste neugierig hinein. Vorsichtig zog sie ein gebundenes Buch hervor. Der bloße Anblick des Covers ließ ihr das Blut in den Adern gefrieren, kalte Wut stieg in ihr auf. Was dachte David sich eigentlich dabei, ihr genau dieses Buch zu schenken? Welch bodenlose Unverschämtheit! Zornig riss sie ihre unterste Schreibtischschublade auf, warf das Buch schnaubend hinein und stieß sie die Schublade mit einem lauten Knall zu.

Der warme Wind wehte Rebecca um die Nase. Sie genoss den leichten Salzgeschmack auf ihren Lippen, als sie den Buggy auf den langen Bootssteg lenkte. Fein säuberlich reihten sich die Villen am Ende des Stegs auf, lagen friedlich in der Mittagssonne vor ihr. Gemächlich fuhr Rebecca den Steg entlang und auf die Häuserkette zu. Villa 15 war das letzte Haus in der Reihe, daran grenzte das Meer, und erst in einiger Entfernung lag Davids Villa. Sie knirschte missmutig mit den Zähnen. Immer wieder David. Da wohnte er schon in der entferntesten Villa des Resorts und war doch so unsäglich präsent, als wenn er direkt neben ihrem Büro ein Zimmer bezogen hätte. Sie kniff die Augen zusammen, blickte hinüber zu seinem Haus. Von dieser Seite aus war nichts zu sehen. Wenigstens etwas. Entschieden griff sie nach dem Rucksack und der Tüte neben sich, dann schritt sie mit beidem hinüber zum Haus, wo sie beherzt den Klingelknopf drückte. Kurz darauf wurde die Tür geöffnet und ein kleines Mädchen, vielleicht zehn Jahre alt, schaute sie mit großen Rehaugen an. Das musste die kleine Emma sein.

»Hallo, Emma. Ich bin Rebecca Quentlin, die Hoteldirektorin. Sind deine Mama und dein Papa auch da?«

Das kleine Mädchen setzte einen Fuß vor den anderen, dabei neigte es seinen Kopf zur Seite, schien über Rebeccas Frage ernsthaft nachzudenken. Schließlich nickte sie stumm.

»Fein. Kannst du sie bitte einmal rufen?«

Doch dazu kam es nicht. Schon erschien Mrs Sullivan im Rücken des Mädchens. Über ihren Bikini trug sie ein Strandkleid, ihre langen, dunklen Haare waren mit einer großen Spange hochgesteckt.

»Guten Morgen. Ich bin Rebecca Quentlin, die Hoteldirektorin. Ich hoffe, ich störe Sie nicht.«

Die Stirn der jungen Frau umwölkte sich. »Nein, natürlich nicht«, stammelte sie überrascht. »Bitte kommen Sie doch herein.«

Rebecca lächelte sie warm an. »Ich habe gehört, dass Ihr

Sohn heute Morgen einen Badeunfall hatte. Daher wollte ich mich erkundigen, wie es ihm geht.«

Erleichterung breitete sich auf Mrs Sullivans Gesicht aus. »Das ist aber ausgesprochen nett von Ihnen. Er hat sich das Knie ziemlich tief aufgeschnitten und muss die nächsten Tage eine Schiene tragen.« Sie seufzte geschlagen. »Er hat wirklich Glück gehabt. Doch nun ist er zu Tode betrübt, dass er den Rest des Urlaubs nicht mehr ins Wasser gehen darf.« Sie zog resigniert die Schultern hoch. »So hatten wir uns den Urlaub nicht vorgestellt.«

»Das kann ich gut verstehen. Vielleicht helfen Ihnen unsere hausgemachten Pralinen ein wenig über den ersten Schock hinweg. Unser Patissier sendet Ihnen die besten Grüße, denen ich mich gerne anschließe.« Mit diesen Worten zog Rebecca die große Pralinenschachtel aus der Tüte und überreichte sie Mrs Sullivan, die vor lauter Überraschung nicht wusste, was sie erwidern sollte.

Rebecca half ihr über das peinliche Schweigen hinweg. »Wo ist denn Ihr Sohn?«

Die junge Frau zeigte zur Terrasse. »Dort draußen auf der Liege.«

»Darf ich?« Rebecca nickte in Richtung Terrasse.

»Aber natürlich. Kommen Sie.« Mrs Sullivan durchschritt den Hauptraum und trat hinaus auf die Terrasse. Ihr Mann, der auf der Sonnenliege gelegen hatte, blickte erstaunt auf, bevor er irritiert aufsprang, um Rebecca zu begrüßen.

»Bitte bleiben Sie liegen, Mister Sullivan. Ich bin nur

gekommen, um Kevin zu besuchen und ihm gute Besserung zu wünschen.«

»Echt?« Kevin schaute sie interessiert von der ausladenden Couch an. Rebecca drehte sich zu ihm um, dabei musste sie sich ein Lächeln verkneifen. Der schmächtige Junge thronte auf einem Berg von Kissen, vor ihm stand eine große Dose Cola.

»Hallo, Kevin. Ich habe gehört, dass du heute Morgen einen Badeunfall hattest und so tapfer warst.«

»Er hat geheult wie ein Schlosshund«, warf Emma von der Verandatür aus ein.

»Hab ich nicht.«

»Hast du wohl«, beharrte Emma.

»Schluss jetzt, Ihr Zwei. Emma, setz dich jetzt bitte dort herüber und sei still. Miss Quentlin ist hier, um deinen Bruder zu besuchen«, fuhr ihre Mutter dazwischen.

Ohne auf das Gezeter der Geschwister weiter einzugehen, hielt Rebecca den orangefarbenen Rucksack hoch.

»Ich habe dir etwas mitgebracht, damit du dich nicht langweilst, bis du wieder schwimmen kannst.«

Kevins Gesicht hellte sich deutlich auf. »Der ist wirklich für mich?« fragte er scheu.

»Ja. Und darin habe ich sogar einige Geschenke für dich. Bitteschön!« Sie reichte dem kleinen Jungen den prall gefüllten Rucksack, den er schüchtern an sich nahm. Neugierig zerrte er an dem Reißverschluss, bevor er zuerst ein Malbuch, dann eine Packung Buntstifte, ein kleines

Gesellschaftsspiel, zwei Comichefte und zuletzt die Kamera herauszog.

»Vielleicht magst du von deiner Familie oder den Korallen hier Fotos machen. Die kannst du dann zuhause an deine Wand hängen.«

»Cool.« Er blickte Rebecca freudestrahlend an. »Vielen Dank.«

»Gerne.«

»Machen Sie das erste Foto von mir?« Grinsend streckte er ihr die Kamera entgegen.

»Natürlich.« Rebecca griff nach der Kamera und schaute sich um. »Warte, ich gehe kurz die Stufen zum Wasser hinunter und fotografiere dich von dort.«

»Cool.« Kevin setzte sich in Pose, wobei er schmerzvoll sein Gesicht verzog.

Vorsichtig stieg Rebecca einige Stufen zum unteren schmalen Terrassenteil herab, dann drehte sie sich um und schaute durch die Fotolinse. Aus den Augenwinkeln nahm sie in der Ferne etwas Gelbes wahr, kaum merklich drehte sie den Kopf. Ein gelbes Handtuch hing über Davids Terrassengeländer, aber von ihm selbst war nichts zu sehen. Erleichtert atmete sie auf.

»Haben Sie es?«

»Gleich.« Schnell drückte sie auf den Auslöser und stieg die Stufen zur Terrasse hinauf.

»Mummy, machst du ein Foto von mir mit Miss Quentlin?«

»Aber klar.« Schnell griff Kevins Mutter nach der Kamera,

während Rebecca sich vorsichtig neben Kevin auf die Couch setzte und zusammen mit dem kleinen Jungen in die Kamera lächelte.

»So und jetzt mache ich Fotos«, rief er begeistert.

»Genau«, stimmte ihm Rebecca lachend zu.

War das Becs in der Villa dort hinten? Überrascht blieb David auf der Schwelle zur Veranda stehen. Gebannt blickte er zur Villa zu seiner Linken. Kein Zweifel, Becs' Haare waren unverkennbar. Was tat sie denn dort? Wieso stand sie zwischen den Verandaebenen mit einer Kamera? Neugierig trat David einen Schritt hinaus, hielt schützend die Hand über die Augen, um besser sehen zu können. Tatsächlich, sie fotografierte die Hotelgäste. Schon stieg sie die Treppe zur oberen Ebene hinauf, wo sie sich neben jemanden setzte, um für ein weiteres Foto zu posieren. Warum tat sie das? Sie schien sich angeregt zu unterhalten, leises Gelächter wehte zu ihm herüber. Kannte Becs die Leute? Vielleicht konnte ihm ja Josh etwas mehr dazu sagen. Ob sie sein Buch bereits bekommen hatte? Nachdenklich rieb David sich den Nacken. Jetzt waren sie beide sich so nah auf diesem winzigen Atoll inmitten des gigantisch großen Ozeans und dennoch schien es für ihn unmöglich, sie allein zu sehen. Das musste sich definitiv ändern und zwar sehr bald.

KAPITEL 3

Ein bisschen Bewegung tat ihm gut, würde ihm vielleicht helfen, richtig wach zu werden. Die halbe Nacht hatte er sich wach im Bett herumgewälzt und darüber nachgedacht, wie er endlich allein mit Becs reden konnte. Aber nichts Sinnvolles war ihm eingefallen. Die aufgehende Morgensonne hatte ihn nach einem kurzen Schlaf erneut geweckt, worauf er spontan entschied, zum nördlichen Inselende an den Strand zu fahren, den Josh so sehr empfohlen hatte. Kurzentschlossen griff David nach dem an der Hauswand angelehnten Fahrrad und schwang sich auf den Sattel. Er genoss die Stille.

Langsam radelte er durch die von hohen Banyanbäumen gesäumten Hotelpfade. Man hätte meinen können, es gebe nur ihn auf diesem Atoll. Weit und breit war keine Menschenseele zu sehen. Neugierig passierte er das Hauptgebäude, das verschlafen am Wegesrand stand und dessen Ruhe noch von keinem Hotelgast gestört wurde. Die Schwüle des Tages hatte noch keinen Einzug gehalten, die restliche Kühle der Nacht war noch zu spüren. Eine wunderbare Zeit, man sollte hier wirklich den Sonnenaufgang genießen.

Schon sah er das Dach des Pavillons vor sich, dessen weiße Vorhänge sich sacht im sanften Wind bauschten, der von der Seeseite über die Insel wehte. Jetzt war es nicht mehr weit, nur noch den kleinen Weg dort drüben hinunter und schon hatte er den verträumten, kleinen Strand erreicht.

Rebecca streckte die Handflächen gegeneinander gedrückt so weit wie möglich über ihren Kopf, dann beugte sie den Rücken nach hinten, atmete tief ein. Langsam bewegte sie ihren Oberkörper nach vorn, stütze sich mit den Händen in den Sand und streckte gleichzeitig das rechte Bein weit nach hinten, dann atmete sie tief aus. Anschließend wechselte sie in fließenden Bewegungen in die nächste Schrittfolge des Sonnengrußes, bevor sie ihr morgendliches Yogaprogramm beendete. Sie liebte es, sich in aller Ruhe, fern vom hektischen Treiben des Hotels hier am Strand zu entspannen. Dieses morgendliche Ritual gab ihr nicht nur das Gefühl, den vor ihr liegenden Tag zu meistern, sondern erneuerte ihre Hoffnung, dass eines Tages alles gut werden würde. Erschöpft von den anstrengenden Übungen sank sie in den Sand, streckte die Beine zur Entspannung weit von sich und legte sich auf ihre Ellbogen gestützt in den Sand. Genießerisch schloss sie die Augen.

»Guten Morgen, Becs, darf ich mich zu dir setzen?«

Rebecca zuckte zusammen und riss die Augen auf. Vor Überraschung starrte sie David sprachlos an, der sich, ohne eine Antwort abzuwarten, neben sie in den Sand setzte. Er blickte hinaus aufs Meer, während sie ihn immer noch schweigend von der Seite anstarrte, gelähmt, ihm so nahe zu sein. Seine blonden Haare trug er in einem langen Stufenschnitt. Der Wind spielte mit ihnen und verlieh David etwas Lässiges. Sie sah die blonden Bartstoppeln, durch die sein sonst so glatt rasiertes Gesicht leicht verwegen erschien. Langsam wandte er den Kopf, blickte sie mit seinen eisgrauen Augen an. Eine heiße Woge überrollte sie, sodass sie schnell ihren Blick abwandte und sich aufrecht setzte. Schützend schlang sie die Arme um ihre Beine, die sie dicht an den Körper zog.

»Ich konnte nicht schlafen und dachte, dass dieser Ort am frühen Morgen, wenn die anderen Gäste noch schlafen, eine gute Inspiration ist.«

Sie schwieg immer noch beharrlich.

»Und er ist noch viel schöner, als ich dachte«, fügte er vielsagend hinzu.

Rebecca ignorierte Davids Worte. Sie wollte weglaufen, doch ihre Muskeln waren wie gelähmt. Seine Anwesenheit irritierte sie. Aufgewühlt blickte sie starr hinaus aufs Meer, dessen weiße Schaumkronen sich in den Strahlen der aufgehenden Sonne spiegelten. Fieberhaft überlegte sie, was sie tun sollte.

»Du sahst wunderschön aus in der aufgehenden Sonne, Becs.« Davids Stimme klang weich, sanft strich er über ihren Arm. Seine bloße Berührung erweckte Rebecca aus der lähmenden Starre. Sie riss ihren Kopf zu ihm herum: »Was willst du, David?«

»Dich, Becs.« Er schaute sie unverwandt an.

»Ich meine, was willst du hier? Warum bist du hier?«

»Ich sagte es dir bereits. Ich bin hier wegen dir.«

Ihre Blicke trafen sich, rissen sie hinweg in eine andere Zeit, weg von der Insel, weg von der Gegenwart. David, ihre große Liebe. All die verdrängten Gefühle bahnten sich ihren Weg zurück zu ihr, sie spürte, wie sie mit Macht über sie hinwegfegen wollten. Im letzten Moment riss sie sich zusammen und sprang auf. »Vergiss es, David. Es ist aus und vorbei.«

Auch er war aufgesprungen. Seine Augen funkelten gefährlich. »Gar nichts ist aus und vorbei. Ich liebe dich, Becs und du liebst mich. Wir gehören zusammen.«

»Nein«, sie schrie es fast panisch.

»Oh doch, Becs.« Ein spöttisches Lächeln zuckte um seinen Mund. »Wenn du nichts für mich empfindest, warum behandelst du mich dann nicht wie jeden normalen Hotelgast, anstatt dich vor mir zu verstecken?«

»Ich verstecke mich nicht vor dir«, entgegnete Rebecca schroff, zornig funkelte sie ihn an.

»Oh doch, Becs, das tust du.« Seine Stimme troff nur so vor Überheblichkeit, dass sie ihm am liebsten eine schallende Ohrfeige verpasst hätte. »Und wo ist der so angepriesene VIP-Service, den du in deinen Hochglanzkärtchen versprichst?«

Ihr Herz sank. Verdammter Mist, das hatte sie vollkommen vergessen, ihrem Team zu sagen. David hatte Recht, jeder VIP-Gast wurde von ihr persönlich betreut und genoss ein Abendessen mit ihr, eine Art Käpt'n Dinner an Land, einen Bootsausflug und eine Stadtführung von Malé, der Hauptstadt der Malediven. Warum nur war ihr dieses Detail entglitten? Verdammt, verdammt, verdammt!

»Ich hatte bisher keine Zeit dazu.«

David lachte amüsiert. »Du hattest für deinen VIP-Gast keine Zeit? Das glaubst du doch selber nicht.«

Zornig reckte sie ihr Kinn, strich sich eine Strähne aus der Stirn. »Doch, genauso ist es. Aber keine Sorge, du bekommst deinen Service, denn du bist nichts anderes als ein normaler VIP-Gast.« Mit diesen Worten bückte sie sich und griff rasch nach ihrem Handtuch. Bevor sie wusste, was geschah, war David mit einem großen Satz bei ihr, zog sie so heftig in seine Arme, dass sie gegen ihn prallte. Er drückte sie fest an sich und küsste sie. Hart und fordernd pressten sich seine Lippen auf die ihren. Gegen ihren Willen ließ Rebecca es geschehen, schmiegte sich unmerklich näher an ihn. David! David? Ruckartig riss sie sich los.

»Lass das.«

Doch David war schneller. Seine Hand hielt sie fest am Handgelenk gefasst, wirbelte sie erneut zu ihm herum. »Becs, warum willst du nicht verstehen, dass wir zusammen gehören?« Seine Stimme klang ruhig, doch sie konnte den unterdrückten Zorn deutlich spüren.

»Weil es vorbei ist. Merk dir das.« Mit einem heftigen Ruck entzog sie sich seiner Hand und rannte ohne ein weiteres Wort den Strandweg hinauf.

»Vergiss das VIP-Programm nicht«, rief David ihr laut hinterher, bevor sie seinen Blicken entschwand.

Wütend rannte Rebecca den Weg zurück zu ihrer Villa. Was

bildete sich David eigentlich ein, sie einfach zu küssen? Wer glaubte er, wer er war, einfach hierher zu kommen und sie zurückhaben zu wollen? Vielleicht bereute er, was er ihr angetan hatte, aber es war zu spät. Der Beweis lag in ihrer untersten Schreibtischschublade und sollte ihr ein tägliches Warnsignal sein. Rebecca war zum Heulen zumute. Warum hatte sie sich selbst nur in diese dämliche Situation gebracht und nicht ihre Mitarbeiter angewiesen, den VIP-Service bei David Gallecker auszusparen? Schließlich war doch sein eigener Wunsch die Wahrung seiner Privatsphäre. Oh, sie könnte sich ohrfeigen, dass ihr dieser Fauxpas unterlaufen war. Nun musste sie die Kröte schlucken! Dreimal, dreimal, schoss es ihr durch den Kopf. Dreimal musste sie sich allein mit ihm treffen. Zornig schlug sie mit ihrem Handtuch in die Luft, was ihr jedoch nur ein kurzes Gefühl der Genugtuung verschaffte. Doch diesmal gedachte sie nicht, David Galleckers Wünsche zu erfüllen. Sie würde ihm klar zu verstehen geben, dass es zwischen ihnen vorbei war, es kein gemeinsames Morgen geben würde. Oh ja, sie würde es ihm ganz deutlich zeigen und hatte drei perfekte Gelegenheiten, in denen sie ihm den professionellen Service ihres Hauses, aber nichts von der privaten Rebecca Quentlin zeigen würde. Dann würde er es endlich begreifen und sie in Ruhe lassen. Plötzlich verwandelte sich ihr Zorn in eine kühne Strategie, die sie geradezu beflügelte. Oh ja, es würde ihr ein Vergnügen sein, David Gallecker erst um ihren Finger zu wickeln, um ihn dann eiskalt aus ihrem Leben zu verbannen.

Dieses Mal würde er nicht der Sieger sein, dafür würde sie alles in ihrer Macht Stehende tun. Mit diesem Entschluss öffnete Rebecca die Tür ihrer Villa.

Eine Stunde später betrat Rebecca ihr Büro. »Guten Morgen, Nita.«

Die junge Frau blickte überrascht von ihrem Bildschirm auf. »Guten Morgen, Rebecca. Haben Sie heute nicht Ihren freien Tag?«

»Doch«, grinsend verwies Rebecca auf ihr weißes Sommerkleid mit dem aufgedruckten roten Klatschmohn, das sich schwingend um ihre schlanken Beine schwang und durch den schmalen, roten Gürtel ihre Taille betonte. »Sieht man das nicht?«

Das Lächeln ihrer Assistentin vertiefte sich. »Doch, natürlich. Aber ich hatte Sie nicht im Büro erwartet.«

»Keine Sorge, ich bleibe auch nicht lange. Mir ist nur eingefallen, dass wir in den letzten Tagen unsere VIP-Programme nicht durchgegangen sind. Bevor es Beschwerden gibt, lassen Sie uns kurz die Termine besprechen, dann können Sie alles in die Wege leiten, während ich meinen freien Tag genieße.«

»Natürlich, Rebecca.« Nita tippte eifrig auf ihre Tastatur, fast zeitgleich surrte der Drucker auf dem kleinen Tisch hinter ihr, bevor er einige Blätter fein säuberlich ausspuckte. Rebecca eilte an ihren Schreibtisch, setzte sich gut gelaunt in ihren Stuhl. Mit dem Fuß tippte sie einmal kurz gegen die unterste Schublade. Na warte, jetzt wirst du mich erst richtig kennenlernen, dachte sie rachsüchtig, während Nita zu ihr ins Büro eilte.

»Wir haben im Moment nur einen VIP, Mister Gallecker in Villa 18. Kommende Woche kommt dann Adam Stevens.«

»Kennen Sie Adam Stevens? Mir sagt der Name nichts.«

»Hier steht, dass er einen großen Hedgefonds leitet.«

Rebecca zuckte mit den Achseln. »Keine Ahnung. Bitte recherchieren Sie über Adam Stevens. Schließlich erwartet er von uns, dass wir wissen, wer er ist.«

Nita notierte eifrig ihre Aufgabe, während Rebecca tief durchatmete. Nun galt es, den Stier bei den Hörnern zu fassen. »So, und nun zu unserem Schriftsteller. Welchen Service haben wir ihm angeboten?«

Nita blätterte kurz ihre Notizen durch. »Wie ich hier sehe, das Abendessen, die Stadtführung und den Bootsauflug. So wie immer.«

»Gut.«

»Oh, hier sehe ich eine Notiz von Josh. Er schreibt, dass David Gallecker eine Hotelbesichtigung wünscht.«

Mist. Aber das brachte sie nun auch nicht mehr aus der Fassung. »Gut, dann lassen Sie mich mal schauen, wann wir diese Aktivitäten in den Kalender unterbringen. Sie teilen Sie ihm dann bitte heute mit, ja?«

Aus den Augenwinkeln sah sie, wie Nita errötete, hektische rote Flecken erschienen auf ihren Wangen. »Ich soll zu David Gallecker gehen? Möchten Sie das nicht selbst tun?«

»Nein, ich habe heute meinen freien Tag. Wenn Sie mir versprechen, mich professionell zu vertreten und sich ihre Schmeichelei für unseren VIP-Gast bitte nicht anmerken zu lassen, dann werden Sie David Gallecker über die Termine informieren.«

»Ich werde mein Bestes tun«, versprach Nita eifrig.

»Fein. Also, als erstes nehmen wir den Stadtrundgang ins Visier. Am besten morgen früh. Sagen wir 11 Uhr Abfahrt, dann kann er vorher noch ausgiebig frühstücken.«

»Soll ich zum Mittagessen wieder den Tisch im Sole Mare bestellen?«

»Richtig. Das ganz normale Programm, Nita, keine Ausnahmen bitte.« Als sie den irritierten Blick ihrer Mitarbeiterin sah, fügte sie erklärend hinzu. »Dann können Sie schon alles Weitere organisieren.« Sie wandte sich wieder ihrem PC zu, klickte durch die Kalenderblätter. Am besten, sie brachte alles so schnell wie möglich hinter sich, ohne jedoch Davids Argwohn zu wecken. »Wir lassen dann zwei Tage Pause, bevor wir den Segelturn machen.« Sie grinste vor diebischem Vergnügen, denn trotz Davids heutigem Erscheinen am Strand, war frühes Aufstehen ganz und gar nicht seine Art. »Wir legen allerdings etwas früher als gewohnt ab, da ich zur Korallenbucht segeln möchte. Schließlich war ich die letzten zehn Mal immer am südlichen Korallenriff, das wird auf die Dauer eintönig. Sagen Sie ihm, dass er den ganzen Tag und Abend für den Ausflug freihalten soll. Es geht um fünf Uhr am Morgen los.« Und schon klickte sie flink durch den Kalender der kommenden Woche. »Am Montag gebe ich ihm die Hotelführung, Punkt 17:30 Uhr, dann ist es nicht mehr so heiß und am Freitagabend buchen Sie bitte einen Tisch im Pavillon zum Abendessen.« Entschieden fuhr sie ihren PC herunter, dann erhob sie sich rasch. »Und nun fahre ich nach Malé und werde erst am Abend zurück sein.« Sie blickte auf ihre Uhr. Es war kurz vor Mittag. Wenn sie sich beeilte, kam sie genau richtig zu einem wunderbaren Fischteller in ihrem kleinen Lieblingsrestaurant, bevor sie später auf einen Drink ins Residence Palace ging, wo Kirk Hoteldirektor war. »Jetzt wünsche ich Ihnen einen schönen, ruhigen Tag ohne Ihre Chefin und denken Sie daran, wenn Sie zu David Gallecker gehen, Sie vertreten mich«, fügte sie ermahnend hinzu.

»Sie werden stolz auf mich sein, Rebecca.«

Hoffentlich. Schnell warf Rebecca Nita ein aufmunterndes Lächeln zu, bevor sie gut gelaunt aus dem Büro eilte, hinaus zum kleinen Bootsanleger, wo das weiße Motorboot startbereit auf sie wartete. Flink kletterte Rebecca ins Boot, warf ihre große, rote Handtasche lässig auf den Beifahrersitz, setzte sich ihre Sonnenbrille sowie ihre weiße Baseballkappe auf und gab Joseph das Zeichen, die Leine ins Boot zu werfen. Dann wendete sie gekonnt, wieder einmal froh darüber, dass sie den Bootsführerschein gemacht hatte. Mit rasanter Geschwindigkeit entfernte sie sich Meter um Meter vom Hotel und von David. Sie genoss die Wassertropfen, die beim harten Aufschlagen des Bootes auf den Wellen fröhlich in ihr Gesicht flogen, sog die salzige Meeresluft glücklich ein. Einen Tag ohne David, den wollte sie genießen!

Jeff war der politische Kopf, machthungrig und fähig über Leichen zu gehen, während Gordon strategisch und human agierte. Er war das Gehirn, das leise im Hintergrund die großen politischen Fäden zog, während Jeffs breites Lachen in den Medien erschien. Niemand ahnte ihren großen Coup, den sie in enger Zusammenarbeit mit der Mafia über die Bühne bringen wollten. Nur Justin, Jeffs Gegenspieler hatte eine böse Vorahnung, konnte jedoch nichts beweisen. Kombinationsschnell, athletisch und verbissen darin, Jeffs politische Macht endlich zu begrenzen, war er blind vor Eifer, die Intrige zu entlarven. Aber wie? Nachdenklich biss David auf das Bleistiftende, malte einen großen Kreis um Justin. Wie würde er die Intrige aufdecken? Vor allem, wo brachte er Maggie unter? Welche Rolle spielte sie? Resigniert fuhr er sich mit der Hand durchs Haar. Politthriller mit prickelnder Liebesgeschichte, dafür war er bekannt, damit verdiente er sein Geld. Aber dieses Mal kam er nur im Schneckentempo voran, der Handlungsstrang war immer noch nicht existent, selbst die Konstellationen der Personen nahmen immer noch keine konkrete Form an. Leises, wiederkehrendes Klopfen drang in sein Bewusstsein. Verwirrt hob David seinen Kopf, blinzelte irritiert, um sich zu orientieren. Stille. Er runzelte die Stirn. Da war es wieder.

Tock. Tock. Tock. Er drehte seinen Kopf und horchte auf die Wiederkehr des Geräusches. Tock. Tock. Tock. Das kam von der Tür. Neugierig schob David seinen Stuhl zurück, näherte sich mit ausholenden Schritten dem Klopfen.

»Mister Gallecker?« hörte er schüchtern seinen Namen durch die Tür.

Schnell fuhr er sich mit der Hand durchs zerzauste Haar, bevor er lässig die Tür öffnete. Vor ihm stand Nita, Becs Assistentin.

»Hallo, Mister Gallecker.« Ein erleichtertes Lächeln breitete sich auf ihrem Gesicht aus und als sie ihn anblickte, errötete sie leicht, doch dann streckte sie ihr Kinn pflichtbewusst vor, war ganz Assistentin der Hoteldirektorin, wie er amüsiert feststellte.

»Hallo Nita, was kann ich für Sie tun?«

Sie zeigte auf den Notizblock in ihrer Hand. »Ich möchte mit Ihnen die verschiedenen Aktivitäten besprechen, die wir im Rahmen unseres VIP-Service für Sie organisiert haben. Hätten Sie fünf Minuten Zeit für mich?«

»Für Sie doch immer, Nita. Bitte kommen Sie herein.« Er trat einen Schritt zurück, machte eine einladende Geste.

»Vielen Dank.« Nervös trat die junge Frau an ihm vorbei ins Haus, blickte neugierig in den Hauptraum, wo unzählige Blätter um den Schreibtisch verstreut lagen. »Oh, habe ich Sie bei der Arbeit gestört?«

»Nicht wirklich, ich arbeite an meinem neuen Roman. Bitte setzen Sie sich doch auf das Sofa.« Vorsichtig stieg sie über die herumliegenden Blätter hinweg, nahm pflichtbewusst auf dem Sofa Platz, während David sie aus dem gegenüberliegenden Sessel fragend anschaute.

»Ich bin mir nicht sicher, ob Sie schon von unserem VIP-Service gehört haben?« Sie blickte fragend zu ihm herüber.

»Ihren VIP-Service?«, entgegnete David arglos.

»Ja, für unsere VIP-Gäste, und dazu gehören Sie, ist unsere Direktorin, Miss Quentlin, persönlich zuständig. Das heißt, falls Sie irgendwelche Wünsche oder Probleme oder Fragen haben, können Sie sich jederzeit direkt an Miss Quentlin wenden. Darüber hinaus sind Sie zu einem Abendessen, einem Segelausflug und einer Stadtführung eingeladen, sofern Sie diese Einladungen annehmen möchten. Falls ja, wird Sie Miss Quentlin begleiten.«

David nickte anerkennend. »Das ist wirklich ein ganz besonderer Service, den ich noch in keinem anderen Hotel gesehen habe.«

Nita lächelte stolz. »Wir wollen auch anders sein als die anderen.« Dann nickte sie überzeugt und fügte vertraulich hinzu: »Unsere VIP-Gäste finden dieses Angebot wirklich toll, fast alle kommen immer wieder zurück zu uns.«

»Das glaube ich gerne.« Gegen seinen Willen spürte er lodernde Eifersucht in sich aufsteigen. »Wie viele VIP-Gäste haben Sie denn im Moment?«

Seine Frage sollte arglos klingen und Nita schien sich nichts dabei zu denken. Eifrig tippte sie auf ihr Notizbuch.

»Im Moment sind Sie unser einziger VIP-Gast, aber

kommende Woche reist ein weiterer Herr an.« Zack, wieder fraß sich dieses unbarmherzige Gefühl der Eifersucht ein weiteres Stück voran. »Und was haben Sie sich Hübsches für mich ausgedacht?« Er schenkte Nita sein charmantestes Lächeln, schnell senkte sie den Blick auf ihr Notizbuch.

»Für morgen haben wir den Stadtrundgang geplant. Sie fahren mit Miss Quentlin um 11 Uhr los. Malé ist eine wunderschöne Stadt und ganz anders als unser Atoll. Gegen 13:30 Uhr nehmen Sie zusammen mit Miss Quentlin ein spätes Mittagessen im Restaurant Sole Mare ein, das ist das berühmte Fischrestaurant des Residence Palace. Es liegt direkt am Meer und bietet Ihnen den besten Fischteller der Insel. Ist das soweit in Ordnung für Sie?«

David blinzelte kurz, bevor er breit lächelte. »Das hört sich sehr gut an.« Nita nickte erfreut, schrieb schnell eine kurze Notiz neben ihre Ausführungen.

Becs ließ sich nicht lumpen, erkannte David beeindruckt. Schon morgen zeigte sie ihm die Hauptinsel. Sie verlor keine Zeit, oder aber sie wollte es so schnell wie möglich hinter sich bringen. Wahrscheinlich war letzteres der Fall. Nitas melodische Stimme unterbrach seine Gedanken.

»Am Samstag findet dann der Segelturn mit unserem wunderschönen Segelboot statt. Sie werden damit zu der Korallenlagune segeln, wo Sie schnorcheln und die einzigartigen Korallen bestaunen können.« Entschuldigend zog sie die Schultern hoch. »Allerdings legt das Schiff bereits um fünf Uhr am Morgen ab.«

»Fünf Uhr? Das ist sportlich.«

»Ja, das stimmt. Miss Quentlin lässt Ihnen ausrichten, dass Sie sich den gesamten Tag und Abend frei halten sollen, da sie erst spät zurück sein werden.«

Aufmerksam schaute David Nita an. Becs schien wirklich wild entschlossen, ihm nicht mehr aus dem Weg zu gehen und ihm zu zeigen, dass sie nichts mehr für ihn empfand. Er würde ihr das Gegenteil beweisen. Ein freudiges Kribbeln breitete sich in seiner Magengegend aus. »Das hört sich sehr verlockend an. Dafür halte ich mir gerne den gesamten Tag und Abend frei.«

Wieder notierte die junge Frau seine Zustimmung, bevor sie die Seite umblätterte, sich ihrem nächsten Programmpunkt zuwandte. »Sehr schön. Ach ja, Josh erwähnte, dass Sie gerne eine Hotelführung haben würden. Ist das richtig?«

David nickte zustimmend, überrascht über die schnelle Aufnahme seines Wunsches. Den hatte er allerdings Josh gegenüber erwähnt, bevor er eines der glänzenden Kärtchen mit dem VIP-Service gelesen hatte. Nun war er auf Becs Ausrede gespannt.

»Fein. Wir haben Sie jetzt auf Montagabend um 17:30 Uhr in Miss Quentlins Terminkalender eingetragen. Am Freitagabend sind Sie dann zu einem Abendessen mit ihr in unserem Pavillon eingeladen.«

»Ihr Plan klingt von Anfang bis Ende sehr ansprechend. Vielen Dank, Nita.«

»Kein Problem. Ich habe hier alles für Sie ausgedruckt,

damit Sie sich nicht die vielen Informationen merken müssen.« Pflichtbewusst überreichte sie ihm ein kleines Büchlein.

»Macht Miss Quentlin diese Aktivitäten mit allen VIP-Gästen?« fragte er interessiert.

»Ja, mit allen.« Nita nickte eifrig. »Das kann manchmal ganz schön anstrengend sein.« Sie schien sich für einen Plausch über die Vorzüge ihrer Chefin zu erwärmen. »Aber natürlich kümmert sich Miss Quentlin um alle unsere Gäste. Gerade gestern hatte ein kleiner Gast einen Badeunfall. Sofort ist sie mit einem Rucksack voller Geschenke zu dem kleinen Opfer geeilt und hat ihn aufgemuntert.« Sie beugte sich verschwörerisch vor. »Und wie ich aus sicherer Quelle gehört habe, ist der Kleine jetzt ein großer Fan von ihr. Stellen Sie sich vor, sie hat ihm sogar von ihrem eigenen Budget eine kleine Kamera gekauft. Toll, nicht wahr?«

Als sie Davids gedankenvollen Blick auffing, wurde sie sich schuldbewusst klar, dass Diskretion oberste Priorität besaß. Rebecca hätte dies bestimmt nicht erzählt. Aber sie hatte ja nur Gutes über ihre Chefin gesagt. Schnell erhob sich Nita. »Ich will Sie nun nicht länger von der Arbeit abhalten. Miss Quentlin wird sich sehr freuen, dass Ihnen unsere Angebote gefallen.«

»Vielleicht rufe ich sie nachher kurz an und bedanke mich persönlich bei ihr.« David erhob sich ebenfalls.

Nita schaute ihn zuerst überrascht, dann bekümmert an. »Das tut mir wirklich leid, aber heute ist ihr freier Tag. Sie hat das Hotel bereits verlassen.«

»Verlassen? Verbringen die Hotelangestellten ihren freien Tag denn nicht in dieser traumhaften Anlage?«

Rebeccas Assistentin lachte herzlich. »Das wäre wohl ein bisschen zu viel des Guten. Einmal in der Woche mögen auch wir etwas anderes sehen, obwohl es hier wunderschön ist.«

»Und wohin ist sie gefahren?« Er versuchte seiner Frage einen betont oberflächlichen Ton zu geben, wobei ihn die Neugier fast zerriss.

»Nach Malé. Aber morgen ist sie wieder da.« Nita erhob sich. »Ich wünsche Ihnen noch einen schönen Tag.«

»Den wünsche ich Ihnen auch, Nita. Vielen Dank für Ihren Besuch. Miss Quentlin kann sich sehr glücklich schätzen, eine solch tüchtige Assistentin zu haben.«

Nitas Gesicht verfärbte sich als Antwort auf dieses Lob tiefrot. Sie hauchte ein schnelles »Auf Wiedersehen« und zog die Tür fast zeitgleich hinter sich ins Schloss.

David blickte ihr mit einem schiefen Grinsen nach. Der Ruf eines berühmten Schriftstellers besaß untrüglicher Weise eine sehr reizvolle Wirkung auf das weibliche Geschlecht. Nur nicht bei Becs, dachte er bitter. Er rieb sich die Stirn. Bereitwillig war sie jeder seiner Forderungen nachgekommen, aber warum fühlte er sich so unruhig und überhaupt nicht als Sieger? Und was machte sie heute in Malé? Er atmete tief aus, trat zurück an seinen Arbeitsplatz. Er musste sich bis morgen früh gedulden, ob er wollte oder nicht. Ärgerlich verdrängte er das aufkeimende Gefühl der Eifersucht und griff nach seinem Notizblock.

Rebecca genoss die schnelle Fahrt über das Innere des Atolls, dann lenkte sie das weiße Motorboot geschickt durch die schmale Öffnung zum Meer, hinüber zum nächsten Atoll. Die Wellen des Ozeans waren stark und sie schaltete sofort einen Gang höher. Hart schlug das Boot gegen die Wasseroberfläche, kämpfte sich seinen Weg hinüber zur Hauptinsel. Mit geübter Zielstrebigkeit steuerte Rebecca die geschützte Anlegestelle des Residence Palace an. Sie blickte am imposanten Hauptgebäude mit seinem wallenden Dach hinauf. Ein gut funktionierendes Hotel mit exzellentem Service. Und dennoch würde sie niemals mit Kirk tauschen wollen. Lächelnd drehte sie sich um und warf seinem Hotelangestellten das Tau ihres Bootes zu.

»Hallo, Miss Quentlin. Schön Sie zu sehen.« Geschickt fing er das Tau auf.

»Danke, Michael. Kann ich das Boot bis heute Abend bei Ihnen lassen? Ich treffe mich nachher mit Mister Barley.« Michael nickte heftig. »Aber natürlich. Ich passe persönlich darauf auf.« Sie schenkte ihm ein dankbares Lächeln, bevor sie vorsichtig auf den Steg trat. »Vielen Dank, Michael.« Und schon war sie mit wiegendem Gang in Richtung Anlage unterwegs, die sie jedoch direkt verließ. Sie würde Kirk noch früh genug sehen, jetzt wollte sie erst einmal ihren heiß geliebten Fischteller bei Peppino essen.

Gut gelaunt schlenderte sie durch die engen Gassen zu Peppinos Restaurant, wo sie bereits freudig vom Eigentümer selbst erwartet wurde.

»Rebecca, wie schön Sie wiederzusehen. Einen Früchte-Mocktail und meinen Fischteller Spezial, wie immer?« fragte Peppino mit einem breiten Grinsen in seinem faltigen, von der Sonne gebräunten Gesicht.

»Peppino, Sie lesen mir meine Wünsche von den Augen ab.« Er nickte zufrieden. »So soll es auch sein. Einer hübschen Frau sollen die Wünsche direkt von den Augen abgelesen werden.«

Rebecca schenkte ihm ein warmes Lächeln, bevor sie sich an den kleinen Tisch am Fenster setzte. Von dort konnte sie das Treiben auf der Straße beobachten. Doch statt entspannt den Blick auf die belebte Einkaufsstraße zu genießen, rasten ihre Gedanken zurück zu David, zu ihrem Treffen am Strand und zu seinem unglaublichen Kuss. Sie hatte jeglichen Gedanken daran eisern verdrängt, doch jetzt, allein in Malé, erlaubte sie sich, die Situation vor ihrem inneren Auge noch einmal zu erleben, wie David sich neben sie setzte, ihr über den Arm strich, sie an sich zog und schließlich küsste. Kein Mann küsste so wie David. Und kein Mann konnte sie im Bruchteil einer Sekunde so aus dem Gleichgewicht bringen wie er. Rebecca schloss für einen Moment die Augen, drückte ihre Hand auf ihr pochendes Herz, das allein bei dem Gedanken an David schneller schlug. Würde sie jemals ganz über ihn hinweg kommen? Sie verzog ihren Mund zu einem schmerzvollen Lächeln. Nein, David Gallecker würde für immer die Liebe ihres Lebens bleiben, auch wenn es für sie beide keine gemeinsame Zukunft gab. Dies hatte er mit seinem Verrat zerstört, unwiderruflich vernichtet. Der Traum war ausgeträumt und sie wusste es, egal wie schmerzhaft diese Wahrheit auch war. Zwei lange Jahre versuchte sie bereits verzweifelt, David aus ihrem Leben und ihrem Herzen zu verbannen. Mit sichtlich schlechtem Erfolg, wie ihr der heutige Morgen bewiesen hatte. Das Einzige, was jetzt noch zu retten war, war ihr Stolz und der Respekt vor sich selbst. Sie musste sich ihr neues Leben nun erkämpfen. David hatte entschieden, sich ihr in den Weg zu stellen, ihr seine Spielregeln zu diktieren. Aber sie würde es ihm zeigen, würde seine sorgfältig zurecht gelegten Regeln aus den Angeln heben. Er liebte sie? Ach ja, das würde sie ihm garantiert nicht noch einmal glauben. Lügner! Verräter! Oh nein, er hatte sie in Sicherheit gewiegt, nur um sie dann eiskalt auszunutzen. Er hatte ja keine Ahnung, wie man sich fühlte, benutzt, hilflos, nackt und leer. Aber sie hatte aus der Situation gelernt. Nun würde sie ihm ihre Lektion erteilen. Kampfeslustig schaute sie auf den mittlerweile vor ihr stehenden Fischteller und piekte die Gabel mit einem lauten Knack in den gegrillten Garnelenpanzer.

Die Sonne stand schon tief am Himmel, als Rebecca mit ihren Einkaufstaschen der wenigen exklusiven Geschäfte der Insel die Einfahrt zum Hotel Residence Palace entlang schlenderte. Gut gelaunt trat sie durch die große Eingangstür und auf den Portier zu, der leicht gelangweilt in einem Sportmagazin las. Als er sie erblickte, errötete er schuldbewusst, eilte ihr entgegen. »Miss Quentlin, geben Sie mir Ihre Taschen. Ich passe auf sie auf.«

Dankbar übergab Rebecca ihm die Tüten. Als sie sich umdrehte, betrat ein großer, breitschultriger Mann mit dunklen, gewellten Locken die Eingangshalle. Seine blauen Augen waren auf sie gerichtet, sein Mund verzog sich zu einem herzlichen Lächeln. Mit ausgebreiteten Armen kam er auf sie zu und drückte ihr auf jede Wange einen Begrüßungskuss. »Rebecca, wie schön, dass du gekommen bist. Willkommen in meinem bescheidenen Reich.«

»Danke Kirk, natürlich bin ich hier. Ich habe es dir doch versprochen.«

Er lachte kurz auf, sein dunkles Lachen hallte durch den Raum. »Wie waren unsere Fische? Hat alles so geklappt, wie du es dir vorgestellt hast?«

Sie nickte erleichtert an den Gedanken des grandiosen Barbecues, das sie dank Kirks Hilfe gestaltet hatten. »Sie waren köstlich. Vielen Dank noch einmal. Ich hoffe wirklich, dass es das letzte Mal war, dass du mir aus der Klemme helfen musstest.«

»Gar kein Problem. Ich helfe dir gerne, wenn es möglich ist.« Freundschaftlich legte Kirk Rebecca den Arm um die Schultern, führte sie sanft durch die Hotelhalle auf die angrenzende Terrasse, von der man freie Sicht auf das Meer und die umliegenden Atolle besaß. Rebeccas Blick flog über das Wasser, blieb an den schemenhaften Umrissen ihres Atolls hängen. Dort hinten lag ihr Hotel, doch außer einer dicht bewaldeten Insel, konnte man nichts erkennen.

»Bitte setz dich doch.« Kirk zog ihr einen Sessel zurecht. Dankend folgte Rebecca seiner Einladung.

»Es ist immer wieder schön, hier zu sein.« Bewundernd ließ sie ihren Blick über die teuren Bezüge der Gartenmöbel gleiten.

»Es freut mich, dass es dir gefällt. Darf ich dir ein Glas Wein anbieten?«

Sie nickte zustimmend. »Welchen empfiehlst du mir denn?« Während Kirk sich ihr gegenüber setzte und die Beine übereinander schlug, dachte er kurz nach. »Wir haben einen Brunello da. Sehr guter Jahrgang. Oder möchtest du lieber einen Weißwein?« Er legte seinen Kopf schief, schaute sie zwinkernd an. »Empfehlen würde ich uns allerdings ein Glas Champagner zur Feier des Tages. Schließlich habe ich nur sehr selten den Genuss, den Sonnenuntergang mit dir anzusehen.«

Rebecca lachte amüsiert auf. »Du alter Schmeichler. Aber warum nicht? Ich folge deiner Empfehlung.«

Lässig hob Kirk seinen Arm, worauf augenblicklich eine junge Asiatin in Hoteluniform auf ihn zusteuerte. »Ja, Mister Barley? Was darf ich Ihnen bringen?«

»Janice, bitte bringen Sie Miss Quentlin und mir zwei Gläser Champagner.«

Die junge Angestellte nickte eifrig und eilte sofort ins Innere des Restaurants.

»Ich bin begeistert. Dein Service klappt hervorragend.«

Als Antwort verdrehte Kirk theatralisch die Augen. »Wenn ich die Anzahl der Trainingsstunden bedenke, die wir bereits abgehalten haben, um dieses Niveau zu erreichen, unglaublich.«

Rebecca lachte verständnisvoll. »Aber es ist doch schön zu sehen, wie wir diesen jungen Menschen die Hotellerie beibringen, zu beobachten, wie sie sich weiterentwickeln. Findest du nicht?«

Er lächelte sie warm an, seine blauen Augen ruhten länger als gewöhnlich auf ihrem Gesicht. »Natürlich. Sonst wären wir beide, glaube ich, nicht hier, oder?«

Rebecca lächelte schwach, wandte ihr Gesicht nachdenklich dem Meer zu. Ihr Daseinsgrund bestand hauptsächlich aus einem Wort: David. Aber darüber wollte sie heute Abend nicht nachdenken.

»Was gibt es Neues?« Kirks tiefe Stimme riss sie zurück in die Gegenwart. Mit gekrauster Stirn überlegte Rebecca, welche Neuigkeiten es gab, außer, dass David in ihr Leben getreten war und gedachte, alles, was sie sich hier in den letzten zwei Jahren aufgebaut hatte, zu zerstören.

»Wir haben endlich den Umbau unseres Fitnessstudios beendet«, antwortete sie stattdessen. »Die neuen Geräte sind eingetroffen. Ich glaube, wir haben keinen Wunsch offen gelassen.« Stolz klang aus ihrer Stimme. Sie blickte Kirk offen an. »Vielleicht hast du ja mal Lust, es dir anzuschauen.«

»Definitiv, schließlich will ich ja wissen, was meine Konkurrentin auf ihrem paradiesischen Atoll den Gästen bietet, damit wir alteingesessenen Hotels zukünftig noch überleben können.«

»Das ist lieb von dir zu sagen, aber warte mit deinem Lob bis du dich selbst von unserem Werk überzeugt hast.«

»Einverstanden, obwohl ich weiß, dass es gut sein muss, sonst wärst du nicht damit zufrieden.«

»Außerdem überarbeiten wir gerade unsere Lieferantenbeziehungen«, fuhr sie fort.

Kirks Augen ruhten immer noch entspannt auf ihr, schienen jede ihrer Bewegungen aufzusaugen.

»Wegen mir musst du das wirklich nicht tun«, erwiderte er zwinkernd.

»Vielleicht nicht wegen dir, aber dein Executive Chef wird beim nächsten Mal an die Decke springen.«

Kirk zuckte gelassen mit den Schultern. »Kein Problem. Das hat er dieses Mal schon getan. So treibt er wenigstens ein wenig Sport.«

Rebeccas Lachen perlte zu ihm herüber.

»Wie wäre es kommenden Mittwoch? Ich könnte zu dir kommen, dann könntest du mir das Wunderwerk zeigen. Anschließend statten wir dann unserer neuen Konkurrenz auf dem Atoll dort drüben einen kleinen Besuch ab. Sie sollen einen umwerfenden Strand aufgeschüttet haben. Was hältst du von einem kleinen Badeausflug?« Kirks Gesicht wirkte gelassen, doch sie sah die eine schnelle Bewegung seiner Augenbraue, die ihr seine Anspannung verriet. Wahrscheinlich rechnete er mit einer freundlichen Ausrede, so wie all die letzten Male, als er sie einlud. Doch diesmal war es zu verlockend, einen Tag weit weg von David zu verbringen. Gut gelaunt wackelte Rebecca mit dem Fuß, während sie ernsthaft über Kirks Frage nachzudenken schien.

»Weißt du«, hob sie an und sah, dass sich das Blau seiner Augen verdunkelte. Es erinnerte sie an die Tiefe des Ozeans. »Ich nehme deine Einladung sehr gerne an.«

Kirks überraschter Gesichtsausdruck gab ihr Recht.

»Das nenne ich wahrlich eine Entscheidung, Rebecca. Abgemacht. Ich bin um 10 Uhr am Mittwoch bei dir.«

»Abgemacht.«

Sanft stießen sie die Gläser aneinander und tranken einen Schluck Champagner.

Die Nacht war bereits hereingebrochen. Schwarz breitete sich die Dunkelheit vor ihnen aus. Rebecca nahm Kirk die Einkaufstaschen aus der Hand und legte sie neben sich ins Boot.

»Bist du wirklich sicher, dass du jetzt noch dort raus fahren willst?« Ernste Besorgnis sprach aus Kirks Stimme.

»Natürlich, das ist doch nur eine kurze Wegstrecke«, beruhigte Rebecca ihn. »In einer halben Stunde bin ich zuhause.«

»Du kannst gerne hier übernachten. Wir sind nicht ausgebucht, dann bist du morgen früh ausgeruht zurück.« Rebecca schüttelte lachend den Kopf, wobei ihre langen Locken fröhlich umherflogen. »Oh nein, Kirk. Das Gerede und Getuschel meiner Mitarbeiter, wenn ich in diesem Kleid erst morgen früh das Hotelgelände betrete, das kannst du mir nicht gönnen wollen. Nein, ich fahre jetzt schnell hinüber.«

»Ruf mich bitte an, wenn du angekommen bist. Wenn ich in 45 Minuten nichts gehört habe, mache ich mich auf die Suche nach dir.« Er blickte sie mit umwölkter Stirn an. »Das meine ich absolut ernst, Rebecca. Wenn ich um 22:45 Uhr noch nichts von dir gehört habe, komme ich nach.«

Es tat gut, seine Besorgnis zu spüren. Dankbar lächelte sie ihn an. »Ich melde mich sofort bei dir, wenn ich unseren Bootssteg betrete. In Ordnung? Mach dir bitte keine Sorgen um mich.«

»Doch, Rebecca, das tue ich und ich bin auch überhaupt nicht stolz darauf, dass ich mich von dir habe umgarnen lassen und dich nicht begleite.«

»Kirk, nun schimpf doch nicht mit mir nach so einem schönen Abend. Wünsch mir lieber eine gute Fahrt. Ich melde mich.«

»Gute Fahrt«, brummte Kirk und hob die Hand zum Abschied.

Wie er dort stand, in seinem hellen Anzug, den dunklen Haaren, nur erleuchtet im schwachen Schein der aufgestellten Fackeln, war sie tatsächlich versucht, einfach im Hotel zu bleiben, denn sie wusste, das er Recht hatte. Aber sie konnte es sich nicht leisten, Thema von Tratsch in ihrem Hotel zu sein, vor allem nicht, da ihre Angestellten sich wahrscheinlich die Nächte mit diesem unsäglichen Buch um die Ohren schlugen. Der aufsteigende Zorn verlieh ihr die notwendige Kraft. Mit mulmigem Gefühl startete Rebecca das Motorboot und lenkte es mit hoher Geschwindigkeit hinaus auf das offene Meer.

Erleichtert verlangsamte sie die Fahrt, genoss die letzten Meter bis zum Steg, der im wackelnden Licht der Bootsbeleuchtung gefährlich schwankte. Eine Gestalt näherte sich. Wie schön, dass ihre Mitarbeiter so achtsam waren. Sie war davon ausgegangen, dass alle schon in ihren Unterkünften schliefen. Vorsichtig lenkte sie das Boot zum Anleger, verlangsamte erneut die Fahrt, dann griff sie nach ihrem Handy und wählte Kirks Nummer. Schließlich sollte er sich nicht auf die Suche nach ihr begeben.
»Hallo Kirk, ich bin es.« Sie lachte fröhlich, bei seinem erleichterten Seufzer. »Ich bin gut angekommen.«
»Bist du schon im Hotel?«
»Ich lege gerade an. Vielen Dank noch einmal für den schönen Abend.«
»Ich habe dir zu danken, Rebecca. Vergiss unsere Verabredung nicht«, erinnerte er sie.
»Natürlich vergesse ich es nicht.«

»Sehr gut. Dann sehe ich dich am Mittwoch.« Er machte eine bedeutungsvolle Pause. »Ich freue mich.«
»Ich freue mich auch. Gute Nacht, Kirk.«
»Gute Nacht, Rebecca.«
Schnell drückte sie auf den Knopf, ließ ihr Handy in ihre Tasche gleiten, denn nun musste sie sich auf die letzten Meter konzentrieren, wollte sie nicht das Boot beschädigen. Sie schaute bedächtig zum Bootsende, das gefährlich gegen den Steg gedrückt wurde.
»Ich bin fast so weit.« Erleichtert stellte sie den Motor ab, drehte sich um und griff nach dem Seil, das sie hinüber zu ihrem Mitarbeiter warf. Er fing es schweigend auf, dann befestigte er es geschickt am Steg. Einen Gruß hatte sie sich schon verdient. Na, sie würde sich den Burschen gleich einmal zur Brust nehmen, wenn sie ausgestiegen war. Schnell griff sie nach ihren Taschen und drehte sich herum, um das Boot zu verlassen. Dabei ruckte es so stark, dass sie um ein Haar ins Wasser gestürzt wäre, wenn David nicht geistesgegenwärtig einen Satz zu ihr gemacht und sie fest am Arm gegriffen hätte.
»Du?« Mit weit aufgerissenen Augen starrte sie ihn an.
»Dasselbe könnte ich dich fragen«, antwortete er trocken.
»Was machst du hier?«
»Wonach sieht es denn aus?« Er schien sich über sie zu amüsieren, doch in seiner Stimme lag ein gereizter Ton. Irritiert blickte sie auf das befestigte Seil.
»Willst du für mich arbeiten?« Ihre Augen blitzten vergnügt.

Die zwei Gläser Champagner ließen in ihrer Wirkung erst sehr langsam nach.

Er ignorierte ihre Frage. »Jetzt steig erst einmal vorsichtig aus, sonst landest du gleich im Wasser.«

Plötzlich wurde sie sich seiner Hand bewusst, die ihren Arm fest umfasste. Behände kletterte sie über die Reling, sprang mit einem leichten Satz auf den Steg, direkt vor David.

»Wo warst du?«

»Bitte was?« fragte sie betont verständnislos.

»Ich habe dich gefragt, wo du warst?« Er fuhr sich ungehalten mit der freien Hand durch das Haar. »Hat dich denn niemand darüber aufgeklärt, wie leichtsinnig es ist, im Dunkeln mit so einem winzigen Motorboot über das offene Meer zu fahren?«

Sie lächelte ihn nachsichtig an. Seine Sorge rührte sie gegen ihren Willen. »Doch, man hat mich aufgeklärt, aber ich weiß, was ich tue.«

»Offensichtlich nicht.« Seine Augen funkelten sie wie dunkle Gewitterwolken an.

Sie senkte ihren Blick auf seine Hand, dann schaute sie ihn betont kühl an. »Du kannst mich wieder loslassen, David.«

Langsam lockerte er seinen Griff, hakte seine Hand lässig in die Hosentasche. Dennoch bewegte er sich nicht einen Zentimeter, sodass sie weiterhin zwischen ihm und dem Motorboot eingeklemmt war.

»Wie ich sehe, hast du einiges eingekauft.«

»Jawohl, Herr Hoteldetektiv. Ich bekenne mich schuldig.«

Sie lachte belustig, wodurch sie seinen Zorn zusätzlich anstachelte.

»Du bist absolut verantwortungslos, Becs. Ist das dein neuer Lebensstil?«

Das Lachen verschwand aus ihrem Gesicht. Drohend piekte sie ihren Zeigefinger in seine Brust. »Das geht dich nichts an, absolut nichts, mein Lieber. Merk dir das«, zischte sie.

»Und ob mich das etwas angeht, meine Liebe. Du gehörst zu mir und deswegen mische ich mich sehr wohl ein.« Er trat einen kleinen Schritt näher, sodass sie nur noch wenige Millimeter voneinander getrennt waren. Sie konnte seine Nähe mehr spüren als sehen. David blickte wütend auf sie herab, doch zornig hielt sie seinem Blick stand.

»Ich gehöre nicht mehr zu dir, merk es dir.«

»Merk du dir lieber das.« Und schon hatte er sie ruckartig an sich gezogen, seinen Mund zu einem fordernden, leidenschaftlichen Kuss auf ihren gesenkt. Hilflos kämpfte sie gegen ihre eigenen Empfindungen, genoss für einen winzigen Augenblick, bevor sie schließlich mit letzter Macht David auf den Fuß trat.

»Aua«, rief er erschrocken, doch augenblicklich verzog sich sein Mund zu einem gefährlichen Lächeln. »Willst du mich provozieren, Becs?«

»Nein, nur Anstand beibringen. Der scheint dir in den letzten zwei Jahren gänzlich abhandengekommen zu sein.« Eine schallende Ohrfeige hätte nicht besser gewirkt. Zufrieden beobachtete sie, wie er einen Schritt zurückwich, ihr schweigend den Weg frei machte.

»Danke«, erwiderte sie damenhaft. »Ich werde jetzt schlafen gehen. Gute Nacht.« Sie wollte gerade an ihm vorbeigehen, als er sie am Arm griff und zu sich herumwirbelte.

»Aber, aber meine Liebe. Wenn wir schon von guten Manieren sprechen, dann werde ich dich natürlich bis zu deiner Tür begleiten, um sicherzustellen, dass du auch gut angekommen bist. Das gebietet die Höflichkeit.«

Wütend starrte Rebecca ihn an. Sie hasste ihn dafür, dass er sie mit ihren eigenen Worten schlug. Jetzt blieb ihr nichts anderes übrig, als mitzumachen, wollte sie nicht ihr Gesicht verlieren. »Aber nur, wenn du dich auch dementsprechend benimmst.«

Ein schalkhaftes Lächeln umspielte seine Lippen, er hob seine Finger zum Schwur. »Ich gelobe.«

Sie reichte ihm schweigend ihre Taschen. »Danke, dass du diese für mich tragen möchtest.«

»Biest«, zischte er belustigt, griff jedoch bereitwillig nach ihren Tüten. Als sich ihre Finger dabei berührten, durchfuhr sie ein aufreizendes Kribbeln, das sie vehement unterdrückte. Schweigend schritt sie neben ihm her, vorbei am Hauptgebäude, dann den Weg zum nördlichen Inselende entlang, bevor sie in einen versteckten Seitenweg einbog, an dessen Ende sie vor einem kleinen Haus auf einer bewaldeten Lichtung stehen blieb.

»So hier ist es, danke für die Begleitung.« Ohne auf seine Antwort zu warten, nahm sie David die Tüten ab, stellte sich auf die Zehenspitzen und hauchte ihm provozierend einen Kuss auf die Wange. »Gute Nacht«. Und schon war sie im Haus verschwunden.

Als Rebecca die Tür hinter sich zuschlug, schloss sie für einen Moment die Augen. Sie hatte es geschafft. Sie hatte den Weg gefunden, David zu zähmen und sich selbst unter Kontrolle zu halten. Dankbar griff sie sich ans Herz. Gerade noch rechtzeitig hatte sie die Lösung, den Schlüssel für ihr Verhalten ihm gegenüber gefunden, denn schon in wenigen Stunden musste sie mit ihm Malé besichtigen. Schnell drehte sie den Schlüssel im Schloss herum und stieg die kleine Treppe zu ihrem Schlafzimmer hinauf.

Die Hände tief in seinen Hosentaschen vergraben, wanderte David die verschlungenen, nur spärlich beleuchteten Wege zurück zu seiner Villa. Missmutig kickte er einen kleinen Stein an den Wegesrand. Wie konnte Becs nur so unvernünftig sein und mutterseelenallein nachts über das offene Meer fahren? Sie musste doch wissen, dass ihre kleine Nussschale ein winziges Spielzeug gegen die starken, offenen Wellen war. Sie hätte ertrinken können, verdammt noch mal. Was für ein Schlappschwanz war dieser Kirk überhaupt, dass er Becs alleine über das Meer schippern ließ? Er an seiner Stelle hätte sie überredet, die Nacht bei ihm zu verbringen. Davids Stirn umwölkte sich zusehends. Nein, es war besser, dass sie das nicht getan hatte. War sie nur aus bloßem Pflichtbewusstsein zurückgekommen? Und wer war dieser Kirk, mit dem sie augenscheinlich den Tag verbracht hatte? Lief da etwas Ernstes zwischen den Beiden? David atmete erregt aus. Es war wirklich höchste Zeit, dass er Becs gefunden hatte, dabei hatte sie wirklich alles getan, um ihre Spuren zu verwischen. Was hatte er nicht alles unternommen, um sie zu finden. Und wenn er nicht einen glücklichen Zufall zu Hilfe gehabt hatte, dann wäre er heute immer noch nicht hier. Erst Andrew und Sandra, seine neuen Nachbarn, hatten ihm den entscheidenden Tipp gegeben, als sie von ihrem Urlaub auf den Malediven erzählten, der so wunderschön gewesen war, in einem Traum von Hotel mit einer ausgesprochen freundlichen und attraktiven Hoteldirektorin mit langen, roten Locken. Vor allem Andrew konnte sich vor Lob gar nicht beruhigen, da sie ihm bei der heimlichen Vorbereitung seines Heiratsantrages geholfen und das Unmögliche möglich gemacht hatte. Instinktiv hatte er gewusst, dass sie von Becs sprachen. Und nun war er hier, nicht nur um Becs zurück zu gewinnen, sondern, wie er seit heute Abend wusste, auch, um sich gegen Kirk, diesen Waschlappen, zu behaupten. Wie konnte er es zulassen, dass Becs alleine aufs Meer hinausfuhr? Ihm gehörte wirklich eine Tracht Prügel verpasst. David grinste kläglich. Diese Aufgabe musste leider bis zu seinem nächsten Leben warten, in diesem lag ihm körperliche Gewalt fern. Schweigend kickte er einige Steine zur Seite, dann blieb er plötzlich stehen und rief sich den einen innigen Moment am Bootssteg zurück ins Gedächtnis. Er spürte

Becs förmlich vor sich stehen, roch den blumigen Duft ihrer Haare, sah ihre funkelnden, grünen Augen und schmeckte ihre sinnlichen Lippen. Für einen winzigen Moment hatte sie seinen Kuss erwidert, hemmungslos und leidenschaftlich, bevor ihre Disziplin gesiegt hatte. Doch diesen einen Augenblick würde er nicht vergessen, sondern sich immer wieder ins Gedächtnis rufen. Er war alles, was er hatte. Das Einzige, was ihm Hoffnung gab, Becs wirklich zurückgewinnen zu können. Manieren wollte sie von ihm? Höfliches Verhalten? Bitte sehr, auf dieses Spiel verstand er sich. Dann stellte er die Zähler eben wieder auf null, auf Start. Ein neuer Anfang, um zu flirten und sich zu verlieben. Was für ein wunderbarer und hoffnungsvoller Gedanke. Plötzlich fühlte David sich beschwingt, schlenderte gut gelaunt die letzten Schritte zu seinem Haus. Wie schön, dass er bereits in wenigen Stunden wieder mit Becs zusammen sein würde.

KAPITEL 4

Unschlüssig drehte sich Rebecca vor dem Spiegel. Sollte sie ihr cremefarbenes Kostüm oder doch lieber ihr weißes Sommerkleid anziehen? Nein, bei einer Stadtbesichtigung war das beige Kostüm angebrachter, aber es wirkte zu steif. Außerdem stand nirgends geschrieben, dass sie eine Stadtbesichtigung in ihrem Hotelkostüm absolvieren musste. Schnell griff sie in ihren Kühlschrank, holte ein Glas Marmelade heraus, dessen Deckel sie öffnete und mit dem Löffel kurz hineintauchte, nur um ihn an ihrem Kostümrock entlang zu streifen. Ups, welch ein Malheur war ihr heute Morgen passiert? Da musste sie doch zu ihrem weißen Etuikleid greifen, dass ihre schlanke Figur betonte, schmeichelnd um ihren Körper fiel. Ihre Haare steckte sie zu ihrem gewohnten Knoten am Hinterkopf fest. Dann stopfte sie den Kostümrock in den Reinigungsbeutel und warf ihn die Treppe hinunter, wo er mit einem lauten Plumps unweit der Haustür zum Liegen kam. Mit sich zufrieden rannte sie in ihr Schlafzimmer zurück und band sich ihre Armbanduhr um. Sieben Uhr dreißig. Zeit, um ihren morgendlichen Rundgang im Restaurant zu absolvieren und mit den Frühstücksgästen zu plaudern.

»Henk, die Platten mit den Melonen sollten aufgefüllt werden. Sie sehen aus, als ob die halbe Küchenmannschaft schon davon gegessen hat.« Rebecca nickte dem jungen Mann mit den roten Haaren und den Sommersprossen freundlich, aber bestimmt zu. Sofort griff er nach der großen Servierplatte.

Rebecca setzte ihren prüfenden Rundgang am Buffet fort, erteilte abwechselnd Lob und Anordnungen. Eine weitere halbe Stunde später schritt sie hinüber zum Restaurant, das bereits gut gefüllt war. Wahrscheinlich wollten die Gäste die sonnigen Morgenstunden ausnutzen, zumal Regen für den späten Nachmittag angekündigt war. Dann wollte sie auf jeden Fall wieder aus Malé zurück sein. Sie trat lächelnd ein, begrüßte eine junge Familie, deren Söhne sich eifrig Schokoladen Flakes in den Mund stopften. Die leicht verzweifelten Eltern beteuerten, wie köstlich das Buffet, wie traumhaft überhaupt alles in der Hotelanlage war. Besonders der angebotene Kurs zum Schnorcheln für die Kleinen war ihre neueste Entdeckung. Die beiden Jungs nickten zustimmend.

Das ältere Ehepaar am Nachbartisch war in die Zeitung vertieft. Als Rebecca sie höflich ansprach, schauten sie überrascht auf. Schnell versicherten sie ihr, dass sie die Ruhe und das Nichtstun auf dem Atoll genossen.

Als Rebecca an den nächsten Tisch trat, blickte sie direkt in Davids frisch rasiertes Gesicht. Er lächelte sie unbefangen an, deutete an, sich zum Gruß zu erheben. So, so, hatte er ihre Zurechtweisung doch verstanden. Wenn er ihr allerdings auf diese Weise das Heft aus der Hand nehmen wollte, dann hatte er sich geschnitten. Entschieden trat Rebecca einen weiteren Schritt auf ihn zu. »Guten Morgen. Alles zu Ihrer Zufriedenheit?«

David schenkte ihr sein strahlendes Lächeln. Gegen ihren Willen flatterte ihr Herz.

»Guten Morgen, Becs. Oh ja, alles ist in bester Ordnung.« Er deutete auf seinen halb leeren Teller. »Das Omelett ist wirklich ausgezeichnet.«

»Wenn das so ist, dann sollten Sie morgen das Omelett

Spezial bestellen. Ich wette, es wird Ihr heutiges Lob noch übertreffen.«

»Morgen?« fragte er sanft. Dabei zog er leicht eine Augenbraue hoch, blickte Rebecca fragend an.

»Natürlich nur, falls Sie morgen noch einmal den weiten Weg auf sich nehmen möchten«, antwortete sie schnell.

Langsam ließ David seinen Blick über sie gleiten. »Auf jeden Fall.«

»Wir treffen uns übrigens um 11 Uhr am Bootssteg, um nach Malé zu fahren.« Um ihren Mund spielte ein süffisantes Lächeln. »Ich nehme an, Sie wissen wo das ist.«

»Keine Sorge, den Weg finde ich auch im Dunkeln.« David grinste sie frech an.

Als Antwort schenkte sie ihm ein förmliches Lächeln. »Das ist nicht nötig, Hauptsache Sie sind pünktlich.«

David legte eine Hand an die Stirn, deutete eine militärische Befehlsentgegennahme an, worauf Rebecca lediglich den Kopf schüttelte. »Dann wünsche ich noch guten Appetit.« Sie nickte ihm kurz zu, doch als sie an ihm vorbei ging, bückte sie sich spontan zu seinem Ohr herunter: »Ich an deiner Stelle würde noch etwas Platz für das Mittagessen lassen, sonst entgeht dir ein wunderbarer Genuss.«

Mit sich zufrieden steuerte sie auf den nächsten Tisch zu, wobei sie sich durchaus bewusst war, dass er jede ihrer Regungen wachsam verfolgte, wie ein hungriger Tiger nur so darauf wartete, dass sie sich noch einmal zu ihm umdrehte. Auch wenn die Neugier sie piesackte, den

Gefallen tat sie ihm nicht!

Sie bog gerade zum Bootssteg ein, als sie David auf sich zukommen sah. Zur Begrüßung schwenkte er kurz seinen Hut. Selbst aus der Entfernung sah sie sein breites Lächeln, erlaubte sich, für einen kurzen Moment den Blick auf diesen gefährlich attraktiven Mann zu genießen, der mit lässigen, aber bestimmten Schritten auf sie zukam. Er trug blaue, zu seiner Jeans passende Slipper, dazu ein weißes Poloshirt, dessen teures Logo sie auf die nun geringe Distanz deutlich erkannte. Seine bereits gebräunte Haut verstärkte seine männliche Wirkung. Schnell hob sie ebenfalls ihre Hand zum Gruß und wartete auf ihn. »Schön, dass Sie pünktlich sind«, begrüßte sie ihn, bevor sie ihrem Mitarbeiter zum Motorboot folgte.
»Ich habe den Tank wieder aufgefüllt, Miss Quentlin.«
»Danke, Phil. Sehr vorausschauend von Ihnen.« Phil hielt ihr die Hand zur Hilfestellung beim Einsteigen, die sie dankbar annahm. Ihr Kleid war etwas zu eng geschnitten, als dass sie mit Leichtigkeit den Satz ins Boot machen konnte. David nahm schweigend auf dem Beifahrersitz Platz, setzte seine Sonnenbrille auf, schaute sie abwartend an.
»Sind Sie soweit?« erkundigte Rebecca sich knapp. Als David nickte, drehte sie sich um, fing gekonnt das Seil von Phil auf und warf es hinter ihren Sitz. Behutsam drückte sie den Geschwindigkeitshebel nach vorn und wendete vorsichtig das Boot. Mit geübtem Griff fingerte sie aus

einem Seitenfach ihre Kappe hervor, die sie sich zum Schutz vor der gleißenden Sonne über ihre roten Locken zog, setzte sich ihre Sonnenbrille auf und beschleunigte erneut. Das Boot nahm weitere Geschwindigkeit auf. Für einen Moment vergaß Rebecca, dass David an Bord war. Während dieser Fahrt redete sie nie, denn zum einen musste sie sich auf die Wellen im offenen Meer konzentrieren, zum anderen genoss sie es zu sehr, mit Geschwindigkeit über die Wellen zu preschen. Zügig durchfuhr sie die Meeresenge, die den Weg auf das offene Meer freigab, erhöhte die Geschwindigkeit ein weiteres Mal. Mit harten Schlägen durchbrachen sie die Wellen. Gischt peitschte zu beiden Seiten des Bootes. Als David von einem ansehnlichen Wasserschwall getroffen wurde, lachte Rebecca übermütig auf. Er schaute sie grinsend an, dann stand er auf und stellte sich neben sie. Schweigend fuhren sie bis zur Hafeneinfahrt des Hauptatolls, wo er bewundernd beobachtete, wie geschickt sie sich durch den engen Hafen voller Boote manövrierte, bevor sie fachmännisch an einem kleinen Anlegeplatz parkte. Mit wenigen gekonnten Griffen vertäute sie das Boot, dann wandte sie sich zu ihm um. »So, da wären wir. Willkommen auf Malé, genauer gesagt, in seinem Hafen Boduthakurufaan Magu.«

Davids herzliches Lachen ließ Rebecca erstaunt innehalten. »Entschuldige, aber für die Aussprache braucht man wirklich einen Sprachkurs. Das ist ja der reinste Zungenbrecher.«

Gegen ihren Willen, stimmte Rebecca in sein Lachen ein.

»Man gewöhnt sich daran. Komm, jetzt schauen wir uns Malé an.«

»Sehr gern.« Bevor sie sich versah, war David mit einem sportlichen Satz auf den Steg gesprungen. Er streckte den Arm nach ihr aus und nach einem kurzen Moment des Zögerns ergriff sie seine Hand, um sicher aus dem Boot zu steigen. Sie spürte, wie seine Finger die ihren fest umschlossen. Sie hatte schon immer gefunden, dass er wunderschöne Hände besaß, ihre perfekt darin lagen. Sie blinzelte schnell. Keine Sentimentalitäten, sonst könnte sie nicht weiter die freundliche Hoteldirektorin sein. Bestimmt entzog sie ihm ihre Hand. »Danke für die Hilfe.«

»Jederzeit gern.«

Sie warf sich ihre Tasche über die Schulter, schlug den Weg ins Stadtzentrum ein, wo sie pflichtbewusst mit ihrer Führung begann: »Du befindest dich gerade an einem Ort, der seit mehr als 800 Jahren das Zentrum des Inselstaates ist. Allerdings gehören zu Malé neben der Hauptinsel Malé, auf der wir uns hier im Süden des Nord-Malé Atolls befinden, auch die drei Inseln Villingili, Hulhumalé und Hulhulé. Hier auf der Hauptinsel befinden sich nur vier der sechs Stadtbezirke.«

»Und wie heißen die genau?«

Sie hörte den spöttischen Ton aus seiner Stimme, blieb abrupt stehen. Betont freundlich lächelte sie David an, der seine Hände lässig in die Hosentaschen gehängt hatte, sie neugierig anblickte.

»Es freut mich, dass du so ein Interesse an Malé zeigst. Die vier Stadtbezirke heißen Henveiru, Galolhu, Maafannu und Macchangolhi.« Ohne seine Antwort abzuwarten, drehte sie sich um, ging erklärend weiter. »Im Gegensatz zu dem Leben auf den anderen Inseln der Malediven herrscht hier hektisches Treiben, wenn man es mal aus hiesiger Sicht betrachtet. Viele Menschen ziehen hierher. Daher haben die Verantwortlichen die Insel künstlich erweitert. So ist durch die zusätzliche Landgewinnung die nordöstliche Insel Hulhumalé entstanden.« Sie legte eine kurze Atempause ein. »Bedenkt man, dass wir hier nur einen Meter über der Meeresoberfläche stehen und dass die globale Erwärmung ungehindert zunimmt, mag man sich die Folgen gar nicht ausmalen. Aber gut, das ist nicht Thema unseres Ausflugs.« Sie wandte sich gen Osten, wo sie auf den weißen Turm einer Moschee zeigte. »Siehst du diesen Turm?«

David war dicht neben sie getreten, folgte mit den Augen ihrem ausgestreckten Arm. Zustimmend nickte er. »Das ist der Turm der Hauptmoschee.«

Rebecca wandte ihm ihr Gesicht zu, erschrak, wie nah er ihr war. Sie roch sein herb, klares After Shave, das ihr auch nach zwei Jahren so schmerzlich vertraut war. David blickte sie schweigend durch seine Sonnenbrille an.

»Kannst du dir vorstellen, was das Besondere an ihm ist?«

Er blickte sie immer noch unentwegt an, schüttelte lediglich verneinend den Kopf. Sein Schweigen irritierte Rebecca, vor allem, da seine Augen hinter den dunklen Gläsern seiner Brille verborgen waren. Vehement verdrängte sie die aufkommende Nervosität. »Er ist das Maß aller Dinge. Kein Haus darf höher sein als der Turm dieser Moschee. Dreh dich herum, du wirst es selbst sehen.«

Wie befohlen blickte David um sich. »Du hast Recht, er ist das höchste Bauwerk der Stadt.«

David fragte sich wieder einmal, woher sie diese unerschöpfliche Energie nahm. In dieser heißschwülen Mittagshitze hatten sie Malé zu Fuß erkundet, vorbei an den Banken und Ministerien, durch die belebte Einkaufsstraße. Die Masse von Touristen hatte ihn geschockt, ja geradezu abgeschreckt, wie sie in den vielen kleinen Lädchen herumlungerten. Danach waren sie gemütlich über den Fischmarkt geschlendert, vorbei an den rufenden Händlern mit ihren unzähligen Fischen, weiter über den Frucht- und Gemüsemarkt, bevor sie wieder zurück zur Einkaufsstraße gegangen und von dort den Weg zum Sultanspark, dem Inselmuseum sowie der Moschee eingeschlagen hatten. Er blickte verschämt auf seine Uhr. Zwei Stunden waren sie in dieser Hitze gelaufen, doch nur er schien sich dessen bewusst zu sein.

»Bist du müde?«

Er fächelte sich mit seinem Hut Luft zu. »Nicht gerade müde, aber an diese Luftfeuchtigkeit muss ich mich erst einmal gewöhnen.«

Rebecca nickte verständnisvoll. »Ja, das ist das Schwierigste hier am Klima.« Ein schneller Blick auf die Uhr bestätigte ihr, dass sie genau im Zeitplan lag. »Ich schlage vor, wir gehen jetzt ins Residence Palace und genehmigen uns dort unser Mittagessen. Einverstanden?«

David nickte erleichtert. »Eine grandiose Idee.«

Doch Rebecca war bereits einige Meter vorausgegangen. Ungeduldig drehte sie sich zu ihm um: »Komm schon.«

Mit langen Schritten holte er sie ein.

Unbekümmert fuhr sie fort: »Das Residence Palace ist eines der ältesten Hotels der Insel. Es beherbergte schon viele Könige, Königinnen, Prinzen und Prinzessinnen. Auch wenn heute aufgrund der immensen Berichterstattung die Adeligen lieber unsere Resorts mit ihrer Abgeschiedenheit dem berühmten Hotel vorziehen, so ist und bleibt es doch die erste Adresse der Insel. Erbaut wurde es vor gut fünfzig Jahren, erinnert an längst vergangene Kolonialzeiten. Das ist vom Architekten James Blowel durchaus gewollt, auch wenn es damit wenig zu tun hat. Heute ist sein Restaurant berühmt für die edlen Fischgerichte, von denen wir jetzt gleich eines kosten werden.« Bei ihren letzten Worten nickte sie dem jungen Angestellten an der Eingangstür lächelnd zu, der ihr zum Gruß die Kappe seiner Uniform abnahm.

Ohne auf David zu achten, durchquerte Rebecca die ausladende Hotelhalle, in dessen Mitte ein gigantisch großer Kristallleuchter hing. Schwere Teppiche bedeckten den Marmorfußboden und überdimensional üppige

Blumengestecke säumten die Treppenaufgänge.

»Sehr geschmackvoll, beeindruckend«, murmelte David mehr zu sich selbst und umfasste bereits den Türgriff zur Verandatür, um Rebecca den Vortritt zu lassen, als eine tiefe Männerstimme »Rebecca« rief. Verwundert wandte Rebecca sich um, dann erhellte ein herzliches Lächeln ihr Gesicht. Davids Blick folgte ihr wachsam. Abwartend beobachtete er den großen, schlanken Mann mit den breiten Schultern, der Rebecca an den Armen fasste und sie für Davids Geschmack viel zu lange auf die Wangen küsste. Seine dunklen Locken waren zu einem kurzen Stufenschnitt geschnitten, sodass sich nur sein Haupthaar wellte. Sein längliches Gesicht mit den aristokratischen Zügen und den blauen Augen passte zu seinem perfekt sitzenden, klassischen Anzug. Dazu trug er eine gelbe Krawatte. Die Art, wie er Rebecca ansah, machte David wütend. Unbewusst umfasste er den Türgriff so stark, dass seine Knöchel weiß hervortraten, doch dann entschied er sich, nicht weiter abwartend im Hintergrund zu stehen. Ruckartig ließ er die Tür los, trat betont entspannt neben Rebecca. Mit Genugtuung sah er, wie sein Gegenüber ihn irritiert anblickte, sodass Rebecca, die seinem Blick gefolgt war, auf David wies.

»Kirk, darf ich dir unseren Gast David Gallecker vorstellen, dem ich heute Malé zeige?« Und an David gewandt erklärte sie in honigsüßem Ton: »Das ist Kirk Barley, der Hoteldirektor das altehrwürdigen Residence Palace.«

Kirk, der Waschlappen, fuhr es David durch den Kopf. Mit undurchdringlicher Miene schüttelte er dessen Hand. »Ein schönes Hotel haben Sie hier.«

»Vielen Dank. Es stimmt, das Residence Palace ist wirklich etwas Besonderes, aber ich denke, Sie haben sich für Ihren Urlaub ein ebenso außergewöhnliches Juwel ausgesucht mit der besten Kollegin, die ich mir vorstellen kann.«

Noch mehr von diesen banalen Komplimenten und er würde seine gewaltfreie Überzeugung doch noch kurzerhand über Bord werfen. Ohne sich etwas anmerken zu lassen, lachte David arglos. »Nehmen Sie es mir nicht übel, aber ich stimme Ihnen aus vollem Herzen zu.« Er warf einen kurzen, aber deutlichen Blick auf Rebecca, bevor er sich wieder mit einem strahlenden Lächeln an Kirk wandte: »Und das in jeder Hinsicht.«

Kirks irritierter Blick, der blitzschnell zwischen David und Rebecca wechselte, war Balsam für Davids Seele.

»Das ist wirklich sehr nett von Ihnen, Mister Gallecker.« Lächelnd wandte Rebecca sich an Kirk: »Du siehst, unser VIP-Service wird von unseren Gästen sehr geschätzt.«

Kirk lächelte etwas gequält. »Möchtest du deinen gewohnten Tisch draußen auf der Terrasse?«

»Sehr gerne. Und dazu bitte das Fischgericht des Tages, aber heute ohne Calamaris.«

»Natürlich. Eine sehr gute Wahl.« Dabei griff Kirk ihr sanft unter den Arm, führte sie galant hinaus auf die Terrasse. David blieb nichts anderes übrig, als ihnen zu folgen. Kalter

Zorn stieg in ihm auf. Kirk, dieser Waschlappen, war vielleicht attraktiv und für Becs auf diesem einsamen Eiland eine echte Alternative, aber er war kein Mann für sie. Dieses Weichei hätte sich nicht selbst schön ins warme Stübchen zurückziehen dürfen, während Becs mutterseelenallein im Dunkeln auf dem Meer herumschipperte. Er wollte sich gar nicht ausmalen, was alles hätte passieren können. Also sollte sich dieser Typ hier nicht so aufspielen. Er würde Becs sowieso nicht bekommen. Niemals.

Während Kirk Rebecca den Stuhl zurecht zog, setzte sich David schweigend ihr gegenüber. Wenigstens waren an diesem Tisch nur Sitzgelegenheiten für zwei Personen, dachte er zufrieden.

»Ich will Sie nicht weiter stören und wünsche Ihnen nun ein schönes Mittagessen.«

»Danke, Mister Barley.« David lächelte ihm zu, wobei er missmutig verfolgte, wie Kirk Rebecca mit der Hand leicht über die Schulter strich. »Wir sehen uns, Rebecca«, raunte er ihr zu, bevor er verschwand.

»Du hast dich daran erinnert, dass ich keine Calamaris esse.«

Rebecca zuckte gleichgültig mit den Schultern. »Wenn ich das Essen aussuche und weiß, dass du darauf allergisch reagierst, dann wäre es mehr als unhöflich, es zu ignorieren.«

»Es freut mich, dass du doch nicht alles von uns vergessen hast.«

Sie warf ihm einen wütenden Blick zu, doch David hatte sein

Gesicht bereits dem Meer zugewandt, schien die Boote im Hafen zu beobachten. Glücklicherweise näherte sich der Ober, stellte zwei Gläser gekühlten Weißweins, zwei leere Gläser sowie eine große Wasserkaraffe auf den Tisch. David ergriff erleichtert das Weinglas, hob es aufmunternd an. Rebecca folgte seinem Beispiel.

»Auf die beste Fremdenführerin der ganzen Insel.«

Sacht stießen sie miteinander an, wobei Rebecca mit aller Kraft versuchte, das Kribbeln zu ignorieren, das ihr über den Rücken lief. »Danke«, war alles, was sie erwiderte, dann setzte sie das Glas an ihre Lippen, um Zeit zu gewinnen. Es war eine Sache, sich David als ein Mann ohne gemeinsame Vergangenheit vorzustellen und mit ihm die Insel zu erkunden, es war aber etwas völlig anderes, die tief verdrängten und verschlossenen Gefühle für ihre große Liebe zum Leben zu erwecken. Um ihres eigenen Glückes willen durfte sie das nicht zulassen. Sie durfte diese Macht nicht herausfordern, sonst würde sie untergehen, für immer. Dafür hatte sie nicht gekämpft, dafür hatte sie nicht ihr ganzes Leben hinter sich gelassen und hier auf dieser Inselgruppe ein neues Leben begonnen. Genießen und flirten ja, Gefühle für David zulassen nein!

»Habe ich etwas Falsches gesagt?«

»Wie bitte?« Sie schreckte aus ihren Gedanken auf.

»Du starrst mich die ganze Zeit so finster an, während ich mit dir spreche, dass ich mich frage, ob ich etwas gesagt habe, das dich verstimmt hat.«

»Oh, nein, nein, natürlich nicht. Ich habe gerade an etwas anderes gedacht. Entschuldige bitte.«

»Solange du an etwas anderes und nicht an jemand anderen denkst, sei dir verziehen.« David grinste frech. »Was steht denn nach dieser köstlichen Pause auf dem Plan?«

»Die Rückfahrt zum Hotel. Schließlich habe ich auch noch andere Aufgaben, die dort auf mich warten.« Sie warf einen kritischen Blick zum Himmel, dessen Wolken sich zu immer dichteren Gebilden zusammenzogen. »Ich denke, wir sollten die Rückfahrt nicht zu sehr hinauszögern, damit wir nicht in den aufziehenden Regen geraten.« Sie blickte ihn einen Moment schweigend an, bevor sie mit einem amüsierten Lächeln auf den Lippen fortfuhr: »Das ist auf dem offenen Meeresteil zu gefährlich. Schließlich trage ich die Verantwortung für dich.«

David lehnte sich entspannt in seinem Stuhl zurück. »Es ist ein schönes Gefühl, dass du dich für mich verantwortlich fühlst.«

»Oh nein, David, sonn dich nicht zu früh in etwas, was du völlig falsch verstehst. Ich meinte nur, dass ich dafür verantwortlich bin, unseren Hotelgast heil wieder in die Hotelanlage zu bringen. Damit endet meine Verantwortung für dich.« Eine unterschwellige Schärfe lag in ihrer Stimme, erinnerte sie warnend daran, wie brüchig ihr gegenwärtiger Friede mit David doch war. Sonne, Lachen, Scherze waren lediglich kurze Momente der Ablenkung und verbargen nur scheinbar den darunter liegenden hässlichen Verrat.

Er zog eine Augenbraue hoch: »Schade, wirklich schade.«
Die Stimmung driftete in eine gefährliche Richtung. Sie hatte sich nicht den ganzen Morgen zusammengerissen, um jetzt schon einzuknicken. Oh nein, sie hatte noch einige Treffen mit David zu absolvieren und musste durchhalten. Daher drehte Rebecca sich schnell um und gab dem Ober ein Zeichen, die Rechnung zu bringen. Schweigend warteten sie auf dessen Rückkehr.

Als sie ihre Karte durch das Abrechnungsgerät gezogen hatte und den Rechnungsbeleg einsteckte, fragte sie, als ob nichts gewesen wäre: »So, wollen wir?«

Sofort erhob sich auch David. »Natürlich.«

Er folgte ihr durch die Hotellobby zurück zum Eingang, die Auffahrt hinunter, an den Banken vorbei zum Hafen. Ihr war zum Weinen zu Mute, die leichte Stimmung des Vormittags war verflogen, stattdessen fühlte sie ihre Sehnsüchte, unerfüllten Träume, ihren Liebeskummer, die bereits an der Oberfläche ihrer inneren Schutzmauer kratzten. Sie schrak zusammen, als sie plötzlich an den Schultern gefasst wurde, starrte überrascht auf das weiße Poloshirt vor ihr, das nur noch eine halbe Armeslänge entfernt war und doch Teil einer anderen Welt zu sein schien. Sacht nahm David ihr Kinn zwischen Daumen und Zeigefinger, zwang sie so sanft, ihn anzuschauen.

»Tu mir bitte einen Gefallen, Becs, und schau nicht so traurig. Ok? Wenn ich vorhin etwas Falsches gesagt oder getan habe, dann tut es mir aufrichtig leid.«

»Es ist nichts«, wehrte sie lahm ab, dankbar dafür, dass er ihre Augen durch die getönten Gläser ihrer Sonnenbrille nicht sehen konnte.

»Wenn nichts ist, dann lach bitte wieder und lass uns den Rest des Ausflugs genießen.«

Sie nickte stumm. Ohne ein weiteres Wort ließ er ihr Kinn los und ging einige Schritte voraus, bevor er sich ungeduldig umdrehte. »Nun komm schon.«

Die drei Worte riefen sie zurück in die Gegenwart, erinnerten sie an ihre Pflichten. Eilig schritt sie hinter ihm her zu ihrem Boot.

Sie hatten Glück. Gerade als die Wolken die ersten Regentropfen freigaben, erreichten sie den Bootssteg des Hotels. Flink warf Rebecca ihrem Angestellten das Tau zu und stieg vorsichtig aus. Der Regen nahm sekündlich zu. Sie blickte sich rasch um, doch außer dem verlassenen Buggy ihres Mitarbeiters, der das Boot abdeckte, war niemand zu sehen.

»Komm, ich fahre dich schnell zu deiner Villa. Mit dem Buggy dauert es nicht lange, und du kommst noch trockenen Fußes heim.« Dicke Tropfen fielen bereits auf sie herab.

»Danke, das Angebot nehme ich gerne an.«

Schnell gab Rebecca ihrem Mitarbeiter ein Zeichen, dass sie das Gefährt nehmen würde, dann schwangen David und sie sich auf die regengeschützten Sitze. Sofort drehte sie den Schlüssel im Schluss herum und fuhr mit rasanter

Geschwindigkeit durch die Anlage.

Hatte Josh nicht gesagt, dass Becs eine glühende Vertreterin gemäßigter Geschwindigkeit war? David lachte innerlich. Josh schlich geradezu im Vergleich zu Becs.

Die Tropfen hatten sich zu einem handfesten, starken Regen gemausert, der respektlos in ihr Buggy prasselte, als Rebecca scharf vor Villa 18 bremste. »So, nun brauchst du nur noch die zwei Meter laufen, und du bist im Trockenen.«

»Willst du nicht mitkommen und die paar Minuten warten, bis der Regen aufgehört hat?« Er spürte ihr Zögern. »Die paar Minuten mit mir wirst du auch noch überstehen, Becs. Oder hast du etwa Angst davor, mit mir allein in meiner Villa zu sein?«

Die Provokation verfehlte ihre Wirkung nicht. »Träum weiter, David. Ich habe keine Angst vor dir.« Demonstrativ zog sie den Zündschlüssel ab und rannte zur überdachten Haustür.

David folgte ihr und schloss auf. Forsch trat sie ein, doch ihr Herz schlug heftig, in ihrem Magen kribbelte es unerklärlich. Sie fühlte sich fast wie bei ihrem ersten Rendezvous. Schweigend blickte sie sich im Hauptraum um. Ihr Blick blieb wie magisch an den Papierstapeln hängen. Sie schluckte schwer, riss sich von dem Anblick los. Langsam trat sie zur Verandatür.

»Diese Villa hat wirklich einen ausgesprochen schönen Ausblick.«

»Ich könnte Stunden damit verbringen, hier zu stehen und

einfach auf das Meer zu schauen.« Dabei war David dicht hinter sie getreten, sie spürte seinen Atem in ihrem Haar, fühlte seine Wärme, obwohl er sie nicht berührte. Für einen Moment schloss Rebecca die Augen. Nur für einen winzigen Bruchteil wollte sie vergessen, die Zeit ungeschehen machen und diesen Augenblick genießen. Er tat ihr so gut. Ein winziger Augenblick würde sie nicht ins Wanken bringen.

»Darf ich dich morgen Abend zu einem Drink bei Sonnenuntergang einladen? Hier, bei mir?« Davids Stimme klang heiser.

Das Kribbeln in ihrem Bauch verstärkte sich, doch sie schüttelte verneinend den Kopf.

»Bitte, Becs«, flüsterte er dicht an ihrem Ohr.

Sie atmete tief ein. Sie durfte jetzt nicht schwach werden. Erneut schüttelte Rebecca ihren Kopf. »Nein, das geht nicht. Ich denke, ich gehe jetzt besser, der Regen hat ja schon nachgelassen.« Das war eine Lüge, aber egal.

Fast panisch eilte sie zur Tür, doch als sie den Türgriff umfasste, stemmte David seinen Arm mit voller Kraft gegen die Tür. »Warte, Becs. Du hast etwas vergessen.«

Irritiert drehte sie sich zu ihm um. »Was denn?«

Noch ehe sie einen weiteren klaren Gedanken fassen konnte, beugte er sich zu ihr hinunter und küsste sie. Es war ein sanfter Kuss, der sie lähmte, der sie das Hier und Jetzt vergessen ließ und sie einfach mit sich fort trug. Gegen ihren Willen, gegen ihre Absicht und gegen ihre Vernunft erwiderte sie ihn, bis seine unausgesprochenen Versprechen sie um den Verstand zu bringen drohten, dann stieß sie David auf Armeslänge von sich. »Lass das, ich will das nicht.«

»Den Eindruck habe ich aber nicht«, entgegnete David mit rauer Stimme.

»Mir doch egal«, rief sie aufgebracht, zog die Haustür ruckartig auf und rannte in den strömenden Regen hinaus.

KAPITEL 5

Mit gerunzelter Stirn stand Rebecca an ihrem offenen Bürofenster, blickte hinaus auf die kleine Lichtung, hinter der sich das offene Meer in der späten Nachmittagssonne zeigte. Fröhlich tanzten die warmen Sonnenstrahlen auf den Wellen, sanft wehte das stetige Meeresrauschen zu ihr herüber, lullte sie in einen trügerischen Frieden ein. Doch so reglos sie hier am Fenster stand, so aufgewühlt war sie in ihrem Inneren. Und alles nur wegen David.

Zwei Tage war es nun schon her, dass er sie geküsst hatte. Seitdem hatte sie ihn nicht mehr gesehen. So präsent er vorher gewesen war, so unsichtbar war nun. Irritiert stellte sie fest, dass sie nicht wusste, was ihr lieber war. Obwohl sie sich nichts sehnlicher wünschte, als dass er wieder aus ihrem Leben verschwand, wanderten ihre Gedanken immer wieder zu David zurück. Neugierig hatte sie nachgeschaut, welche

Buchungen er vorgenommen hatte und mit völlig unbegründeter Enttäuschung gesehen, dass er gestern und heute wieder Zimmerservice bestellt hatte. Das war gut, das war sogar sehr gut. Zwei Tage, die sie ihrem Ziel, die vier Wochen mit ihm hier auf der Insel zu überstehen, näher brachten. Dennoch nagte die Frage des warum an ihr. Mied er sie? Oder wollte er sie durch seine Abwesenheit bestrafen? Vielleicht wollte er ihr auch klar signalisieren, dass er derjenige war, der den Takt ihrer Begegnungen bestimmte. Stolz reckte Rebecca ihr Kinn. Darüber war das letzte Wort noch nicht gesprochen. Wenn sie nur wüsste, wie sie den morgigen Bootsausflug hinter sich bringen sollte. Resigniert schloss Rebecca die Augen. Als sie sie endlich wieder öffnete, hatte sie einen Entschluss gefasst. Sie musste sich einfach einbilden, dass er ein Mann ohne Vorgeschichte war, mit dem sie den Tag verbringen würde. Das war das Einzige, womit sie ihren eigenen Plan verfolgen, ihr Leben retten konnte. Entschieden wandte sie sich wieder ihrem Schreibtisch zu und ignorierte die leise, warnende Stimme in ihrem Kopf.

Das Klopfen an der Tür kam ihr mehr als gelegen.

»Rebecca, darf ich kurz mit Ihnen sprechen?«

»Natürlich, Nita. Kommen Sie herein.«

Die junge Frau schloss leise die Tür und setzte sich Rebecca gegenüber.

»Was gibt es?«

Ihre Assistentin nickte fröhlich. »Jede Menge Neuigkeiten.

Zunächst gibt es einen neuen Zwist zwischen Jean-Francois und James, wegen der abgeänderten Menüvorschläge.«

»Ok, lassen wir sie noch ein wenig streiten«, warf Rebecca ein.

»Genau das wollte ich auch vorschlagen. Unsere Gäste aus Villa 7 möchten ein weiteres Zustellbett, da sie einen Gast erwarten, der auch bei ihnen in der Villa logieren soll.« Sie blickte Rebecca fragend an.

»Wie viele Gäste wohnen bereits in der Villa?«

»Zwei Erwachsene und ein Kind.«

»Sind sie mit den Zusatzkosten des weiteren Bettes einverstanden?«

»Nicht wirklich, aber sie möchten gerne drei Tage verlängern.«

Rebecca legte die Stirn in Falten, dachte kurz nach.

»Einverstanden, bei der Verlängerung von drei Tagen bekommen sie das Zusatzbett bei regulärer Verlängerungsrate der Villa gratis.«

»Also zahlen sie nichts für den zusätzlichen Gast.«

»Fast nichts.« Rebecca lächelte vielsagend. »Wir verdienen drei Tage an einer ausgebuchten Villa, die sonst in dieser Woche leer gestanden hätte und bekommen eine zusätzliche Person, die auch essen und trinken möchte.«

»Ach so«, Nita blickte sie bewundernd an.

»Das sagen Sie ihnen aber nicht, Nita«, ermahnte Rebecca eindrücklich.

»Nein, natürlich nicht.« Um ihre Verlegenheit zu verbergen,

blätterte Nita schnell in ihren Notizen. »Wir müssen die Bestellungen der Bett- und Tischwäsche abschicken, damit wir sie rechtzeitig zur neuen Saison geliefert bekommen. James hat sich bereits entschieden, doch Jean-François ist gegen die Wahl für den Pavillon.« Sie wedelte mit der Aufstellungsliste.

Rebecca streckte ihre Hand danach aus, überflog die Zeilen. Dann legte sie das Papier vor sich auf den Tisch. »Ich werde es mir umgehend ansehen. Bitte organisieren Sie für Dienstagmorgen ein Treffen mit Jean-François und James, aber nur zum Thema der Stoffwaren. Was gibt es sonst noch?«

»David Gallecker hat angerufen.«

Ihr Herz tat einen kleinen Sprung. »Ach so?« fragte Rebecca betont förmlich. »Und was wollte er?« Sie spürte ihren Herzschlag bereits bis zum Hals, zwang sich, keinerlei Emotionen zu zeigen.

»Er wollte sich nur vergewissern, ob es morgen bei dem Segelturn bleibt, und wissen, wo er um fünf Uhr erscheinen soll. Ich habe ihm gesagt, dass alles wie geplant stattfinden wird.«

Rebecca nickte kurz, sagte nichts. Wenigstens beruhigte sich ihr Herzschlag wieder auf Normalgeschwindigkeit.

»Er hat mich auch gefragt, womit man Ihnen eine besondere Freude machen kann«, fuhr ihre Assistentin im fröhlichen Plauderton fort.

Entsetzt starrte Rebecca sie an. »Bitte was?«

Nita errötete leicht. »Er möchte sich bei Ihnen bedanken, da ihm die Stadtführung so gut gefallen hat und Sie wegen der von ihm verursachten Verspätung ganz nass geworden sind.« Nita blickte Rebecca fragend an. Die Neugier war unübersehbar in ihren Augen zu lesen, doch Rebecca gedachte nicht, diese weiter anzufachen.

»Das ist aber nett, dabei bin ich doch nur nass geworden, als ich ihn im Buggy zur Villa gefahren habe und der Regen bereits eingesetzt hatte.«

»Ach so«, Nita klang enttäuscht. »Ja, das war wirklich ein Regenschauer, fast wie ein kleiner Weltuntergang.«

»Ja, wie ein kleiner Weltuntergang«, echote Rebecca. Wie nah Nitas Vergleich doch der Wahrheit kam. Für sie war in der Tat wieder einmal eine kleine Welt untergegangen. Schnell blinzelte Rebecca, dann schaute sie Nita betont amüsiert an. »Und, was haben Sie ihm gesagt?«

»Ich wusste nicht, was ich sagen sollte. Aber er klang so ehrlich bemüht, Ihnen eine Freude zu machen, dass ich ihm vorgeschlagen habe, er könnte Ihnen ja ein Paar Schuhe schenken.« Sie gluckste naiv. »Doch dann fiel mir ja ein, dass er Ihre Größe und Ihren Geschmack gar nicht kennt. Deswegen habe ich ihm stattdessen empfohlen, Sie zu einem Glas Champagner bei Sonnenuntergang einzuladen, da sie ihn so sehr mögen, aber nie Zeit haben, ihn zu genießen.«

Ein Eimer eiskalten Wassers über ihrem Kopf hätte nicht schockierender sein können. Mit vor Entsetzen weit aufgerissenen Augen starrte Rebecca ihre Assistentin an und betete, dass sie sich verhört hatte.

»Sind sie von allen guten Geistern verlassen, Nita, diesem Mann zu raten, mir Schuhe zu schenken oder mich zu einem Drink bei Sonnenuntergang einzuladen?« herrschte sie ihre Mitarbeiterin an. Das konnte doch nicht wahr sein! Wut, Zorn und Empörung vernebelten ihr die Sinne. Empört sprang Rebecca auf, trat mit verschränkten Armen vor das Fenster.

Ein leises Schluchzen hinter ihr erinnerte sie an ihre Position. Dicke Tränen rannen Nita über die Wangen. Sofort regte sich Rebeccas schlechtes Gewissen. Als sie den Blick ihrer Vorgesetzten auf sich spürte, schniefte Nita und schluchzte: »Ich wollte Ihnen doch nur eine Freude machen. Mister Gallecker hat sich so ernsthaft nach einem Geschenk für Sie erkundigt. Und ich habe mich so gefreut, dass er Ihre Zeit nicht einfach so wie all die anderen als selbstverständlich annimmt, sondern sich bei Ihnen bedanken möchte. Ich habe wirklich gedacht, dass Sie sich über etwas, das Ihnen ehrlich gefällt, freuen würden. Viel mehr als über einen öden Blumenstrauß.« Wieder tupfte sie sich neue Tränen aus den Augen.

Rebecca atmete tief ein. »Sie haben völlig Recht, Nita. Ich war ungerecht zu Ihnen. Es ist sehr fürsorglich von Ihnen, ihm etwas zu raten, das mir wirklich gefällt. Ich war nur so überrascht und möchte halt nicht, dass ich Mister Gallecker irgendwelche Hoffnungen mache. Können Sie das verstehen?«

Nita nickte schweigend, trocknete sich die nicht enden wollenden Tränen. Rebecca ging zu ihrem Sideboard, wo sie sich eine Box mit Taschentüchern griff. Lächelnd hielt sie diese Nita hin. »Bitte.«

»Danke, Rebecca«, schnell zog Nita ein Tuch heraus, wischte sich die Tränen von der Wange, schnäuzte sich herzhaft. Rebecca kniete sich vor sie, schaute sie von unten herauf an.

»Sind Sie mir noch böse?« flüsterte Nita ängstlich.

»Iwo, vielmehr freue ich mich darüber, dass Sie so um mich besorgt sind. Das ist doch das schönste Kompliment, das Sie mir machen können.« Rebecca schwieg kurz, dann fügte sie scherzend hinzu: »Auch wenn ich es nicht sofort verstanden habe.«

Nita tupfte sich erneut die Nase, nickte erleichtert. Rebecca stupste sie aufmunternd ans Knie.

»Und nun sagen Sie schon, wofür hat sich unser Herr Schriftsteller entschieden?«

»Für beides«, strahlte Nita erleichtert.

»Oh«, entfuhr es Rebecca. Aber wieso war sie überrascht? In Bezug auf David schien sich alles gegen sie verschworen zu haben. Sie riss sich zusammen, beugte sich verschwörerisch zu ihrer Assistentin hinüber: »Wenn es dadurch irgendwelche Gerüchte gibt, Nita, dann verlasse ich mich darauf, dass Sie Ihren Anteil an dieser Geschichte sofort klarstellen, ok?«

»Natürlich, Rebecca«, Nita nickte heftig. »Wobei jede hier

eine Romanze mit Mister Gallecker voll und ganz verstehen könnte, meinen Sie nicht?«

Rebecca erhob sich seufzend. »Ach, Nita. So, jetzt ist alles wieder gut, nicht wahr? Vergessen wir meine blöde Reaktion und freuen wir uns auf die Geschenke.«

»Au ja.« Das Lächeln war in Nitas Gesicht zurückgekehrt und so fröhlich wie bei ihrem Eintritt verließ sie das Büro. Rebecca hingegen ließ sich in ihren Schreibtischstuhl fallen und schlug resigniert die Hände vors Gesicht.

KAPITEL 6

Vorsichtig nippte Rebecca an ihrem gekühlten Melonensaft und lehnte sie sich entspannt zurück. Die Sonne stand bereits hoch am späten Vormittagshimmel, eine sanfte Brise spielte mit ihren Haaren, die unter ihrer weißen Kappe hervorlugten. Das rhythmische Auf und Ab des Segelbootes und das Rauschen der großen, offenen Segel senkte einen tiefen Frieden über sie. Träumerisch flog ihr Blick zum fernen Horizont, wo das Meer den Himmel berührte. Kühle Gischt spritzte ihr ins Gesicht, sie spürte das Prickeln des Salzes auf ihrer Haut. Vorsichtig wagte sie einen Blick neben sich, wo David lang ausgestreckt schlief, seine nackten Füße berührten die Reling. Langsam wanderte ihr Blick über seine gebräunten Beine, die weißen Shorts und das orangefarbene Poloshirt hinauf zu seinem Gesicht. Sein blondes Haar steckte unter einer weißen Golfkappe. Sie hatte schon immer gefunden, dass er ein schönes Profil besaß. Klar und markant. Beim Anblick seiner Bartstoppeln verzog sich ihr Mund zu einem nachsichtigen Lächeln. Fünf Uhr war wohl doch zu früh für ihn gewesen. Zwar war er pünktlich erschienen, zum Rasieren hatte aber anscheinend die Zeit gefehlt. Ein wehmütiges Ziehen durchfuhr Rebecca. Sie hatte David oft beim Schlafen beobachtet, dem gleichmäßigen Geräusch seines Atems gelauscht. Wenn er dann ihren Blick gespürt und langsam die Augen geöffnet hatte, dann hatte er sie als Antwort eng an sich gezogen. Häufig hatten sie sich daraufhin geliebt.

Sie widerstand der Versuchung, ihre Hand auszustrecken, um sanft die Konturen seines Gesichtes nachzufahren. Langsam glitt ihr Blick zurück zu seinen Augen, traf auf seinen wachen, vielsagenden Blick.

Plötzlich schien die Welt aus den Angeln gehoben zu sein. In dieser eisgrauen Tiefe seiner Augen las sie ihre eigenen Gedanken so nah und so echt, als ob sie wahr wären. Zeit und Raum verschwammen, es gab nur sie beide hier draußen auf dem Meer. Obwohl sie sich beide nicht regten, reisten sie gemeinsam durch die Zeit, in rasantem, wildem Tempo und landeten in einem Wasserschwall, der eiskalt über sie hinweg fuhr und sie augenblicklich in die Realität zurück katapultierte.

Irritiert wischte Rebecca sich mit der Hand über das nasse Gesicht, dann stellte sie lachend ihr nun salziges Getränk in den Becherhalter zurück. »Guten Morgen. Ich hoffe, du hast gut geschlafen?«

David reckte sich kurz, bevor er sich aufsetzte. »Bin ich tatsächlich eingeschlafen?«

»Das könnte man so sagen, denn seit wir an Bord gegangen sind, haben wir bereits eine vierstündige Segeltour hinter uns gebracht, die du jedoch verpasst hast.«

Er fuhr sich beschämt durchs Haar. »Das tut mir leid.«

»Wieso? Du solltest den Segelturn so genießen, wie du es magst.«

Er blickte sie schweigend an. Seine eisgrauen Augen bohrten sich tief in die ihren. »Wirklich?« fragte er sanft.

Sie schloss kurz die Augen, um sich zu fangen. »Du weißt, wie ich es meine«, antwortete sie leise.

»Ich wünschte, ich täte das nicht.«

»Hier, trink einen Schluck. Das wird dir den letzten Rest Müdigkeit vertreiben.«

Dankbar griff er nach dem kühlen Glas Melonensaft, hielt es sich an die Wange. »Hm, wunderbar.« Genießerisch stütze er sich auf die Ellbogen und trank einen Schluck. »Wohin segeln wir eigentlich?«

»Es gibt eine kleine Lagune auf einem unbewohnten Atoll. Dort kann man im flachen Wasser unglaublich farbenreiche Korallenriffe sehen.«

»Klingt faszinierend.«

»Ist es auch. Warte, bis wir dort sind.« Gedankenverloren strich Rebecca sich über ihre weißen Shorts, als ob sie eine imaginäre Fluse entfernte. Und mehr zu sich selbst fügte sie hinzu: »Ich freue mich wirklich darauf. Es ist schon einige Zeit her, dass ich dort war.«

Fragend zog David eine Augenbraue hoch. »Segelst du nicht mit jedem deiner VIP-Gäste dorthin?«

Sie lachte ihm frech ins Gesicht. »Nein, tue ich nicht. Normalerweise fahren wir zu der Korallenwand unweit von Malé. Aber bilde dir besser nichts darauf ein, ich wollte mich dafür belohnen, dass ich den ganzen Tag mit dir verbringe.«

»Dann ist es mir egal, aus welchen Gründen wir dorthin segeln. Hauptsache wir schnorcheln zusammen zum Korallenriff.« Er blickte sie fragend an. »Du kommst doch mit ins Wasser, oder?«

»Natürlich! Meinst du, ich segle stundenlang dorthin und lasse dann den Höhepunkt ungenutzt an mir vorüberziehen?«

»Nein, Becs, das solltest du nicht.« Seine Stimme klang plötzlich ernst, nachdenklich zog David an seinem Strohhalm, sodass Rebecca ihn irritiert beobachtete. Ohne sie anzusehen, rührte er mit dem Strohhalm in seinem Glas. »Schwimmst du eigentlich mit allen VIPs zu den Korallen?« Als sie schwieg, hob er seinen Kopf, ihre Blicke trafen sich erneut. Ihre grünen Augen leuchteten wie Smaragde in der Sonne. Sie blickten ihn nachdenklich an, während in seinen Augen echte Eifersucht zu lesen war.

»Das geht dich nichts an, David«, antwortete Rebecca langsam, das eben noch da gewesene Leuchten ihrer Augen erlosch. »Aber um diesen Tag nicht zu verderben: nein, normalerweise schwimme ich nicht mit den VIP-Gästen. Genauso wenig, wie ich meine VIP-Gäste normalerweise duze und noch weniger mich von ihnen einfach so küssen lasse.«

Er nickte schweigend, doch richtig erleichtert fühlte er sich nicht. Warum normalerweise? Gab es auch Ausnahmen oder war nur er die Ausnahme? Er tippte zur Beruhigung mit dem Fuß gegen die Reling. Egal. Vergangen. Sie sollten neu beginnen und die vergangenen zwei Jahre einfach vergessen. Nur weil er keine andere Frau angesehen hatte, hieß das nicht, dass Becs genauso enthaltsam gelebt hatte. Schließlich hatte sie ihn verlassen, ohne ein Wort und völlig überraschend. Sie mussten das klären, mussten die Situation bereinigen. Doch er wusste, es war noch zu früh. Sie hatte gerade erst angefangen über die hohen Mauern, die sie voneinander trennten, zu schauen. Von einem Ein- oder sogar Niederreißen dieser Hindernisse konnte noch keine Rede sein, und doch fühlte er, dass noch nicht alles verloren war. Er durfte es nur nicht vermasseln. Doch bald würden sie reden müssen, denn es blieben nur noch drei Wochen Zeit, um die unsäglichen Jahre der Trennung zu überwinden. Er blickte hinaus aufs Wasser, dessen Wellen sich in gleichmäßigem Takt am Bug des Bootes teilten. Bald, aber nicht heute. Nicht jetzt.

Plötzlich stand Rebecca neben ihm auf, balancierte ans andere Ende des Decks, wo der Steuermann saß. Ihre Haare wehten im Wind. Mit einer Hand hielt sie sich an der Reling fest, die andere hatte sie zum Schutz gegen das grelle Licht der Mittagssonne über die Augen gelegt. Zu ihren weißen, knielangen Shorts trug sie ein enges, weißes Polo-Shirt, das an ihrer schlanken Figur sehr sportlich wirkte und das Kupferrot ihrer Haare betonte. Sie wechselte einige Worte mit dem Steuermann, lachte kurz auf, nickte dann zustimmend. Vorsichtig drehte sie sich auf dem polierten Boden um und öffnete einen breiten Kasten neben ihm. Flink zog sie zwei Schnorchel mit passenden Taucherbrillen sowie zwei Schwimmflossen hervor, klemmte sich alles unter einen Arm und kehrte damit vorsichtig zu David zurück. Plötzlich veränderte sich der schwankende Rhythmus, sodass sie in Richtung Reling taumelte. David wollte aufspringen, doch Rebecca hatte sich bereits wieder gefasst und hockte sich erleichtert neben ihn. »Wir sind da.«

Er blickte sich suchend um. »Ich dachte, wir segeln in eine lauschige Lagune.«

»Nein, ich sagte, wir segeln zu dem Atoll mit den Korallen, die in einer lauschigen Lagune sind.« Sie reichte ihm seine Schwimmflossen. »Wir könnten natürlich auch direkt dorthin segeln, das stimmt schon, aber dann brauchen wir nicht mehr zu schnorcheln. Dabei ist doch gerade das einer der Höhepunkte dieser Tour.« Sie überprüfte die Taucherbrillen. Ohne ihn anzusehen, sprach sie weiter. »Am besten, du cremst dich noch einmal dick ein. Beim Schnorcheln vergisst man leicht, dass der Rücken direkt an der Wasseroberfläche im reflektierenden Sonnenlicht treibt.« Endlich schien sie mit ihrer Prüfung zufrieden, denn sie legte eine Brille sowie den dazu passenden Schnorchel vor David.

»Ich bin jetzt wirklich gespannt auf deine Korallen.« Leichtfüßig stand er auf, zog sich sein Shirt und die Shorts aus, stand in einer hellblauen Bermudabadehose vor ihr. Wortlos reichte sie ihm die Tube Sonnencreme, bevor sie ihm schnell den Rücken zuwandte. Behutsam streifte sie ihr Shirt über den Kopf, stieg aus ihrer Hose, zupfte leicht verlegen an ihrem braungoldenen Bikini.

»Entschuldige, Becs, aber kannst du mir bitte«, er stockte für eine Sekunde, sodass Rebecca sich überrascht zu ihm umdrehte, »den Rücken eincremen?« Er hielt ihr zur Aufforderung die Tube hin. »Ich revanchiere mich dann auch bei dir.«

»Gib her.« Betont gelassen trug sie die weiße Creme auf seine sonnengebräunte Haut, versuchte seine Wärme und die Muskeln seiner durchtrainierten Schultern zu ignorieren. Nur mit äußerster Kraft verdrängte sie den Wunsch, auch seinen restlichen Körper mit ihren Fingern zu erkunden. Sie spürte, wie sich Davids Muskeln unter ihren Berührungen anspannten, doch sie durfte der aufsteigenden Sehnsucht nicht nachgeben. »So, fertig«, durchbrach sie daher schnell die Stille, bot ihren verbotenen Gedanken Einhalt. Entschieden legte sie die Flasche mit der Sonnencreme zur Seite, stand auf und griff nach den Schwimmflossen.

David wollte schon ins Wasser springen, als Rebecca scharf »warte« rief. »Du bekommst ja einen Herzschlag, wenn du einfach so ins kalte Wasser springst.« Rebecca schüttelte heftig die roten Locken. »Und du erzählst mir etwas von Verantwortung. Also ehrlich, David.« Sie wusste nicht, ob ihre Worte oder der vertraute Ton, in dem sie aus Versehen seinen Namen ausgesprochen hatte, ihn zurückgehalten hatte, aber er starrte sie merkwürdig an, regte sich nicht.

»Hier, Miss Quentlin.«

Geistesgegenwärtig wandte Rebecca sich um, griff dankbar nach dem Eimer, den ihr ein Crewmitglied reichte. Kaltes Meerwasser schwappte gefährlich über seinen Rand. Vorsichtig stellte sie ihn zwischen David und sich auf den Boden. »So, jetzt greif hinein und benetz dich mit dem Wasser, damit du gleich keinen Schock bekommst.« Ohne auf ihn zu warten, beugte sie sich selbst darüber und bespritzte sich leicht mit Wasser. Schweigend folgte er ihrem Beispiel, dabei war er ihr dankbar, dass sie ihn daran gehindert hatte, einfach so ins Meer zu springen. Es hatte so verlockend ausgesehen. Allein der Gedanke mit Becs darin zu schwimmen, hatte ihn jede Vorsicht vergessen lassen. Als er sich nass genug empfand, gab Rebecca ihm ein Zeichen, ihr zu einer kleinen Strickleiter zu folgen und statt einfach hineinzuspringen, vorsichtig dort herunter zu steigen.

»Das Wasser ist hier schon zu flach, wir könnten uns bei einem Sprung verletzen.« Geschickt stieg sie, die Flossen und den Schnorchel unter den Arm geklemmt, die Brille um den Hals gehängt, Stufe um Stufe hinunter und tauchte schnell ins Wasser. Ungeduldig folgte David ihrem Beispiel. Er genoss den prickelnden Moment, als er sich den Fluten anvertraute. Mit einer Hand hielten sie sich an der Strickleiter fest, mit der anderen zogen sie ihre Flossen an.

»Wir schwimmen jetzt um diesen Vorsprung dort vorne. Dahinter gibt es wunderschöne Korallen.« Grinsend wie Teenager steckten sie sich den Schnorchel in den Mund und schwammen einträchtig nebeneinander um den Riffvorsprung herum. Das unberührte Korallenriff überraschte sie mit bunten Farben, zahlreichen Korallenformen und einer Vielzahl an kleinen Fischen, die sich in ihrem Schutz bewegten. Das gleißende Sonnenlicht tauchte alles um sie herum in helle Farben, tänzelte über die einzelnen Pflanzen wie ein Mobile. Es war eine einzigartige Szenerie, ein Farbenspektakel in friedlicher Stille. Sie hörten nur noch das Rauschen des Wassers in ihren Ohren, glitten lautlos, nur durch langsame Schwingungen ihrer Flossen angetrieben, am Riff entlang. Die vor ihnen liegende Schönheit inmitten des Atolls war atemberaubend, wie berauscht schwammen sie weiter, bis Rebecca nach geraumer Zeit ein Zeichen gab. David folgte ihr, dann stand sie plötzlich vor ihm im Wasser. Der sandige Meeresboden war nur wenige Zentimeter tief. Glücklich nahm sie den Schnorchel aus ihrem Mund, lachte ihm unbeschwert entgegen.

»Einfach grandios. Ein wahrer Höhepunkt.«

»Nicht wahr?« Sie strahlte ihn arglos an. »Es ist mein absoluter Lieblingsort zum Schnorcheln.«

Schweigend blickte er sie an, dann trat er impulsiv einen Schritt näher auf sie zu, sodass er dicht vor ihr stand. »Bitte Becs, lass uns diesen Augenblick perfekt machen. Bitte, nur diesen einen Augenblick, mehr verlange ich nicht.« Seine Stimme klang wie ein Flehen, dabei sah er ihr tief in die Augen. Sie blickte ihn regungslos an, unfähig etwas zu sagen.

»Darf ich?« flüsterte er, bevor er sich sanft zu ihr herunter beugte, sodass sein Mund nur wenige Zentimeter von ihrem entfernt verharrte. »Nur diesen einen Augenblick, Becs, bitte.«

Als Rebecca langsam nickte, zog er sie vorsichtig, fast ehrfürchtig, in seine Arme, dann senkte er seine Lippen auf die ihren.

Sanft, innig, süß und verträumt ließ sie sich fallen, genoss, gab, nahm und sog diesen einen Augenblick tiefen Glücks auf, damit sie ihn niemals vergaß. Das Glück eines flüchtigen Augenblicks, das so tief, so ehrlich und so intensiv war, dass es die Gegenwart, die Realität in weite Ferne rückte. Hier gab es nur sie und David und diesen unglaublichen Kuss, der sie umhüllte, ihre Sinne vernebelte und eine Million Schmetterlinge in ihrem Bauch fliegen ließ. Als David sich von ihr löste, blickte er sie mit glasigem Blick an, der ihr sagte, wieviel Selbstbeherrschung es ihn kostete, sie wieder loszulassen. Aus unersichtlichem Grund erfüllte es sie mit einem tiefen Glücksgefühl.

»Danke, Becs, für diesen unvergesslichen, perfekten Moment. Ich werde ihn mein ganzes Leben lang nicht vergessen.«

Ich auch nicht, wollte sie sagen, doch Tränen über das Verlorene stiegen in ihr auf. Schnell blickte sie zur Seite. Dann hatte sie sich wieder gefasst, lächelte ihn schüchtern an. »Komm, lass uns zurückschwimmen. Luis wartet bestimmt schon mit dem Picknick auf uns.«

David lachte verschmitzt, sofort wich die aufgeladene Atmosphäre einer leichten Urlaubsstimmung. »Ich habe schon einen Riesenhunger. Komm.«

Die Sonne stand bereits tief am Himmel und der Steuermann setzte die Segel zur Rückfahrt. Einträchtig saßen David und Rebecca nebeneinander am Bug des Schiffes, genossen den warmen Wind in ihren Haaren.

»Ich finde es faszinierend, dich als Hoteldirektorin zu erleben.«

»Hm«, antwortete Rebecca verträumt.

»Nein, ehrlich. Du hast alles so wunderbar im Griff.«

»Leider entgleitet mir momentan mein weibliches Personal.« Kopfschüttelnd streckte Rebecca ihr Gesicht in Fahrtrichtung.

»Wieso?« David blickte sie irritiert an.

»Weil wir momentan einen Schriftsteller als Gast haben, der nicht nur von der romantischen Aura eines Romanschreibers umgeben ist, sondern es auch versteht, unverdorbenen und unschuldigen jungen Herzen, weiblich wohl gemerkt, den Kopf zu verdrehen.« Sie wandte ihm ihr Gesicht zu, blickte ihn offen an. »Warum tust du das?«

David schaute sie ehrlich schockiert an. »Du glaubst doch nicht im Ernst, dass ich das aktiv fördere. Becs, du solltest mich besser kennen. Außerdem weißt du sehr genau, dass es nichts mit mir, David Gallecker, zu tun hat, sondern mit der Tatsache, dass jede junge Frau von einem romantischen Helden träumt, der sie rettet, liebt und die ewige Treue schwört. Und da ich diese Charaktere erschaffe, sehen sie so eine Art Helden in mir.«

»Hm.« David hatte vollkommen Recht. Auch sie träumte von diesem Helden, der sie rettete, sie liebte und ihr die ewige Treue schwor. Sie hatte gedacht, David sei es, bis er sie verraten hatte. Der schmerzvolle Stich traf Rebecca erneut, doch sie schob ihn fort, schickte in tief in ihr Inneres. Dieser Ausflug war eine Auszeit, eine Hilfe für die einsamen Nächte, die sie erwarteten, wenn ihre unerfüllten Sehnsüchte sie quälten. Diesen kurzen Moment wollte sie uneingeschränkt genießen.

»Hörst du mir überhaupt zu?«

»Natürlich höre ich dir zu«, antwortete Rebecca gedehnt.

»Außerdem habe ich natürlich angeborenen Charme, für den ich nichts kann.«

»Natürlich.«

David wandte sich besorgt zu Rebecca um, betrachtete sie

prüfend. »Hast du einen Schwips oder einen Sonnenstich, Becs?«

Sie lachte ihm überrascht ins Gesicht. »So ein Blödsinn. Wie kommst du darauf?«

»Du sitzt hier schweigend neben mir, bringst seit geraumer Zeit nichts mehr als einsilbige Antworten hervor, egal, was ich sage. Das bist doch nicht du.«

»Hm«, antwortete Rebecca und brach in einen befreiten Lachanfall aus. Erleichtert fiel David darin ein, legte freundschaftlich seinen Arm um sie.

Die Stille besänftigte Rebecca, sacht lehnte sie ihren Kopf gegen seine Schulter. Alles war so friedlich, so vertraut. Glücklich blickte sie auf das vor ihnen liegende Meer, spürte das gleichmäßige Auf und Ab des Bootes mit den Wellen, genoss den Wind auf ihrer Haut. Ohne es zu merken, fielen ihr die Augen zu.

Plötzlich hörte das beruhigende Schaukeln auf. Rebecca blinzelte erschrocken, erblickte die Hotelanlage vor sich. Schnell wand sie sich aus Davids Umarmung, wobei sie dem Blick seiner eisgrauen Augen begegnete. »Diesmal bin ich es, die eingeschlafen ist, entschuldige bitte.« Sie stand hastig auf und strich sich ihre Shorts glatt. »Komm, wir sind da.« Schon war sie über das Deck balanciert, winkte dem herbeieilenden Motorboot zu, das sie direkt zum Bootssteg bringen würde. Binnen weniger Minuten gelangten sie zum Steg, wo ihnen der sanfte Rhythmus der Wellen unter den

Füßen fehlte. Verlegen verharrten sie am Ende des Stegs.

»Magst du noch etwas trinken, Becs?«

Verneinend schüttelte sie den Kopf. »Der Tag war bisher perfekt, David. Lass uns ihn nicht kaputt machen.«

Sein Blick senkte sich auf sie, ähnelte dem eines Huskies, den man aus seinem Rudel in die Einsamkeit verbannte. Doch es half nichts. Sie wäre die Erste gewesen, die die Realität ungeschehen gemacht hätte, doch das ging nicht. David hatte sie verraten, ausgenutzt und ihre Liebe mit Füßen getreten, daran änderte auch dieser unglaubliche Tag nichts.

»Gute Nacht, David«, murmelte sie leise und schlug den Weg zu ihrem Bungalow ein.

Er starrte ihr nach, wollte ihr hinterher laufen, sie festhalten, doch er wusste, dass er es nicht durfte. Noch nicht. Nicht jetzt, nicht hier. Als die Dunkelheit sie verschluckte, drehte auch David sich um und trat nachdenklich den Rückweg zu seiner Villa an.

KAPITEL 7

Sie war nervös. Die Führung durch die Hotelanlage mit David lag Rebecca schwer im Magen. Wie sollte sie sich nach dem gestrigen Tag verhalten? Zur kalten Förmlichkeit der ersten Tage konnte sie jetzt schlecht zurückkehren, ohne sich selbst unglaubwürdig zu machen. Aber war sie in der

Lage, die freundschaftliche Atmosphäre aufrecht zu erhalten, ohne ihre Gefühle zuzulassen? Sie hatte keine Wahl. In vier Stunden traf sie sich erneut mit David und mit jeder Minute, die sie ihrem Treffen näher kam, wuchs ihre Nervosität. Am besten, sie arbeitete endlich die vor ihr liegenden Projektvorschläge durch und lenkte sich so von der elendigen Wartezeit ab.

Die Zeit kroch förmlich, fast erleichtert stand Rebecca auf, um sich vor ihrem Treffen mit David ihr Haar zu bürsten und ihr Make Up aufzufrischen, das musste reichen. Schließlich sollte er nicht den Eindruck bekommen, sie habe sich extra für ihn zurecht gemacht. Er war nur ein Gast, der eine Hotelführung wünschte und die würde sie ihm als Hoteldirektorin geben. Mehr war es nicht. Mehr ist es nicht, Rebecca, ermahnte sie sich still, bevor sie sich abwand und ihr Büro verließ.

Die Kühle der Hotellobby empfing sie, die Ventilatoren surrten leise. Noch während sich ihre Augen nach dem grellen Sonnenlicht draußen an das Halbdunkel des Raumes gewöhnten, erblickte sie ihn. Mit dem Rücken zur ihr stand er vor dem großen Bücherregal, aus dessen oberen Fach er einen Bildband in den Händen hielt. In ihrem Magen kribbelte es plötzlich, sein bloßer Anblick versetzte ihr einen sehnsuchtsvollen Stich. Mit einer raschen Bewegung, wie um sich selbst zur Ordnung zu rufen, wischte sie ein imaginäres Staubkorn von ihrem Rock.

»Wie schön, dass Sie pünktlich sind. Dann können wir den Hotelrundgang ja beginnen.«

Sofort wandte David ihr sein Gesicht zu, ein amüsiertes Lächeln umspielte seinen Mund. Dann klappte er das Buch zu, stellte es zurück an seinen Platz und näherte sich ihr mit lässigen Schritten. Er wirkte entspannt.

»Miss Quentlin, wie schön, dass Sie sich die Zeit für mich nehmen. Ich habe mich schon den ganzen Tag auf unser Treffen gefreut.« Sein Lächeln wurde breiter, warm blickte er Rebecca an.

Er verstand es immer noch, seinen Charme präzise zu versprühen. Sie musste sich vorsehen, er kannte sie einfach zu gut. Schnell wich Rebecca seinem Blick aus. »Wenn es Ihnen Recht ist, beginnen wir direkt hier.« Sie hatte sich genau ausgerechnet, wie sie ihm die Anlage so einfach und schnell wie möglich erklären konnte, um ihre gemeinsame Zeit so kurz wie möglich zu halten. Seit dem Bootsausflug fühlte sie sich unsicher, traute ihren eigenen Gefühlen nicht. Dabei wusste sie doch, dass sie ihrer Strategie folgen und nicht von ihrem Weg abweichen durfte, sonst wäre sie verloren. Ohne auf seine Antwort zu warten, fuhr sie fort: »Unsere Hotellobby ist der zentrale Ort der Hotelanlage. Von hier aus sind es nur wenige Schritte zu unserem Hauptrestaurant Belle Vue. Dort servieren wir morgens das Ihnen bereits bekannte Frühstücksbuffet und abends internationale Gerichte à la Carte. Daneben liegt die

Salsabar, in der Sie ganztägig kleine Snacks genießen können. Allerdings wird dort gerade der Boden gereinigt, sodass sich eine Besichtigung nicht anbietet.« Sie blickte David leicht nervös an. Der warme Blick, mit dem er sie unentwegt anschaute, half ihr nicht, sich zu beruhigen. Daher fuhr sie schnell fort: »Ebenso erreicht man von hier in wenigen Metern unsere beliebten Lounges. Dort können unsere Gäste bei einem kleinen Aperitif in entspannter Atmosphäre den Sonnenuntergang genießen oder auch einfach eine kleine Pause während des Tages einlegen. Abends dienen sie als Bar.« Sie lächelte ihn etwas befangen an. »Wenn Sie also am Abend noch etwas trinken möchten, dann ist das der Ort, den ich Ihnen empfehle.«

»Würdest du mich denn begleiten, Becs?«

Seine leise ausgesprochene Frage irritierte sie, brachte sie aus dem Konzept. Wie sollte sie die Hotelführung nur professionell über die Bühne bringen, wenn David sie jetzt schon durcheinander brachte? Statt einer Antwort ignorierte sie seine Frage, blickte zur Eingangstür der Hotellobby. »Für die Besichtigung der restlichen Hotelanlage nehmen wir am besten den Buggy.«

Als David zustimmend nickte, schritt sie förmlich zur Tür und hielt sie ihm auf. »Nach Ihnen, Mister Gallecker.«

Kopfschüttelnd trat er an ihr vorbei ins Sonnenlicht, folgte ihr schweigend zum wartenden Gefährt. Wie selbstverständlich setzte er sich neben sie, genoss es, mit ihr über die bewaldete Anlage zu fahren. Erst am äußersten

Ende, am Eingang des kleinen Strands, bremste sie scharf.

»Dies ist der nördlichste Teil unseres Atolls. Am Ende dieses schmalen Weges befindet sich unser kleinster Strandabschnitt, aber den kennen Sie ja ebenfalls bereits.«

»Du.« Er wandte ihr sein Gesicht zu. Seine Augen blieben hinter der Sonnenbrille verborgen.

»Wie bitte?« Rebecca blickte ihn irritiert an.

»Wir sind allein, Becs.« Unbeirrt fuhr er fort: »Ein wirklich wundervoller Ort. Gehst du jeden Morgen hierhin, um deine Yoga-Übungen zu machen?«

Seine Frage sollte unverfänglich klingen, doch sie war sofort wachsam, gedachte nicht, ihm Einblicke in ihr neues Leben zu gewähren.

»Nein, nur wenn ich meinen freien Tag habe.« Das war eine Lüge, eine Notlüge, sonst würde sie dort jeden Morgen auf David treffen. Alles, nur nicht das. Sie startete erneut den Buggy, in rasanter Geschwindigkeit näherten sie sich dem Pavillon. »Dies ist ein weiteres Restaurant des Hotels. Im Pavillon servieren wir ausgezeichnete Fischgerichte.« Sie atmete tief ein, als ob der nächste Satz sie Überwindung kostete. »Unser Abendessen findet übrigens hier statt.« Ohne eine Pause entstehen zu lassen, wendete sie und fuhr den bewaldeten Weg zur Lichtung entlang. Die ganze Hotelführung war eine Farce, David kannte jeden Ort, den sie ihm bisher gezeigt hatte, das wusste sie schmerzlich aus eigener Erfahrung. Aber was sollte sie tun? Noch einmal würde sie sich nicht von ihm vorwerfen lassen, dass sie ihn aus Angst mied. Wenn er alles schon kannte, dann konnte sie die einzelnen Stationen wenigstens abkürzen, umso schneller war sie David wieder los.

Am Fuße der Treppe zu der kleinen Lichtung hielt sie abrupt an. »Auch unsere Lichtung kennst du ebenfalls schon. Hier können unsere Gäste ein privates Abendessen buchen. Besonders beliebt sind allerdings Trauungen.«

»Würdest du gerne hier heiraten, Becs?«

Ihr Kopf wirbelte herum. »Diese Frage stellt sich im Moment nicht.« Ihre Worte klangen scharf, zerschnitten die harmlose Stimmung, doch David ließ sich nicht aus der Ruhe bringen. »Wie muss ich mir denn eine Trauung dort vorstellen?«

»Gar nicht«, zischte sie impulsiv.

»Ts, ts, Becs«, er schüttelte missbilligend den Kopf. »Dein Gast stellt doch nur eine harmlose Frage. Vielleicht interessiert es ihn einfach.«

Der Stich in ihrem Herzen tat weh. Aber natürlich, wie konnte sie einfach glauben, dass er all die Zeit auf sie gewartet hatte. Vielleicht war es für ihn nur ein Spiel, ein Beweis für seine Macht über sie, eine Schmeichelei für sein Ego, wenn er sie zurückgewann. Vielleicht hatte er aber auch schon einen Ersatz für sie im Auge? Es war vorbei, es war egal, David war nur ein Gast, mehr nicht. Ihre Gedanken wirkten schal, ihr Lächeln war verschwunden, fast mechanisch antwortete sie: »Häufig umkleiden wir den Pavillon mit weißen Chiffontüchern, stellen große

Liliengebinde auf, über die Treppe verläuft ein weißer Teppich, der vom Strandweg hinaufführt. Am Fuße der Lichtung sind kleine Stehtische aufgebaut, Erfrischungen und Canapés werden gereicht, je nach Wunsch spielen wir Life Musik oder bringen Lautsprecher an.«

»Ich kenne ein Paar, das sich genau hier auf der Lichtung getraut hat. Jetzt kann ich mir ihre Zeremonie richtig vorstellen.«

»Ach ja?« Rebecca blickte ihn misstrauisch an.

»Ja, sie heißen Andrew und Sandra, waren vor ungefähr sechs Monaten hier und schwärmen immer noch von der wundervollen Organisation und Betreuung, die du und dein Team ihnen an ihrem schönsten Tag ermöglicht habt.«

»Daher wusstest du also, wo ich bin.«

Er nickte zustimmend. »Sobald ich eins und eins zusammen gezählt hatte, habe ich sofort den Flug gebucht.«

Ihre Gedanken wirbelten wild in ihrem Kopf umher, machten es ihr unmöglich, einen klaren Gedanken zu fassen. »Andrew und Sandra sagst du? Ich erinnere mich. Er war so unglaublich aufgeregt. Eine exotische Hochzeit auf einer abgelegenen Insel war ihr großer Kindheitstraum, er wollte ihn ihr mit allem Drum und Dran schenken.« Ein Lächeln umspielte ihre Lippen. »Je näher die Zeremonie rückte, desto häufiger rief er mich an, ging mit mir die Liste ihrer Wünsche wieder und wieder durch.« In Erinnerung wanderte ihr Blick hinauf zum erhöhten Pavillon, der verwaist in der Nachmittagssonne vor ihnen lag. »Es war eine sehr rührende Trauung, sehr persönlich, Liebe lag spürbar in der Luft. Hoffentlich sind sie heute noch so glücklich wie an ihrem Hochzeitstag hier.«

Ruckartig erinnerte Rebecca sich, dass es David war, dem sie das hier erzählte. Sie hatte genug geplaudert. Abrupt startete sie den Motor und überquerte in rasantem Tempo die Insel, bevor sie vor einem länglichen Gebäude stoppte. »Hier stehen wir vor unserem Fitnessstudio und Spa, unserer besonderer Stolz, der sich mit jedem Fünf-Sterne-Hotel weltweit messen lassen kann. Ich kann es dir sehr empfehlen, vor allem, da es nicht weit von deiner Villa entfernt liegt.« Ohne auf seine Reaktion zu achten, fuhr sie erneut an, um kurz darauf vor einem weiteren versteckten Restaurant zu halten. »Dies ist unser Restaurant Jasminblüte, in dem wir asiatische Spezialitäten servieren.« Fast erleichtert drückte sie das Gaspedal. Nun waren es nur noch wenige Meter, dann hatte sie es geschafft. Schon ließen sie die Abzweigung zu den regulären Villen hinter sich und bogen in den Zubringer zur Villa 18 ein. Wenige Sekunden später bremste Rebecca scharf vor Davids Tür.

»So, damit ist die Besichtigung der Hotelanlage beendet.«

»Schade, wegen mir hätte sie noch viel länger dauern können.«

»Tja, ich muss wieder los.« Ungeduldig tippte sie auf ihre Uhr. »Gleich beginnt das Abendessen und ich muss mich noch umziehen.«

David nickte ergeben. »Klar, deine Pflicht ruft. Danke für

die Führung, Becs. Du leitest ein wirklich schönes Hotel.« Langsam, fast widerwillig stieg er aus. »Bis morgen, Becs.« »Bis bald, David.« Nur mühsam widerstand sie dem Impuls, zu ihm zu laufen und ihre Arme um seinen Hals zu schlingen. Sie hatte es ja gewusst, nichts war vergessen, sie liebte ihn noch immer, würde es immer tun. Darum musste sie jetzt schnell weg, weg von ihm. Darum nickte sie ihm nur knapp zu, wendete in scharfen Zügen und raste mit einer Geschwindigkeit über den Steg, die Josh vor Neid hätte erblassen lassen. Erst als ihr Buggy nicht mehr zu sehen war, betrat David die Villa. Unschlüssig, wie er die letzten zwei Stunden mit Becs bewerten sollte, kickte er die Tür hinter sich ins Schloss. Dann öffnete er die Minibar, entnahm ihr eine kühle Flasche Wasser. Nachdenklich ließ er sich auf die breite Couch auf der Veranda fallen und starrte hinaus auf die blauen Wellen, die in der Sonne tänzelten. Bilder flogen vor seinem Auge vorbei, Wortfetzen riefen sich in Erinnerung. Es gab Hoffnung, entschied er. Ein, zwei Momente, in denen ihre Fassade gebröckelt hatte, die unterdrückte Sehnsucht, mit der sie die Trauung von Andrew und Sandra beschrieb. Das musste ihm reichen, es blieb nichts anderes, worauf er aufbauen konnte. Zu tief war Becs verletzt. Doch noch war es eindeutig zu früh, alles auf eine Karte zu setzen. Hoffentlich hatte er noch genügend Zeit.

KAPITEL 8

Das Klingeln des Telefons riss Rebecca aus ihren Überlegungen, tief in Gedanken über die Erweiterung des Pavillons griff sie nach dem Telefonhörer. »Ja, bitte?«
»Rebecca, ich wollte Sie nur daran erinnern, dass gleich das Boot mit den neuen Hotelgästen eintrifft.«
Erschrocken blickte Rebecca auf ihre Armbanduhr, nickte knapp. »Danke, Nita. Ich gehe sofort los.«
Mit zwei Klicks speicherte sie ihre Unterlagen ab, überprüfte mit einem geübten Blick ihr Spiegelbild, lächelte Nita kurz zu und eilte zum Lift, um wenige Sekunden später zum Bootssteg zu fahren. Glücklicherweise war von den Neuankömmlingen noch nichts zu sehen. Der Steg wirkte in der gleißenden Mittagssonne dunkel vor dem türkisblauen Wasser. Die Luftfeuchtigkeit war heute besonders unangenehm, sodass Rebecca erleichtert aufatmete, als sie das schattenspendende Zelt am Ende des Steges erreichte.
»Die Luft ist heute wirklich unerträglich, finden Sie nicht, Lilian?«
»Oh ja, heute ist es eigentlich nur im Wasser auszuhalten.« Die junge Asiatin lächelte breit. Stolz stand sie hinter dem Tablett mit den Kokosnüssen, die sie gleich den neuen Gästen als Willkommensgetränk anbieten würde.
Rebecca lachte fröhlich. »Das wäre bestimmt ein lustiges Bild, wenn wir alle patschnass im Wasser unsere Gäste begrüßten.«
Lilian fiel in Rebeccas Lachen ein. »Das stimmt, Miss

Quentlin.«

»Lassen Sie uns hoffen, dass die Hitze unseren neuen Gästen noch nicht die Urlaubslaune verdorben hat.« Die drückende Schwüle war nicht zum Aushalten, vor allem nicht in einem Kostüm. Sie sollte hier viel eher in einem luftigen Sommerkleid stehen, aber das verbat nun einmal die Etikette. Sie war hier nicht zum Spaß, sondern die ranghöchste Repräsentantin des Grande Vie. Was war schon dabei, dass sie sich gleich schnell duschen und umziehen musste? Schließlich lag ihre Villa nur wenige Minuten entfernt. Schützend legte sie die Hand über die Augen, versuchte, ein weißes Motorboot auf dem Wasser auszumachen, aber sie sah nichts. Langsam glitt ihr Blick zurück zum Strand, der vor den Hauptgebäuden sacht ins Meer glitt und auf dem die gemütlichen Lounges aufgebaut waren. Dort war es jetzt angenehm mit den kühlenden Ventilatoren, den erfrischenden Säften und den bequemen Sofas. Zufrieden stellte Rebecca fest, dass einige Hotelgäste die Lounges für einen kleinen Mittagssnack aufgesucht hatten. Mehr zufällig blieb ihr Blick an der letzten Lounge hängen. Mit Sonnenbrille, kurzer Shorts und einem bedruckten T-Shirt schaute David unverwandt in ihre Richtung. Irritiert kniff Rebecca die Augen zusammen, um besser sehen zu können. Zweifelsfrei schaute er sie an. Schnell drehte sie sich weiter nach links, damit er nicht sah, dass sie ihn erkannt hatte. Was machte er dort? Wollte er sie bei der Begrüßung neuer Gäste beobachten? War das vielleicht sein Verständnis von Privatsphäre, wenn er sich ständig hier herumschlich? Oder fiel ihm einfach nach all den Tagen des Zimmerservices die Decke auf den Kopf? Rebecca blinzelte entschlossen. Es war doch egal, warum er dort saß, dass er überhaupt dort saß. Was ging es sie an? Solange er sich lediglich auf Sichtweite bewegte, hatte sie schließlich nichts von ihm zu befürchten.

»Miss Quentlin, dort sind sie.« Lilians aufgeregte Stimme riss sie zurück in die Gegenwart. Das weiße Motorboot glitt rasant auf den Bootssteg zu. Im Gegensatz zu letzter Woche, wo sie dem Boot mit so viel Unbehagen entgegengesehen und schon auf diese Distanz David am Bug stehend erkannt hatte, saßen jetzt alle Gäste vorschriftsmäßig. Auch heute war wieder ein VIP an Board, aber diesmal fürchtete sie sich nicht vor ihm. Adam Stevens war ein erfolgreicher Investor, der sich für zwei Wochen die zweitgrößte Villa, nach David, gemietet hatte. Strenggenommen war sie Davids Nachbarhaus, doch ein kleiner Inselvorsprung trennte die beiden Gebäude, bildete den für die Privatsphäre nötigen Sichtschutz. Adam Stevens war fünf Jahre älter als sie selbst, laut Internet sehr sportlich und so groß wie David. Mit seinen braunen Haaren, den blauen Augen, die in seinem länglichen, ebenmäßigen Gesicht entschlussfreudig leuchteten, war er nicht nur sehr attraktiv, sondern drückte auch unmissverständlich Entschlusskraft aus. Aber die musste er in seinem Beruf wohl auch haben, mutmaßte Rebecca, während sie ihren Mitarbeitern beim Vertäuen des

Motorbootes am Steg zusah. Behutsam befestigten sie die Ausstiegsplanke und die ersten Gäste, eine Familie mit zwei halbwüchsigen Söhnen, verließen das Boot. Die Eltern steuerten erwartungsfreudig auf Rebecca zu.

»Herzlich willkommen auf den Malediven und natürlich besonders bei uns im Hotel Grande Vie. Ich wünsche Ihnen einen wunderschönen Aufenthalt.« Sie schüttelte beiden herzlich die Hand. »Darf ich Ihnen einen Willkommensdrink anbieten? Frischer Kokosnusssaft?«

»Das hört sich fantastisch an, besonders bei diesen Temperaturen.« Arthur Benecker, wenn sie sich richtig an die Namensliste der Neuankömmlinge erinnerte, verdrehte gequält die Augen. »Diese Schwüle ist wirklich unerträglich.«

Rebecca nickte verständnisvoll, ignorierte wissentlich die Schweißperlen, die ihr selbst den Rücken hinunterliefen. »Ja, die Schwüle ist in dieser Jahreszeit, vor allem zu dieser Tageszeit, recht intensiv.« Sie lächelte den Erwachsenen verschwörerisch zu. »Aber wenn Sie gleich in Ihrer Villa sind und ein erstes, kleines Bad im Meer genommen haben, dann verspreche ich Ihnen, werden Sie die Schwüle gar nicht mehr schlimm finden.« Sie wandte sich an die beiden Söhne, die vielleicht um die sechzehn sein mochten. »Ich hoffe, ihr habt ein wenig Lust zu schnorcheln oder zu tauchen?«

Sie schauten sie erst skeptisch an, bevor sie lässig nickten. »Klar doch.«

Mühsam verkniff sich Rebecca ein Lächeln. »Das ist toll,

denn wir haben neue Tauchangebote im Programm, vor allem ein Ausflug mit unserem Segelboot dort hinten zu den entlegenen Atollen ist absolut atemberaubend.« Vergnügt stellte sie fest, wie beide sie interessiert anschauten. Mit einem coolen Nicken fügte sie hinzu: »Fragt einfach bei Daisy, unserer Tauchlehrerin, nach, sie kann euch alles erklären.«

»Cool, das machen wir.« Der Ältere nickte begeistert, griff dankend nach der Kokosnuss, die Rebecca ihm und seinem Bruder hinhielt.

»Wenn Sie möchten, dann können Sie dort in einer unserer gekühlten Lounges den Drink in Ruhe genießen, bevor sie hinüber zu den Buggys gehen. Ihr persönlicher Betreuer wartet dort und wird Sie zu Ihrer Villa bringen.«

»Cool, komm Felix.« Der jüngere Sohn boxte seinen Bruder freundschaftlich in die Rippe, eilte seinen Eltern voraus, während sie Rebecca dankbar anlächelten und sich verabschiedeten. Rebecca warf einen schnellen Blick hinüber zu David, der weiter unverwandt in ihre Richtung starrte.

Die nächsten Paare waren alle Flitterwöchner, die Rebeccas Begrüßungsworten mit verträumten Blicken lauschten. Sie bezweifelte, dass sie ihr wirklich zuhörten, aber das war ja nebensächlich. Hauptsache, ihnen gefiel es in ihrem Resort. Während Rebecca dem vierten Paar die Getränke überreichte, dachte sie wieder einmal, dass frisch verheiratete Paare mit Abstand die pflegeleichtesten Gäste waren. Lächelnd blickte sie ihnen hinterher. Dann stand Adam Stevens vor ihr. Zu seiner weißen Leinenhose trug er ein passendes Poloshirt und sündhaft teure Slipper. An seinem Handgelenk baumelte eine dieser unerschwinglichen Herrenuhren, Rebeccas Gesicht spiegelte sich in seiner Pilotenbrille. Schnell nahm er die Brille ab, lächelte Rebecca gewinnend an. »Adam Stevens.« Er streckte ihr die Hand entgegen, die sie lächelnd ergriff.

»Rebecca Quentlin. Ich heiße Sie auf den Malediven, besonders in unserem Hotel Grande Vie herzlich willkommen.«

Während er ihre Hand schüttelte, sah er ihr unbefangen in die Augen. »Ich freue mich sehr, dass ich hier bin.«

Rebecca griff nach einer Kokosnuss, hielt sie ihm lächelnd hin. »Ein kleiner Willkommensgruß, frischer Kokosnusssaft.«

»Danke, das ist wirklich sehr aufmerksam von Ihnen. Ich habe schon die ganze Zeit ganz neidisch zugesehen, wie alle anderen vor mir diese Köstlichkeit bekommen haben.« Er zog ungeniert an seinem Strohhalm. »Einfach fantastisch.«

»Das freut mich. Ich werde übrigens während Ihres Aufenthaltes Ihre Ansprechperson sein. Sollten Sie also Probleme oder Fragen haben, dann zögern Sie bitte nicht, mich anzurufen. Meine Nummer finden Sie in Ihrer Villa.«

Er kniff die Augen leicht zusammen, blickte Rebecca nachdenklich an. »Das ist wunderbar. Es gibt in der Tat einige Dinge, die ich gerne mit Ihnen persönlich besprechen

möchte. Aber nicht heute, vielleicht in den nächsten Tagen.«
Sie schenkte ihm ein warmes Lächeln. »Natürlich, dafür bin ich ja da. Rufen Sie mich einfach an.«
»Das mache ich. Darf ich Sie übrigens Rebecca nennen, oder ist das ganz gegen die Vorschriften?« Adam grinste sie herausfordernd an, mit sichtlichem Vergnügen beobachtete er, wie sie irritiert zögerte.
Langsam verzog sich ihr Mund zu einem geheimnisvollen Lächeln. »Streng genommen ist das gegen die Vorschriften, aber ich denke, in dieser Sache kann ich durchaus eine Ausnahme machen.«
Sein Lächeln wurde breit. »Das ist sehr gut. Danke. Ich bin Adam.«
Rebecca nickte kurz. »Vielleicht mögen Sie in einer unserer Lounges dort drüben Ihr Getränk genießen, bevor Ronald Sie zu ihrer Villa bringt?«
»Das klingt fantastisch. Danke, Rebecca. Ich freue mich darauf, Sie bald wiederzusehen.« Er schenkte ihr ein letztes, charmantes Lächeln, dann schlenderte er selbstbewusst den Bootssteg entlang. Irritiert blickte Rebecca ihm einen kurzen Moment nach, bevor sie sich dem jungen Paar mit dem Säugling zuwandte. Der junge Vater trug in einer Hand die Babyschale mit seinem Kind, das die Ankunft engelsgleich verschlief, während seine Frau, mit einer Babytasche am Arm Rebecca erleichtert anstrahlte. »Ich bin so froh, dass wir nun endlich da sind. Die letzten Stunden im Flugzeug waren ziemlich anstrengend, zumal Sandro sich

entschlossen hatte, so viel Lärm wie möglich zu machen.«

»Das kann ich mir bei dem Anblick gar nicht vorstellen«, lachte Rebecca. »Auf jeden Fall heiße ich Sie Drei herzlich willkommen bei uns im Grande Vie.« Sie warf dem Baby einen verschmitzten Blick zu. »Ich nehme an, Sandro mag keinen Willkommensdrink.«

»Ich denke, damit müssen wir noch etwas warten«, lachte sein Vater.

»Aber Ihnen darf ich wenigstens einen Drink anbieten?« Sie reichte ihnen die Getränke, dann breitete sie ihren Arm einladend aus, um ihnen den Weg zu den Lounges zu weisen. Bevor sie sich ihnen anschloss, glitt ihr Blick erneut zu der abgelegenen Lounge. David saß noch immer dort, blickte nach wie vor unverwandt in ihre Richtung. Plötzlich grinste er breit, erhob sein Glas zum Toast, dann ahmte er einen Applaus nach, in dem er mit der freien Hand gegen den anderen Handknöchel klatschte. Rebecca wollte gerade ihre Hand zu einem lockeren Gruß erheben, als er ihr frech eine Kusshand zuwarf. Das ging nicht. Das war zu viel. Wie kam sie darauf, nett zu David sein zu wollen, fast mit ihm zu flirten? Besonders, wenn er bei jeder Gelegenheit die Grenzen, die sie ihm setzte, überschritt? Abrupt wandte sie sich ab und verließ mit eiligen Schritten den Steg.

Der Rest des Vormittags verlief ruhig. Rebecca arbeitete sich durch die Bestelllisten, die eingegangenen Reservierungen, die Monatsberichte und den noch ungelösten Streitfall der zu bestellenden Tischwäsche. Danach absolvierte sie zusammen mit ihren Mitarbeitern den wöchentlichen Rundgang in der Hotelanlage, um die beobachteten Mängel zu besprechen und die bereits getroffenen Vorkehrungen zu begutachten. Es war schön zu sehen, wie ernsthaft ihr Team diese Inspektionen nahm und wie sich dadurch der Zustand der Anlage stetig verbesserte. Rebeccas Blick glitt über den jungen Chefingenieur, die rundliche und energiegeladene Evelyn, die das Housekeeping leitete, Pedro, verantwortlich für die Rezeption und Nita, ihre unermüdliche Assistentin. Eifrig notierten sie sich ihre Vorschläge, die auszuführenden Tätigkeiten und Deadlines. Auf letztere legte Rebecca besonderen Wert. Das alles war bei ihrer Ankunft auf der Insel eine völlig andere Situation gewesen, aber nun, nach zwei Jahren, sah sie die ersten Früchte ihrer Arbeit. Und es erfüllte sie mit Stolz. Gut gelaunt trat sie mit ihrem Team den Weg zu ihrem Büro an, wo nun die wöchentliche Besprechung mit allen Abteilungsleitern stattfand. Das fröhliche Geplauder ihrer drei Begleiter steckte auch Rebecca mit der guten Laune an, sodass sie schwungvoll die Bürotür öffnete. Jean-François, James, Carlo, Sam und Lee warteten bereits. Während Jean-François und James mürrisch in ihre Unterlagen blickten, unterhielten sich Lee, Sam und Carlo angeregt. Rebecca schmunzelte. Lee, die den Fitness- und Spa-Bereich verantwortete, Sam, der sich um die Gartenanlagen kümmerte und Carlo, der für alle

Veranstaltungen auf dem Gelände sowie das erweiterte Freizeitprogramm verantwortlich war, verstanden sich prächtig. Schließlich hatten ihre Aufgabenbereiche keine kritischen Überschneidungspunkte. Armer Jean-François, armer James, irgendwie taten ihr die beiden leid, denn ihre Konflikte waren aufgrund der Aufgabenbereiche fast unausweichlich.

»Guten Morgen«, begrüßte sie die Wartenden fröhlich. Die Köpfe drehten sich augenblicklich in ihre Richtung. Ein Durcheinander an Guten-Morgen-Grüßen erfüllte den Raum. Mit bestimmtem Schritt durchquerte Rebecca den Raum, griff nach dem bereits vorbereiteten Stapel Papier auf ihrem Schreibtisch und setzte sich auf ihren Platz am Ende des Konferenztisches. »Wie schön, dass Sie schon da sind. Wir haben uns leider etwas verspätet, da wir noch die letzten Veränderungen am Pavillon inspiziert haben. Ich muss sagen, dass ich sehr stolz auf Sie alle bin. Die Hotelanlage ist in einem besseren Zustand als je zuvor, und das dank Ihrer unermüdlichen Arbeit.« Lächelnd blickte sie in die Runde. »In diesem Sinn, lassen Sie uns anfangen. Was gibt es Neues, Lee?«

Lee nickte schnell, blickte kurz auf ihren Block. »Im Fitnessbereich haben wir nun das neue Trinkwasser erhalten. Die alten Vorräte des vorherigen Produktes sind aufgebraucht, somit können wir die Kosteneinsparungen von diesem Monat an realisieren. Ein wenig wird allerdings durch den zusätzlich angebotenen Ingwertee und die frischen Äpfel verbraucht, aber trotz des erweiterten Angebotes werden wir einen positiven Effekt sehen.« Sie blickte Rebecca erwartungsvoll an und als diese zustimmend nickte, fuhr sie eifrig fort: »Die Besucherzahl des Fitnessraumes hat leicht zugenommen, wobei ich einräumen muss, dass unsere Langzeitgäste dazu wesentlich beitragen. Sie kommen sehr regelmäßig.«

David, schoss es Rebecca durch den Kopf. Er ging also sehr regelmäßig zum Fitnessraum. Schnell blinzelte sie den Gedanken an David fort, konzentrierte sich erneut auf Lees Ausführungen.

»Diese Woche ist nun endlich auch unser neues Duftaroma eingetroffen. Die damit geplanten Anwendungen werden ab morgen beworben. Ich habe den Druck der Werbekärtchen bereits in Auftrag gegeben und erwarte sie noch heute Nachmittag.« Sie räusperte sich etwas nervös. »Allerdings ist die Schönheit unseres Resorts immer noch ein Nachteil für uns. Daher möchte ich gerne ein neues Angebot schalten, um unsere frisch verheirateten Paare aus ihren Villen zu locken. Ich habe es einmal aufgeschrieben und würde gerne Ihre Meinung dazu hören, Rebecca.«

»Natürlich, aber ich denke, es kann nicht schaden, wenn Sie es uns allen kurz vorstellen. Schließlich hilft es, wenn alle Abteilungen bei Rückfragen der Gäste Auskunft geben können. Wieviel kostet es uns und was versprechen Sie sich davon?«

Lee blickte konzentriert auf ihre Notizen, räusperte sich.

Dann begann sie ernsthaft: »Ich möchte eine Partnermassage bei Sonnenuntergang anbieten mit einem Cocktail, einigen Amuse-Gueules und einem Geschenk in Form eines Duschgels und einer Lotion aus unserer Hotelserie. Alles in allem kostet das Angebot bei 20 Buchungen im Monat, konservativ geschätzt, circa fünfhundert Dollar, wobei wir dreitausend Dollar einnehmen und gleichzeitig eine gute Werbung für unsere Produkte machen, die der Gast in unserem Hotelshop als Andenken kaufen kann.«

»Was für einen Cocktail möchten Sie denn anbieten?« Pedro beugte sich neugierig zu Lee hinüber.

»James hat mir einen Malé-Spezial versprochen. Er ist extra für das Angebot entworfen worden: schmeckt leicht, nicht zu süß und nicht zu herb, in rot-oranger Farbe, passend zum Sonnenuntergang.«

Pedro blickte James offen an. »Du kreierst für Lee einen Malé-Spezial, wow. Was ist denn da drin?«

James zog missbilligend eine Augenbraue hoch. »Vor allem Gin, damit ich ihn aus dem Vorrat bekomme und meine Kosten reduziere. Allerdings wird er mit Erdbeer-, Mango- und Himbeerpüree vermischt, den Rest überlasse ich Harry, meinem Barkeeper, damit er auch schmeckt.« Ein breites Grinsen überzog sein Gesicht. »Du kannst ihn gerne für 15 Dollar an der Hotelbar probieren, wenn du willst.«

Pedro schüttelte heftig den Kopf. »Vergiss es. Ich schlage vielmehr vor, dass dieser neue Drink uns zum Testen vorgeführt wird.« Beifallheischend blickte er in die Runde.

Als alle Anwesenden endlich zustimmend nickten, schaute er Rebecca erwartungsvoll an. Sie überlegte einen Augenblick, dann wandte sie sich an James.

»Kann Harry uns allen einen Testdrink mixen und hierher bringen? Allerdings keine volle Portion für jeden, sonst sind wir gleich betrunken bei der Hitze draußen. Außerdem haben wir noch einige Stunden Arbeit vor uns. Aber ein kleines Glas für jeden sollte in diesem Fall ok sein.« Als sie James' nachdenklichen Gesichtsausdruck sah, fügte sie schnell hinzu: »Er soll es auf meinen Budgetcode schreiben.« Sofort hellte sich James' Miene auf und er griff nach seinem Handy. Rebecca blickte wieder zu der jungen Asiatin, deren dezentes Make-up ihre zarten Konturen unterstrich. Ihre langen, schwarzen Haare hatte sie zu einem jugendlichen Pferdeschwanz zusammengebunden.

»Ich finde den Vorschlag sehr gut, vor allem, da in diesem Monat fast dreißig Prozent unserer Gäste frisch verheiratet sind. Bitte fassen Sie dieses Angebot noch einmal in Stichpunkten zusammen und schicken es per Mail an uns alle, damit wir in unseren morgendlichen Teambesprechungen alle Mitarbeiter darüber informieren können.« Eifriges Kopfnicken war die Antwort. Rebecca lächelte Lee aufmunternd zu, die schüchtern den Blick senkte.

»Evelyn, können Sie uns jetzt die Neuigkeiten über Ihren Bereich mitteilen?«

»Diese Woche gibt es nicht viel Neues. Wir haben die zweite

VIP-Villa tiefengereinigt und rechtzeitig zum Bezug hergerichtet. Die Schäden in den Villen 2 und 4 sind zusammen mit dem Technikteam behoben worden. Außerdem arbeiten wir an einem kleinen Willkommensgruß für die jüngeren Gäste. Vielleicht kann ich im nächsten Meeting mehr davon erzählen.«

»Danke, Evelyn, ich bin schon sehr gespannt darauf.« Rebecca wandte sich dem jungen Ingenieur zu. »Nish, was gibt es Neues von der Technik?« Leicht errötend rutschte er auf seinem Stuhl herum.

»Wir haben uns letzte Woche mit der Reparatur der Ventilatoren in der Lobby beschäftigt. Auch die Außenbeleuchtung des Pavillons funktioniert wieder einwandfrei. Jetzt kann sie problemlos gedimmt werden. Außerdem haben wir die Reparaturen in den Villen 2, 4 und 12 durchgeführt und endlich die ersten Arbeiten an unserem neuen Gerätelager begonnen.«

»Sehr gut, Nish. Ihr Team, und Sie natürlich, machen ausgezeichnete Arbeit.« Sie nickte dem jungen Mann dankbar zu, der stolz seinen Kugelschreiber um die Finger kreisen ließ, um seine Freude über ihr Lob zu verstecken.

»Sam?«

»Wir haben den Waldteil an der östlichen Lagune gesäubert und neu bepflanzt sowie die Anlagen des Pavillons gesäubert. Außerdem arbeite ich an verschiedenen Dekorationsvorschlägen für Carlos' Veranstaltungen. Ansonsten gibt es diesmal nichts Neues von mir zu berichten.«

Rebecca nickte zustimmend, notierte schnell einige Stichpunkte auf ihrem Block. »Carlos?« ermunterte sie ihren Veranstaltungsmanager.

»Morgen Abend findet das Barbecue auf dem großen Strand vor den Lounges statt, dazu wird eine Live-Band aus Malé spielen. Übermorgen ist der große Segelturn geplant, der diese Woche endlich wieder voll ausgebucht ist. Ich erwarte eine sanfte Reise, da nur Flitterwöchner an Bord sein werden. Die Stadtführung in Malé ist nach wie vor ein sehr beliebtes Angebot.« Er holte bedeutungsvoll Luft. »Gerade arbeite ich an einem Dinner-Angebot, oben auf der kleinen Lichtung. Ich denke dabei an einen romantischen Abend für zwei im Fackellicht, mit persönlichem Butler, Musik und so.« Er blickte vergnügt in die Runde. »Schließlich können wir die Anzahl der verliebten Gäste im Hotel gut für unser Budget nutzen.« Dann wandte er sich an Rebecca. »Ich arbeite bereits mit Jean-François und James an einem passenden Menü.«

»Sehr gut, Carlos. Vielen Dank.«

»James, was gibt es außerdem vom F&B zu berichten?«

Ihr F&B Manager tippte mit dem Kugelschreiber auf seinen Block. »Wir haben mit der Inventur begonnen und arbeiten an Vorschlägen, wie wir unsere Ladenhüter loswerden können, neben dem neu kreierten Cocktail, um unseren Gin-Umsatz zu erhöhen.« Er schwieg bedeutungsschwer, dann blickte er Jean-François an. »Zudem versuchen wir, endlich die Wäscheliste fertig zu stellen. Wenn wir das diese Woche nicht bewerkstelligen, riskieren wir, dass wir zur Hauptsaison alte und kaputte Tischwäsche auflegen müssen, die zudem für größere Veranstaltungen nicht ausreicht.« Er klang verärgert.

Jean-François erwiderte finster James' Blick. Ohne darauf zu achten, griff Rebecca nach ihren Unterlagen, hielt sie demonstrativ vor sich. »Ich habe mir die Ausarbeitungen angesehen und denke, dass wir statt der 300 Decken lediglich 200 Tischdecken ordern sollten. Die noch vorhandene Ware muss durchsortiert werden und kann im Zimmerservice verwendet werden.« Sie blickte beide Männer bestimmt an. »Ich denke, damit können wir alle leben, nicht wahr?«

Widerwillig nickten James und Jean-François, was Rebecca lediglich mit einem knappen »fein« kommentierte. Ein Klopfen an der Tür unterbrach sie. Neugierig wandten sich alle Anwesenden um, als sich die Tür langsam öffnete und eine Mitarbeiterin des Zimmerservice vorsichtig ihren Kopf durch die Tür steckte.

»Entschuldigung, Miss Quentlin. Darf ich hereinkommen?«

»Natürlich, Sandy. Bitte.«

Die Tür glitt weit auf und die junge Frau betrat mit einem Tablett das Büro. Sofort hellte sich die Stimmung im Raum auf. Ein Raunen erscholl, als die orange-roten Getränke, mit dem Fruchtspieß und der Kumqat-Dekoration sichtbar wurden. Neugierig griff sich jeder Anwesende ein Glas.

Rebecca erhob ihres. »Lassen Sie uns ihren Drink probieren.« Neugierig nippte sie an dem Getränk, das fruchtig, nicht zu süß schmeckte. Ein Blick in die Gesichter um ihren Konferenztisch gab ihr Recht, es war der perfekte Drink für eine erholsame Massage, ein Highlight, das nicht vom eigentlichen Service ablenkte. Entspannt lehnte sie sich zurück, lauschte den Kommentaren ihrer Teammitglieder. Nach einigen Minuten, als die Gläser geleert und genügend Feedback zum Drink ausgetauscht worden war, räusperte sich Rebecca. »Es tut mir leid, aber wir sind noch nicht ganz fertig mit unserem Meeting. Jean-François, was gibt es Neues?«

»Das Fleisch«, klagte er sofort. »Es ist wirklich schrecklich. Wie soll ich ein Fünf-Sterne-Niveau halten, wenn wir ständig alte Stücke untergeschoben bekommen? Das geht so nicht weiter. Ich suche nun einen neuen Lieferanten.«

»Das sehe ich genauso wie Sie, Jean-François. Bitte kümmern Sie sich darum und sagen Sie mir Bescheid, sobald sie jemanden ins Auge gefasst haben, damit wir die Verhandlungen zügig beginnen können. Zu Beginn der Hauptsaison müssen wir dieses Problem gelöst haben.«

Glücklich über ihr Verständnis, breitete sich ein fröhliches Grinsen auf dem Gesicht ihres Executive Chefs aus. »Ansonsten ist in der Küche alles in Ordnung.«

Rebecca nickte erleichtert. »Nita, gibt es von unserer Seite noch etwas, das wir besprechen sollten?«

Zu ihrem Erstaunen nickte Nita eifrig. »Vielleicht sollten wir noch einmal kurz erwähnen, dass wir nun zwei VIP-Gäste im Resort haben. David Gallecker natürlich und seit heute auch Adam Stevens. Er wohnt in Villa 19.«

»Hoffentlich ist er genauso charmant wie David Gallecker«, entfuhr es Evelyn spontan.

»Oh ja, er ist wirklich sehr reizend«, stimmte Lee eifrig zu, wobei sie leicht errötete.

Nicht schon wieder David. Schluss. »Gut, wenn es sonst nichts Weiteres zu besprechen gibt, dann schlage ich vor, dass wir nun wieder an unsere Arbeit gehen, denn gleich beginnt das Abendessen.« Rebecca erhob sich, worauf ihre Mitarbeiter ebenfalls aufstanden und schwatzend den Raum verließen. Evelyn und Lee redeten eifrig aufeinander ein. Wahrscheinlich gaben sie nun die Vorzüge von ihrem ach so verehrten David Gallecker zum Besten. Verärgert schaltete Rebecca ihren Computer ein und begann, ihre Emails zu bearbeiten.

Die Sonne war schon längst untergegangen, leuchtende Fackeln erhellten den tiefschwarze Nacht, zeigten Rebecca im warmen Licht den Weg zum Pavillon. Neugierig trat sie an das schmale, hohe Pult am Restauranteingang.

»Wie sieht es aus, Angelo? Sind alle Gäste bereits zum Abendessen erschienen?«

Der junge Spanier schaute sie strahlend an. »Wir sind bis auf den letzten Platz ausgebucht, Miss Quentlin.« Er blickte rasch auf die Liste vor sich. »Bis auf unsere Gäste aus den

Villen 7 und 12 sind alle da.« Er blickte auf seine Uhr. »Es ist ja auch schon neun Uhr«, fügte er erklärend hinzu.

Rebecca nickte zustimmend. »Welchen Tisch haben denn unsere beiden VIPs?«

Angelo beugte sich verschwörerisch zu ihr hinüber. »Ich habe beiden einen Tisch auf der Veranda gegeben. Von dort hat man den besten Blick auf das Meer, zumal es jetzt nicht mehr zu schwül dort draußen ist.«

»Eine sehr gute Wahl, Angelo.« Ihr Blick schweifte in das Innere des Fischrestaurants. Mit seinen zwanzig Tischen sowie dem schlichten, modernen Ambiente war der Pavillon ein sehr feines Restaurant, in dem die Fischgerichte höchsten Ansprüchen genügten. Auch wenn man es dem Holzhaus von außen nicht ansah, seine Einrichtung war sehr exklusiv. Rebecca blickte über die Tische mit den weißen, gestärkten Tischdecken, auf denen sich die Gläser im Kerzenschein spiegelten und an denen Hotelgäste bereits ihr Abendessen genossen, hinaus auf die an das Meer grenzende Veranda. Unweit vom Strand und dem dahinter rauschenden Meer befanden sich weitere Tische, von denen David und Adam je einen belegten.

»Ich sehe, Sie haben alles gut im Griff, Angelo. Daher werde ich mich jetzt um unsere Hotelgäste kümmern.« Sie nickte dem Restaurant Manager noch einmal lächelnd zu, strich sich die dunkelblaue Jacke ihres Kostüms zurecht und näherte sie sich mit wiegendem Gang dem ersten Tisch.

Sie linste hinaus auf die Veranda und erspähte Adam sofort. Sein Tisch befand sich in der Mitte der hölzernen Terrasse. Seinen Kopf hielt er leicht gebeugt, während er die Speisekarte intensiv studierte. Er trug eine dunkle Stoffhose, dazu ein weißes, langärmliges Hemd, dessen oberster Knopf offen war. Sein dunkles Haar glänzte im Kerzenschein, sein Profil mit den aristokratischen Zügen wirkte äußerst attraktiv. Mit klopfendem Herzen wanderte Rebeccas Blick zu den nächsten Tischen, wobei sie nur ein Ziel verfolgte. David. Wo war er? Sie hielt für einen kurzen Moment die Luft an, als sie ihn am Ende der Veranda erblickte. Im Gegensatz zu Adam hatte er sich für einen hellen Anzug entschieden. Dazu trug er ein weißes Hemd und ein rot, weiß, blau gestreiftes Einstecktuch, das seine Zugehörigkeit zum exklusiven Bostoner Golfclub signalisierte. Entspannt saß er zurückgelehnt in seinem Stuhl, blickte nachdenklich hinüber zum Strand, der von dem Licht der aufgestellten Fackeln warm erleuchtet wurde. Selbst jemand mit weniger Menschenkenntnis als sie erkannte sofort, dass er edles Ambiente gewöhnt war. Er passte perfekt in diese Szenerie. Nein! Er passte vielleicht in seinen teuren Golfclub oder in die Sterne-Restaurants, aber er passte nicht hierher, weder auf ihre Insel, noch in ihr Leben. Rebecca riss sich von Davids Anblick los und trat mit bestimmtem Schritt hinaus auf die Veranda an Adams Tisch.

»Guten Abend.« Ihre weiche Stimme wehte über die Veranda, nur untermalt von den leisen Klavierklängen, die aus den Lautsprechern drangen.

Adam wollte sofort aufspringen, doch Rebecca hielt ihn zurück. »Bitte bleiben Sie sitzen.«

Er schenkte ihr ein charmantes Lächeln, mit dem er wahrscheinlich das Herz jeder Frau zum Schmelzen brachte. »Rebecca, wie schön, dass ich Sie wiedersehe.« Seine dunkle Stimme hüllte sie ein.

»Haben Sie sich schon gut eingelebt?«

Er lachte fröhlich. »Sehr gut sogar, aber das ist hier wahrlich keine Kunst, Sie haben hier ein richtiges Paradies. Darf ich Sie zu einem Glas einladen? Ich würde mich über Ihre Gesellschaft sehr freuen.« Er wies galant auf den leeren, gegenüber stehenden Stuhl, doch Rebecca schüttelte verneinend den Kopf.

»Es tut mir leid, aber ich muss arbeiten. Außerdem warten die Gäste in den anderen Restaurants, dass ich auch ihnen einen kleinen Besuch abstatte.«

»Verstehe«, er nickte langsam. »Hätten Sie denn morgen Zeit für mich?« Er blickte sie gespielt flehentlich an, sodass Rebecca leise lachte.

»Ich kann Ihnen übermorgen eine Stadtführung in Malé anbieten mit einem ausgezeichneten Mittagessen im ältesten und berühmtesten Hotel der Insel. Was halten Sie davon?«

»Perfekt. Einfach perfekt.« Seine blauen Augen blitzten vergnügt.

»Wir legen um 9 Uhr am Bootssteg drüben bei den Lounges ab.«

»Ich werde pünktlich da sein, versprochen.« Ein verschmitztes Lächeln umspielte seinen Mund. »Ich freue mich schon sehr darauf.«

»Gut, dann sehe ich Sie Donnerstagmorgen. Nun wünsche ich Ihnen jetzt einen guten Appetit. Gute Nacht, Adam.«

»Gute Nacht, Rebecca.« Galant erhob er sich zum Abschied, entlockte ihr ein weiches Lächeln, bevor sie an den nächsten Tisch trat.

Auch ohne zum Ende der Veranda zu blicken, wusste sie, dass David sie beobachtete. Sie fühlte seinen Blick, doch sie widerstand trotz des heftigen Kribbelns in ihrem Nacken der Versuchung, ihn anzuschauen. Das junge Paar vor ihr war gestern zusammen mit Adam angekommen. Die bloße Frage nach ihrem Befinden trat einen wahren Lobesschwall los. In wortgewaltigen Ausführungen schwärmten sie von den vielen Vorzügen der Hotelanlage, die sie bisher gesehen hatten. Rebeccas Redeanteil beschränkte sich daher auf zustimmendes Nicken und dankbares Lächeln. Dabei fiel es ihr schwer, sich auf das Gespräch mit dem jungen Paar vor ihr zu konzentrieren, zu sehr fühlte sie Davids Nähe. Aus den Augenwinkeln sah sie, dass er sich entspannt zurückgelehnt hatte, gelassen auf sie wartete. Ihr Herz raste. Aus unerfindlichem Grund spürte sie eine unbekannte Nervosität, die mit jeder Minute weiter anschwoll. Am besten brachte sie es so schnell wie möglich hinter sich. Daher verabschiedete sie sich von dem verliebten Paar und trat betont förmlich hinüber an Davids Tisch.

Angelo hatte wieder einmal bewiesen, dass er die Vorlieben der Gäste stets im Hinterkopf behielt. David mit seinem Wunsch auf Privatsphäre hatte den ruhigsten, wenn auch romantischsten Platz bekommen, auch die anderen Gäste auf der Terrasse ermöglichten Adam und David ein ungestörtes, ruhiges Abendessen. Ihr offenes Haar, von dem sie nur zwei Strähnen am Hinterkopf festgesteckt hatte, wehte sanft im Wind, umspielte ihr längliches Gesicht. »Guten Abend, Mister Gallecker.« Sie lächelte höflich.

»David«, korrigierte er sie entspannt.

»Ich hoffe, Sie sind mit dem Essen zufrieden, Mister Gallecker?« Rebecca ignorierte Davids Kommentar. Sie hatte ihm doch gesagt, dass sie ihn nicht vor anderen mit Vornamen ansprechen würde.

»David, Becs.« Um Davids Mund spielte ein spöttisches Lächeln. Und in lehrerhaftem Ton fuhr er fort: »Wenn du Adam vor allen Leuten sagen kannst, dann wird dir David ja wohl auch nicht schwer fallen, nicht wahr?« Er legte seinen Kopf schief, blickte sie halb belustigt, halb verärgert an.

Rebecca zuckte gelangweilt mit den Schultern, doch innerlich kochte sie vor Wut. »Gut, wenn Sie darauf bestehen. Schmeckt Ihnen das Essen, David?« Sie betonte seinen Namen besonders deutlich, woraufhin sich sein Mund zu einem zufriedenen Grinsen verzog.

»Vielen Dank, Becs. Es ist wirklich ausgezeichnet und erinnert mich sehr an das Essen in dem kleinen Bostoner Hafenrestaurant, wo wir zusammen meinen Geburtstag gefeiert haben. Erinnerst du dich?« Seine Stimme klang warm, doch sein Blick beobachtete sie scharf.

»Nein, ich erinnere mich nicht«, zischte Rebecca. »Wenn Sie mich jetzt entschuldigen, ich muss noch zu den anderen Gästen.« Mit einem kurzen Nicken drehte sie sich um.

»Nein, das tue ich nicht.«

»Wie bitte?« Rebecca wirbelte erneut zu David herum, wobei ihre Locken durch die Luft flogen. Sie funkelte ihn wütend an.

»Ich entschuldige dich nicht, denn ich bin der Gast, der in diesem Hotel mit Abstand die teuerste Villa bewohnt und verlange, dass die Hoteldirektorin sich mit mir mindestens so lange beschäftigt wie mit den anderen Gästen.«

»Das habe ich bereits«, Rebeccas Stimme senkte sich zu einem gefährlichen Flüstern, nur mühsam hielt sie ihre Wut zurück.

»Aber nicht heute Abend, Becs.« Die Gelassenheit in seiner Stimme schürte ihren Zorn.

»Ich bin ja noch hier. Also, was willst du besprechen?«

»Wann sehen wir uns den Sonnenuntergang zusammen an?«

»Nie«, entfuhr es ihr impulsiv.

Er schüttelte missbilligend mit dem Kopf. »Na, na, Becs. Nita hat mir da aber etwas anderes erzählt. Hast du deine Angestellten nicht unter Kontrolle? Wo ist nur deine Perfektion hin?« Seine Stimme triefte vor Spott.

Rebeccas grünen Augen funkelten zornig. Zufrieden mit ihrer Reaktion wartete David auf ihre Antwort. Es war so faszinierend das Spiel ihrer Mimik zu beobachten, in dem sich Zorn und Disziplin einen erbitterten Kampf leisteten. Plötzlich blickte sie hinaus auf den Strand, atmete zur Beherrschung tief ein. Als sie David wieder ansah, war jeglicher Zorn verflogen, nur noch professionelle Höflichkeit lag in ihren Gesichtszügen. David bewunderte ihre Selbstbeherrschung und verfluchte sie in gleichem Maße.

»Du hast Recht, Nita erwähnte es heute, aber es ist bisher noch nicht in meinem Kalender eingetragen. Die kommenden Tage werden sehr hektisch.«

»Ich bin nicht irgendwer, Becs. Momentan bin ich dein wichtigster VIP.« Obwohl er leise sprach, hörte sie den warnenden Unterton heraus.

»Gut, dann sag mir welcher Abend dir vorschwebt.« Sie lächelte ihn knapp an.

»Morgen Abend.«

Verneinend schüttelte sie mit dem Kopf. »Morgen ist mein freier Tag, an dem treffe ich mich mit keinem Hotelgast, egal wie wichtig er als VIP eingestuft ist.« Ihre Stimme klang bestimmt, duldete keinen Widerspruch.

»Dann in zwei Tagen.«

»Gut. Ich werde etwas organisieren.«

»Nein, Becs. Ich werde es organisieren. Nita wird dir sagen, wo und wann wir uns treffen.«

Sie reckte stolz ihr Kinn, dann zuckte sie erneut betont gleichgültig mit den Schultern. »Wegen mir.« Ohne auf seine Reaktion zu achten, blickte sie auf ihre Uhr. »Es tut mir leid, aber ich muss nun wirklich zu den anderen Gästen, da ich Ihnen nun sehr viel mehr Zeit gewidmet habe als j e d e m anderen Gast.«

Er rückte seinen Stuhl zurück, stand höflich auf. »Dann werde ich dich jetzt entschuldigen, Becs. Bald werden wir ja mehr Zeit füreinander haben.«

Wellen der Wut brachen über sie zusammen. Sie hasste David dafür, dass er die Kontrolle über die Situation an sich riss. Sie wusste, dass er sie aus der Reserve lockte, testete. Um keinen Preis würde sie ihn hier und jetzt gewinnen lassen. »Ich wünsche Ihnen noch einen schönen Abend, David.« Sie nickte knapp und drehte sich um.

»Den wünsche ich dir auch, Becs.« Mit Bedacht hatte er seine Stimme erhoben, lauter als normal gesprochen. Als Antwort warf sie ihm einen letzten wütenden Blick über die Schulter zu, dann entschwand sie schnellen Schrittes im Inneren des Restaurants.

KAPITEL 9

Drei, zwei, eins, aus. Erschöpft drückte David auf den Geschwindigkeitsknopf des Laufbandes, dann griff er nach seinem Handtuch, wischte sich den Schweiß aus dem Gesicht und Nacken. Vorsichtig trat er neben das Gerät, griff nach der Desinfektionsflasche und dem daneben liegenden

Tuch. Mit geübten Bewegungen reinigte er die Handgriffe, beendete das Laufprogramm. Es war noch früh. Niemand außer ihm hatte das neu gestaltete Fitnessstudio an diesem Morgen aufgesucht. Noch schnell zwei Übungen, dann hatte er sein heutiges Programm abgespult. Entschieden trat er hinüber zur Hantelbank, griff nach den Gewichten.

Gerade, als er die letzte Übung absolviert und die Hanteln zurückgelegt hatte, öffnete sich die Tür. Gut, dass er fertig war. Erleichtert griff David nach der Wasserflasche, trank einen großen Schluck, bevor er sich neugierig nach den Neuankömmlingen umsah und noch im selben Augenblick erstarrte. Nicht irgendein sportwütiger Gast hatte den Raum betreten, sondern Becs. Ihr quietschgelbes, knielanges Sommerkleid schwang luftig um ihre Beine. Ihre Haare trug sie zu einem jugendlichen Pferdeschwanz, wodurch ihr schmales Gesicht zur Geltung kam. Sie blickte ihn ebenso starr an wie er sie, doch seine Überraschung galt nicht ihr. Vielmehr hatte er hinter ihr den großen, dunkelhaarigen Mann in dunkler Bermudashorts und orangefarbenem Shirt entdeckt. Kirk. Was wollte Kirk, der Waschlappen, denn hier? Warum verbrachte er schon wieder Becs freien Tag mit ihr? Noch während David beide grußlos anstarrte, fing sich Rebecca und lächelte ihm knapp zu. Doch es war ein schlechter Versuch, herzlich zu wirken.

»Guten Morgen«, rief sie betont fröhlich durch den Raum. »Ich hoffe, wir stören Sie nicht.« Gefolgt von Kirk durchqerte sie den Raum.

»Kein Problem. Ich bin fertig.« Missgelaunt zog David sich das Handtuch von den Schultern und warf es achtlos in den vorgesehenen Wäschekorb. Schnurstracks trat er zur Tür, drückte bereits die Klinke, als eine tiefe Männerstimme ihn ansprach: »Ich freue mich, Sie wiederzusehen. Mister Gallecker, richtig?«

Langsam drehte sich David um und schaute in Kirks Gesicht, dessen Mund sich zu einem breiten Lächeln verzogen hatte, doch seine Augen musterten David kalt. Heiße Wut stieg bei diesem Anblick in David auf. Der liebe Kirk war wohl doch nicht so sanft und gutmütig, wie er sich Becs gegenüber darstellte.

»Richtig.« Er blickte Kirk offen an.

»Ich hoffe, Sie genießen ihren Urlaub.« Kirk hüstelte nervös, als David Rebecca einen langen Blick zuwarf, bevor er wieder Kirk anschaute und in gefährlich ruhigem Ton antwortete: »In der Tat. Ich bin wirklich froh, hierhergekommen zu sein.« Um seinen Worten eine besondere Bedeutung zu verleihen, hob David für den Bruchteil einer Sekunde die rechte Augenbraue und warf Rebecca einen betont bedeutungsvollen Blick zu.

»Dann wünschen wir Ihnen jetzt noch einen schönen Tag, Mister Gallecker«, fiel Rebecca schnell ein.

Als Antwort bohrte sich Davids Blick in ihre grünen Augen, die sich warnend verdunkelten. Endlich verzog er seinen Mund zu einem vielsagenden Lächeln.

»Ich hoffe, Sie können Ihren freien Tag auch genießen.«

Ohne auf Rebeccas Antwort zu warten, nickte David den beiden zu und verließ augenblicklich das Fitnessstudio. Unschlüssig stand er vor der Tür. Wieso verbrachte Becs ihre freie Zeit mit diesem Waschlappen, der doch nur seine eigenen Interessen verfolgte? Er atmete tief ein. Es war endlich an der Zeit, Becs zu einem Gespräch zu zwingen. In Gedanken versunken trat David hinaus auf den Weg und schlug die Richtung zu seinem Bungalow ein, als ihm keine fünfzig Meter entfernt eine Dreiergruppe weiblicher Hotelangestellter entgegen kam. Als sie ihn erblickten, steckten sie eifrig die Köpfe zusammen, kicherten verhalten. David nickte ihnen höflich zu, dann blieb er plötzlich stehen.

»Guten Morgen, Mister Gallecker«, grüßten ihn die drei jungen Frauen fröhlich.

»Guten Morgen.« Er rieb sich nachdenklich über das Kinn. »Sagen Sie, darf ich Sie etwas fragen?« Sofort blieben sie stehen, schauten ihn erwartungsvoll an. »Natürlich, Sir.«

»Ich bin auf der Suche nach einem perfekten Platz, um den Sonnenuntergang zu beobachten und frage mich, wo man dies auf der Insel am besten tun kann.« Er senkte verschwörerisch die Stimme. »Ich benötige nämlich Inspiration.«

Eifriges Nicken war die Antwort. »Ich finde den Sonnenuntergang am Strand vor den Lounges am schönsten und sehr romantisch«, beeilte sich die Erste. Mit großen, braunen Augen blickte sie David verklärt an, sodass er sich ein Lächeln verkniff. »Nein, nein, ich würde eher die kleine

Lichtung gegenüber der Hauptvilla vorschlagen. Dort hat man nicht nur einen wunderschönen Blick, sondern es weht einem auch der Wind seicht durchs Haar.« Zur Bestärkung ihrer Worte schaute die Zweite David eindringlich an. »Das müssen Sie wirklich ausprobieren.«

Er blickte amüsiert zur Dritten. »Meine beiden Kolleginnen haben Recht, beide Orte sind wunderbar für einen Sonnenuntergang. Aber wenn Sie wirklich eine romantische Inspiration suchen, dann setzen Sie sich auf die untere Ebene Ihrer Terrasse, lassen die Beine ins Wasser baumeln, halten einen kühlen Drink in der Hand und genießen den Sonnenuntergang untermalt vom Rauschen des Meeres.«

»Sie sind ja richtig poetisch.« Als David sah, wie ihre Gesichtsfarbe sich bei seinem Kompliment in tiefes Rot verwandelte, wandte er sich dankend an alle drei. »Ich werde, glaube ich, alle Ihre Ratschläge ausprobieren. Schließlich arbeite ich an einem neuen Buch und mein Verleger verlangt etwas Besonderes. Vielen Dank. Dann wünsche ich Ihnen einen wunderschönen Tag.«

»Das wünschen wir Ihnen auch, Mister Gallecker.«

Er nickte lächelnd, bevor er an ihnen vorbei in den Schatten der Inselvegetation trat. Die jungen Frauen blickten schmachtend hinter David her, bevor sie ihre Köpfe erneut zusammensteckten und eifrig aufeinander einredeten. Sie waren so in ihr Gespräch vertieft, dass sie den scharfen Blick ihrer Hoteldirektorin, die sie vom Treppenabsatz des Fitnessraums beobachtete, nicht bemerkten.

»Sollen wir jetzt hinüber zum Majesty Inn fahren?«
Kirks dunkle Stimme rief Rebecca zurück in die Gegenwart, sie nickte mechanisch. »Gerne.« In wiegendem Schritt stieg sie die Verandastufen hinunter, schlenderte neben ihm zum Buggy, mit dem sie zurück zum Bootssteg fuhren. Das kleine Motorboot wartete bereits auf sie. Routiniert zog Rebecca ihren breiten Sonnenhut sowie die Sonnenbrille auf. Heute war sie Privatperson. Sie freute sich auf den Ausflug, die Besichtigung des neuen Hotels und auf einen entspannten Nachmittag an dessen Hotelstrand in sicherer Entfernung zu David. Als Kirk neben ihr im Boot saß, fing sie die Leine geschickt auf und warf sie hinter ihren Sitz. Dann wendete sie und beschleunigte das Boot, bis sie in gemäßigtem Tempo über die Wellen glitten. Das salzige Aroma der Luft legte sich auf ihre Lippen, prickelte auf der nackten Haut. Die Sonne strahlte von einem wolkenlosen Himmel herab und versprach einen wunderschönen Nachmittag.
»Woher kennst du Daniel eigentlich?« wandte sie sich neugierig an Kirk.
»Wir haben in Singapur zusammen gearbeitet. Er war dort mein F&B Manager.«
»Das ist aber nun auch schon einige Jahre her, nicht wahr?«
»Vier Jahre. Nun sind wir beide auf einem winzigen Atoll im Ozean gelandet.« Kirks dunkles Lachen klang fröhlich.
»Das Majesty Inn ist natürlich kleiner als das Residence Palace, aber es ist sehr vielversprechend. Der Eigentümer

hat sich vorgenommen, eine neue Hotelkette zu etablieren und das Majesty Inn soll dessen Vorzeigehotel sein. Das ist für Daniel natürlich eine tolle Chance.«

»Stimmt«, gestand Rebecca ein.

»Vielleicht lernst du ihn gleich selbst kennen und kannst dir dein eigenes Urteil bilden. Schließlich ist es immer von Vorteil, die Konkurrenz zu kennen.« Ein geheimnisvolles Lächeln umspielte seine Lippen.

»Verbringst du deshalb den Tag mit mir, damit du deine Konkurrentin besser kennenlernst?« Rebecca lachte fröhlich.

»Nein, ich verbringe den Tag mit dir, damit ich dich besser kennenlerne, Rebecca.« Kirks Stimme klang plötzlich sehr sanft.

Irgendwo in ihrem Hinterkopf schrillte eine Alarmglocke, laut und intensiv.

»Ich freue mich jedenfalls auf einen erholsamen Nachmittag«, lenkte Rebecca daher das Thema in eine unverfängliche Richtung und atmete auf, als sie sah, wie Kirk seinen Kopf zur Seite wandte, schweigend hinaus aufs Meer blickte.

Ohne ein weiteres Wort legten sie die letzten Kilometer zum Majesty Inn zurück. Als Rebecca schließlich das Tempo drosselte und das Motorboot geschickt durch die vertäuten anderen Boote lotste, stand Kirk auf, griff nach dem Seil hinter Rebeccas Sitz und warf es dem wartenden Angestellten zu. »Wir haben eine Verabredung mit Herrn

Zerbrück.«

Eifriges Nicken war die Antwort.

Mit einem energischen Satz sprang Kirk an Land, dann hielt er Rebecca galant die Hand hin, die sie nach kurzem Zögern ergriff, um vorsichtig aus dem Boot zu steigen.

»Komm, ich zeige dir die Anlage, bevor wir uns mit Daniel zum Essen treffen.«

»Gerne.« Rebecca folgte ihm neugierig.

Kirk betrat einen sich schlängelnden Weg, der um das Hauptplateau herum zu den Hotelanlagen führte. Auf einer kleinen Lichtung blieb er stehen. »Dort hinten ist der Strand mit dem Strandrestaurant, das wir später sehen können und dort vorne ist der Spa-Bereich des Hotels.« Er drehte sich halb um die eigene Achse. »Wir gehen jetzt allerdings hierher zurück zum Haupthaus, wo wir Daniel treffen und von wo die einzelnen Wege zu den Nebengebäuden mit Gästezimmern führen.«

Rebecca blickte sich neugierig um, sog alle Einzelheiten interessiert auf. Das Hauptgebäude lag inmitten eines Palmenhains, überragte von seinem leicht erhöhten Platz das gesamte Gelände. Das ausschweifende Holzdach verlieh dem weitläufigen Gebäude etwas Wohnliches. Etwas niedriger, aber breiter schlossen sich die Nebengebäude zu beiden Seiten an. Das Weiß der Mauern strahlte als heller Kontrast zum dunklen Holz des Daches. Neugierig ließ sie ihren Blick über das Areal schweifen, doch die Wege waren zu beiden Seiten durch die Vegetation begrenzt, die ihren

Blick auf den unteren Teil des Geländes versperrte, sodass sie nur einen Teil der Dächer durch das Blätterwerk wahrnahm. Im Schatten der hohen Bäume schlenderte sie neben Kirk zurück zum Haupthaus, auf dessen Terrasse gelbe Sonnenschirme den aufgestellten Tischen Schatten spendeten. Noch bevor sie die gemütlich wirkenden Sessel erreichten, eilte ihnen ein schlanker Mann um die Vierzig entgegen.

»Wie schön, dass du gekommen bist, Kirk, und noch dazu mit einer so bezaubernden Begleitung.« Sein Blick glitt wohlwollend über Rebecca, herzlich streckte er ihr die Hand zum Gruß entgegen, die sie lächelnd schüttelte.

»Daniel Zerbrück«, er deutete eine leichte Verbeugung an.

»Rebecca Quentlin. Ich freue mich, Sie kennenzulernen. Kirk erzählte mir, dass Sie mit ihm zusammen in Singapur gearbeitet haben.«

Daniel nickte zustimmend, zwinkerte Kirk verschwörerisch zu. »Eine sehr arbeitsreiche Erfahrung im F&B Bereich. Aber nun war es endlich an der Zeit, den nächsten Schritt auf der Karriereleiter zu erklimmen.« Er machte mit dem Arm eine auslandende Handbewegung. »Und mein neues Glück heißt Majesty Inn.«

»Eine wirklich schöne Hotelanlage. Sie werden sich hier sicherlich wohlfühlen.«

Daniel strich sich nachdenklich durch das Haar, dann verzog er seinen Mund zu einem erneuten Strahlen: »Das hoffe ich, noch gibt es einige große Baustellen, aber ich bin ja erst seit wenigen Wochen da.«

»Sollten Sie Rat von einer Kollegin benötigen, können Sie mich jederzeit gerne anrufen. Ich leite das Grande Vie.«

Als Antwort legte Daniel seinen Kopf leicht schief, nickte langsam. »Das Angebot nehme ich sehr gerne an. Darf ich Sie Rebecca nennen? Ich finde Vornamen unter Kollegen so viel einfacher.«

»Natürlich«, erwiderte Rebecca offen.

»Danke, das ist schön. Darf ich Ihnen etwas zu trinken anbieten, Rebecca?« Er wandte sich schuldbewusst an Kirk. »Und dir natürlich auch.«

Daniels Vorschlag klang wie Musik in Rebeccas Ohren, die Luftfeuchtigkeit war heute besonders unangenehm, sodass ihr ein Glas Wasser geradezu paradiesisch erschien. Doch bevor sie zustimmen konnte, antwortete Kirk: »Danke, aber wir wollten ein wenig an deinem Strand faulenzen und dort etwas trinken.«

Überrascht blickte Daniel von Kirk zu Rebecca, der die Art seines Blickes ganz und gar nicht gefiel.

»Als sogenannte Konkurrenten waren wir sehr neugierig, wie das Majesty Inn seinen bereits berühmten Strand gestaltet hat, daher haben wir uns zu einem kleinen Konkurrenzbesuch verabredet.« Sie lächelte Daniel entwaffnend an. »Schade, dass Sie uns nicht Gesellschaft leisten können. Ich hoffe sehr, dass sich eine andere Gelegenheit zum Plausch finden wird.«

»Ach so.« Daniels Gesichtszüge entspannten sich merklich.

»Ich hoffe sehr, dass das Majesty Inn Ihre Ansprüche zur vollsten Zufriedenheit erfüllt. Falls nicht, sagen Sie es mir bitte, dann füge ich Ihre Beobachtungen meiner langen Liste an Änderungen hinzu.« Sein Mund verzog sich zu einem charmanten Lächeln, das eine Reihe weißer Zähne zeigte. »Auf den Plausch mit Ihnen freue ich mich jetzt schon sehr, Rebecca. Dazu wird es natürlich Gelegenheit geben.«
Kirks Räuspern stoppte Daniels weitere Flirtversuche. »Aber jetzt entschuldige ich Sie und Kirk und wünsche Ihnen einen entspannten Nachmittag am Strand.« Er wies mit der Hand nach rechts. »Sie müssen einfach nur diesem Weg folgen, dann sind Sie in zwei Minuten an Ihrem Ziel.«
»Danke, Daniel. Bis bald.« Dann folgte Rebecca Kirk zum Strand.

»Einfach himmlisch hier.« Rebecca trank entspannt einen Schluck Wasser.
Die Sonne stand bereits tief am Himmel, der Nachmittag neigte sich dem Ende zu, begrüßte bereits den frühen Abend am fernen Horizont. Sie schloss genießerisch die Augen. Die letzten Stunden waren mit baden, faul im Sand liegen und einem kühlen Getränk in der Hand eine wunderbare Auszeit gewesen, ein Kurzurlaub von ihrem Job und vor allem von David. Bei dem Gedanken an David glitt ihr Blick hinüber zu ihrem Atoll. Was er wohl gerade tat? Es ist aus und vorbei, schalt sie sich, dennoch spürte sie ein leichtes, aufregendes Kribbeln.

»Möchtest du noch lange auf den Malediven bleiben?«

»Bitte was?« Rebecca starrte Kirk verständnislos an.

»Ich fragte, ob du noch lange auf den Malediven bleiben möchtest«, wiederholte Kirk geduldig.

Sie zuckte mit den Schultern. »Keine Ahnung. Darüber habe ich noch nicht nachgedacht.« Schließlich hing ihre Zukunft von David und seinem elendigen Buch ab. Ihre Tage waren definitiv gezählt, doch noch war ein konkretes Ende nicht absehbar. Der Stich, den ihr allein der Gedanke daran versetzte, tat weh. Sie wollte jetzt nicht darüber nachdenken. »Warum fragst du?« So gelassen wie möglich blickte sie Kirk an, der nervös sein Glas in der Hand drehte.

»Weil ich mir gerade diese Frage stelle.«

»Du willst weg?« Erschrocken starrte Rebecca Kirk an. »Wieso denn? Ist etwas passiert?«

»Nein, noch ist gar nichts passiert. Ich bin von meinem ehemaligen Arbeitgeber kontaktiert worden. Sie eröffnen nächstes Jahr ein neues Hotel auf Hawai: 5 Sterne, Luxus pur, 1200 Betten. Das wäre nach dem Residence Palace ein guter nächster Karriereschritt.«

»Aber das hört sich ja fantastisch an!« Rebecca strahlte Kirk begeistert an. »Darauf sollten wir anstoßen.«

»Nein, lieber nicht.« Kirk schüttelte vehement mit dem Kopf. »Lass uns damit warten, bis ich mich entschieden habe und der Vertrag unterschrieben ist.«

»Fein, ganz wie du willst.« Sie lehnte sich erneut zurück, ließ ihren Blick über den Ozean fliegen. Wie schnell sich wieder einmal alles änderte, das Leben eine völlig neue Wendung nahm. Ihr eigenes Leben war seit Davids Ankunft in der Schwebe, nun ergaben sich auch für Kirk neue Perspektiven und gerade erst war Daniel hier angekommen.

»Was rätst du mir?«

Rebecca blickte Kirk zuerst irritiert an, doch sein Blick ruhte so eindringlich bittend auf ihr, stellte ihr hundert unausgesprochene Fragen, sehnsüchtig wartend auf ein Zeichen der Hoffnung, dass sie tief einatmete. Warum war immer alles so kompliziert? Sie konnte und wollte Kirk keine Hoffnung machen, schließlich hegte sie für ihn keine Gefühle, die das normale kollegiale Verhältnis überstiegen.

»Ich denke, dass nur du die Entscheidung treffen kannst. Es ist eine wunderbare Aufgabe und Herausforderung, vor allem, nachdem du deine Aufgabe im Residence Palace mit Bravour gemeistert hast. Ich glaube, du musst dich fragen, was du als nächstes tun möchtest, was du vom Leben erwartest. Ich kann und darf dir dazu keinen Rat geben, Kirk. Es tut mir leid.«

Sie las die unverkennbare Enttäuschung in seinem Gesicht, das verletzte Zurückgewiesenwerden, doch dann siegte sein männlicher Stolz.

»Na ja, mal sehen, wie das Angebot im Detail aussieht. Ich halte dich auf jeden Fall auf dem Laufenden.«

»Ja, bitte tu das.« Rebecca lächelte Kirk aufmunternd an, leerte ihr Wasserglas. »Es war ein wirklich toller Nachmittag hier, aber ich muss nun zurück zum Hotel. Die letzte nächtliche Überfahrt war, ehrlich gesagt, nicht so angenehm.«

Sofort wirkte Kirk schuldbewusst. »Natürlich. Noch einmal lasse ich dich nicht im Dunkeln auf das offene Meer fahren. Komm, lass uns zum Anleger gehen, dann bist du noch vor Sonnenuntergang zurück im Hotel.«

Sie legte ihre Hand auf Kirks. »Danke für dein Verständnis.« Dann stand sie auf und setzte sich ihren breitkrempigen Sonnenhut auf. Wenigstens würde sie heute im Hellen zurück sein, womit keine Notwendigkeit für David bestand, ihr wieder am Bootssteg aufzulauern.

KAPITEL 10

Es regnete bereits seit Stunden. Überall, auf den Straßen und an den Straßenrändern standen die Wassermassen in breiten Pfützen, spritzten bedrohlich in alle Richtungen, wenn ein Auto durch sie hindurchfuhr. Der Abend war leise in eine pechschwarze Nacht übergegangen, die nur durch vereinzelte Scheinwerfer der entgegenkommenden Autos erhellt wurde. Trotz der unaufhörlichen Bemühungen, die Wassermassen von der Windschutzscheibe fernzuhalten, versagte der Scheibenwischer kläglich. Die Regentropfen peitschten unaufhörlich auf sie hernieder und erfüllten den Innenraum des Wagens mit einem bedrohlichen Lärm. Sie hatte Angst, es war dunkel, laut und Mummy war aufgebracht. Sie waren spät dran, viel zu spät, um noch vor dem großen Regen nach Hause zu kommen. Mummy war böse auf sie, denn sie hatte einfach nicht gehört und weiter am Strand gespielt. Erst nach endlosen Bemühungen und einem genervten Fangspiel, bei dem sie ihrer Mutter immer wieder entwischt war, hatten sie den Strand verlassen. Es war so schön gewesen, in der Nachmittagssonne im weichen Sand zu spielen, ihn beim Laufen unter den Füßen zu spüren und das salzige Wasser auf den Lippen zu schmecken. Sie wollte nicht zurück in die dunkle, kleine Stadtwohnung, in der sie allein mit Mummy lebte seit Daddy in eine andere Stadt gezogen war. Warum war Mummy nur so wütend auf sie? Und warum fuhr sie so schnell auf dieser engen Straße, die an der Seite ganz steil endete?

»Mummy, fahr langsam. Ich habe Angst«, wimmerte Rebecca.

»Sei still, du weißt genau, dass ich Angst vor diesen Serpentinen habe und nun muss ich sie im Dunklen fahren, nur weil du nicht auf mich gehört hast.«

»Es tut mir leid«, schluchzte Rebecca.

Ihre Mutter wandte kurz den Kopf nach hinten, wo Rebecca auf der Rückbank kauerte. Just in diesem Augenblick kam der große, gelbe Lichtschein, nein zwei, ganz nah. Rebecca schrie laut auf, der Wagen schlingerte zur Seite, drehte sich in rasantem Tempo und prallte hart auf. Dann wurde es dunkel.

»Nein«, laut schrie Rebecca die Panik aus sich heraus in der inbrünstigen Hoffnung, die Ereignisse rückgängig zu machen oder doch wenigstens anzuhalten. Nur einige wenige Augenblicke, um den Verlauf des Schicksals zu beeinflussen, das Unvermeidbare abzuwenden, doch plötzlich stand sie wieder in dem kleinen Wohnzimmer mit den schäbigen Möbeln, ihre Mutter lag auf der Couch, der niedrige Tisch war voller leerer Weinflaschen, ein schwerer Duft getränkt von Whisky, Wein und abgestandener Luft schlug ihr entgegen. Sie hielt die Türklinke noch in der Hand, ihre Augen versuchten mit aller Kraft, sich an das Halbdunkel zu gewöhnen und ihre Mutter zu entdecken. Fast erleichtert erkannte Rebecca die zusammengerollte Person auf dem Sofa, die sie mit leeren Augen anstarrte.

»Was ist, was schaust du mich so abschätzig an? Es ist schließlich deine Schuld, dass mein Leben nun kaputt ist, es keinen Platz mehr für einen Krüppel wie mich gibt.« Sie spie diese Worte Rebecca förmlich entgegen, dann legte sie ihre Hand übers Gesicht und schluchzte laut auf.

Die Worte ihrer Mutter schnitten Rebecca mitten ins Herz, sie wollte auf sie zugehen, sie in den Arm nehmen und ihr versprechen, dass alles wieder gut werden würde. Aber sie konnte sich nicht bewegen, stand reglos, hilflos dort an der Tür, gefangen in dem Bild, das sich ihr bot. Wie oft hatte ihre Mutter versprochen, das Trinken aufzugeben, sich einen Job zu suchen und das Leben mit beiden Händen zu ergreifen und wie oft, wie viele ungezählte Male war sie

Zeuge des Scheiterns und Zielscheibe der Schuldzuweisungen gewesen. Wie gern hätte sie die Zeit zurückgedreht und ihrer Mutter somit ein anderes Leben ermöglicht.

»Es tut mir leid, Mummy«, stammelte sie leise, mehr zu sich selbst, rechnete mit keiner Antwort.

»Dafür ist es jetzt zu spät, Rebecca.« Wie Peitschenhiebe drangen die Worte vom Sofa zu ihr herüber, griffen nach ihrem Herz und legten sich darum wie tonnenschweres Blei. Obwohl sie sich nicht bewegte, spürte Rebecca, wie heiße Tränen ihr still die Wangen herunter liefen. Ihr Hals schnürte sich zu und sie verspürte diesen unbändigen Drang zu schreien, aus Verzweiflung, aus Kummer, aus Hilflosigkeit, aus Schuld. Doch kein Laut entrann ihrer Kehle. Wie lange würde dieses Leiden, diese Schuldzuweisung und dieser selbstzerstörerische Prozess, den ihre Mutter gewählt hatte, noch andauern? Was konnte sie bloß dagegen tun? Sie war an jenem schicksalhaften Abend doch noch ein Kind gewesen, ein unschuldiges kleines Mädchen, das einen unbeschwerten Nachmittag am Meer genossen hatte. Doch das Schicksal hatte sie hart dafür bestraft, die Schuld und das Wissen, das Leben ihrer Mutter ruiniert zu haben, wogen schwer, ließen sich nicht abstreifen oder vergessen, wie sehr sie es auch wünschte, oder wie sehr sie sich auch anstrengte, erfolgreich zu sein, für sich und für ihre Mutter.

»Geh und lass mich schlafen.« Die heiser gesprochenen Worte ihrer Mutter drangen wie durch einen dichten

Nebelschleier zu ihr, türmten sich bedrohlich vor Rebecca auf wie eine unüberwindliche Mauer.

»Mummy«, begann sie zaghaft.

»Hau ab«, schrie ihre Mutter.

Schweißgebadet und mit angstvoll aufgerissenen Augen blickte Rebecca verwirrt um sich. Wo war sie? Langsam erkannte sie die vertrauten Silhouetten ihrer Schlafzimmermöbel. Sie hatte geträumt, wieder einmal. Ermattet legte sie sich eine Hand aufs Herz und versuchte, sich zu beruhigen, damit ihr Puls langsamer schlug. Dann fuhr sie sich mit den Händen durch das schweißnasse Haar. Er war wieder da, dieser Albtraum, diese nagende Qual, die nie aufhörte. Mit den Jahren hatte sie gelernt, ihn besser zu kontrollieren, ihre Schuld am Autounfall und der daraus resultierenden Alkoholsucht ihrer Mutter zu akzeptieren und den viel zu frühen Tod ihrer Mutter zu verkraften. Sie waren ein dunkler Schatten auf ihrer Seele, immer gegenwärtig, doch sie hatte gelernt, ihn aus ihrem täglichen Leben zu verbannen, ihn für dunkle, einsame Nächte aufzusparen. Aber Davids Erscheinen auf der Insel hatte alle Wunden wieder aufgerissen, spülte ihr Traumata wieder an die Oberfläche. Jetzt war dieser Albtraum wieder da, lebendig und grausam wie damals, als sie vier Jahre alt gewesen war. Danach war nichts mehr so gewesen wie zuvor. Und sie allein war schuld daran. Ihre Mutter hatte es ihr ja gesagt. Aufgewühlt schlug Rebecca die Bettdecke zur Seite und trat ans Fenster. Dunkle Wolken verdeckten den Himmel, nur ein Hauch des Mondscheins drang durch die Wolkendecke hindurch. Die Blätter der Bäume vor ihrer Villa wehten im Wind. Der Anblick, der ihr sonst Ruhe vermittelte und sie normalerweise binnen weniger Sekunden wieder in ihr Gleichgewicht brachte, war heute Nacht ohne Wirkung. Instinktiv fühlte sie, dass die Zeit des Verdrängens und des Weglaufens vorbei war, ob sie es wollte oder nicht. Resigniert wandte sie sich ab, stieg langsam die Treppe hinunter, bevor sie das Wohnzimmer durchquerte und den Wasserkocher in der Küche anstellte, um sich einen beruhigenden Tee zu kochen.

Während das Wasser langsam zu sieden begann, stand sie mit verschränkten Armen an der Küchenanrichte, überlegte, was sie tun konnte, um endlich wieder ruhig zu schlafen. Es war jetzt schon die vierte Nacht in Folge derselbe Traum mit der gleichen fürchterlichen und grausamen Intensität. Wann hörte das endlich auf? Mechanisch griff sie in den Schrank, zog eine Teetasse heraus und füllte einige Teeblätter hinein, dann goss sie das heiße Wasser darauf und beobachtete, wie es sich verfärbte. Als es eine honigähnliche Farbe angenommen hatte, zog sie die Teeblätter heraus, nahm die Tasse mit ins Wohnzimmer, wo sie sich erschöpft auf das Sofa niederließ. War es nicht schlimm genug, mit diesen Erinnerungen und dem Wissen um ihre Schuld leben zu müssen? Mussten es jetzt auch noch alle Leute in ihrem Umfeld wissen? Ach was, Umfeld, die ganze Welt wusste es doch bereits, wie sonst hätte Davids Roman den zweiten

Platz der internationalen Bestsellerlisten erklimmen können? Vorsichtig trank Rebecca einen Schluck. War das vielleicht ihre Buße, die Strafe, die sie zu erdulden hatte? Aber warum David? Warum musste er derjenige sein, der sie bloßstellte? Sie kauerte sich in die Ecke, zog die Beine eng an sich. Sie fühlte sich so verletzlich, so nackt und so unendlich einsam. Was sollte sie nur tun?

KAPITEL 11

Schade, nun hatte er das Frühstück so lange wie möglich hinausgezögert, doch Becs hatte er nicht gesehen. Enttäuscht blickte David auf seine Uhr. Es war fast neun, die meisten Tische im Restaurant waren bereits leer, emsige Mitarbeiter räumten das benutzte Geschirr ab. Es war unwahrscheinlich, dass Becs noch auftauchen würde. Langsam verließ David das Restaurant, schaute sich in der ruhig gewordenen Hotelanlage um. Sein Blick glitt über die noch verwaisten Lounges am Strand, blieb abrupt am Bootssteg hängen. Wie elektrisiert kniff er die Augen zusammen, um besser sehen zu können, beobachtete fasziniert Rebecca, wie sie in ihrem weißen Kostüm das dort vertäute Motorboot bestieg, dicht gefolgt von Adam Stevens. Der Stich der Eifersucht war kurz und schmerzhaft. Wahrscheinlich zeigte sie ihm, wie jedem VIP, Malé, würde danach, genau wie mit ihm, im Hotel des Waschlappens essen. Unfähig sich zu bewegen, starrte David unverwandt zum Steg. Gerade warf sie das Seil hinter ihren Sitz, wandte sie sich nach vorn, um den Motor zu starten, als sie ihn erblickte. Trotz der Distanz, begann es in seinem Nacken heftig zu kribbeln, er spürte die plötzliche Spannung in der Luft. Irritiert verharrte sie einen Moment, blickte unverwandt in seine Richtung, bis sie sich abrupt abwandte und mit aufheulendem Motor das Boot in Richtung Meeresöffnung lenkte. Er blickte ihr nach, bis ihr Boot in der Weite des Meeres nicht mehr auszumachen war. Schließlich wandte er sich resigniert ab und begab sich zu Josh, der lächelnd vor seinem Buggy auf ihn wartete. Mit einem Seufzer ließ er sich auf die Rückbank gleiten.

»Soll ich Sie zur Villa fahren?« erkundigte sich Josh eifrig.

»Ja, bitte Josh«, entgegnete David knapp.

Als sie den ersten Teil des Weges in rasantem Tempo hinter sich gelassen hatten, wagte David, Josh zu stören.

»Sagen Sie Josh, kann es sein, dass ich eben Miss Quentlin am Bootssteg gesehen habe?«

Josh nickte eifrig. »Das ist richtig, Sir. Sie zeigt heute Mister Stevens, unserem anderen VIP, Malé.«

»Oh, das ist aber schade. Vielleicht hätte sie mich ja mit nach Malé nehmen können. Nun habe ich sie verpasst.« Davids Stimme triefte vor Enttäuschung.

»Sie möchten nach Malé, Sir?« Neugierig drehte sich Josh zu David um, ohne jedoch das Tempo zu drosseln. Schnell bedeutete David ihm nach vorn zu sehen.

»Ja, ich wäre heute gerne nach Malé gefahren.«

»Aber das können Sie doch, Sir. Wir haben mehrere Boote. Ich kann sofort einen Fahrer informieren, dann können Sie in einer halben Stunde aufbrechen.«

»Josh, das wäre wirklich wunderbar. Ich muss mich nur kurz umziehen.«

»Gerne Sir, ich veranlasse es sofort.« Dabei zückte Josh sein Handy, bremste scharf, sprach hektische Anweisungen ins Telefon und startete erneut den Buggy, mit dem er nun in gemäßigter Geschwindigkeit David zu seiner Villa chauffierte.

Die Mittagshitze forderte ihren Tribut. Adam verlangsamte seinen Schritt, sodass Rebecca sich ein Lächeln verkniff. Während David meisterlich seine Erschöpfung versteckt hatte, machte Adam aus seiner Müdigkeit keinen Hehl.

»Es ist gleich geschafft, wir sind schon fast beim Residence Palace, wo uns ein wunderbarer Fischteller erwartet. Sie werden sehen, die Mühen haben sich wirklich gelohnt«, munterte sie Adam auf.

»Ihre Worte sind wahrer Balsam. Diese Hitze zusammen mit der Luftfeuchtigkeit sind echt der Killer.«

Sie nickte verständnisvoll. »Das stimmt. Ich hoffe, Sie konnten den Stadtrundgang dennoch genießen.«

Als Antwort schenkte er ihr ein reuevolles Lächeln. »Oh, bitte verstehen Sie mich nicht falsch, Rebecca, der Rundgang war wunderbar. Ich habe jede Minute davon mit Ihnen genossen, wirklich. Nur jetzt verlässt mich meine sonst so unermüdliche Kondition.«

»Das verstehe ich doch.« Sie zeigte auf das imposante Gebäude vor ihnen, das von einer großen Rasenfläche umgeben war. »Wir sind schon da. Jetzt können wir getrost eine Pause einlegen.«

Entspannt schritt sie neben Adam durch die große Eingangstür, durchquerte die imposante Eingangshalle und setzte sich mit ihm unter den Ventilator in der aufgestellten Lounge, in der es angenehm kühl war. Sie hatte den Platz mit Bedacht gewählt, denn sie wollte nicht mit Adam an dem Tisch sitzen, an dem sie erst vor wenigen Tagen mit David gegessen hatte.

»Möchten Sie die Menükarte sehen oder soll ich für uns beide bestellen?«

Adams Mund verzog sich zu einem gefährlich attraktiven Lächeln. »Ich vertraue Ihrem guten Geschmack, Rebecca. Danke.«

Sie nickte lächelnd, gab der jungen Hotelangestellten, die bereits einige Schritte neben dem Tisch auf ihre Order wartete, ein kurzes Zeichen. Nachdem sie ihre Bestellung aufgegeben hatte, blickte Rebecca glücklich auf das offene Meer, das unweit des Hotels begann.

»Wo wir nun so ungestört hier sitzen, würde ich gerne etwas mit Ihnen besprechen, Rebecca.«

»Ja natürlich, gern.« Neugierig blickte sie Adam an.

»Ich möchte Sie um einen Gefallen bitten.« Adam räusperte sich, wirkte plötzlich etwas nervös. »In zwei Tagen wird meine Freundin bei Ihnen im Hotel eintreffen, ich habe sie offiziell zu einem Wochenende eingeladen, doch in Wahrheit werde ich um ihre Hand anhalten.« Er atmete tief ein. »Und wenn sie »ja« sagt, sofort heiraten.«

»Wow, Sie sind ein entschlussfreudiger Mann.«

Adam lachte belustigt auf. »Sie kennen meine zukünftige Frau noch nicht. Sie ist die Spontanität in Person.« Sein Blick wurde nachdenklich. »Es tut mir leid, dass ich Sie damit überfalle. Ich wollte mir zuerst einen persönlichen Eindruck vom Hotel verschaffen, bevor ich mich auf den Ort festlege. Können Sie mir helfen?«

Ein befreites Lächeln erschien auf Rebeccas Gesicht. »Ich verspreche Ihnen, wir werden für Sie Zwei unvergessliche Erlebnisse zaubern, an die Sie sich gerne erinnern werden.«

»Daran habe ich keine Zweifel.« Dankbar legte er seine Hand auf ihre.

»Oh, Miss Quentlin. Wie schön, Sie zu sehen.«

Erschrocken blickte Rebecca auf. Vor ihnen stand David, lächelte sie mit diesem Lächeln an, das ihre Knie weich werden ließ. In der einen Hand hielt er ein Notizbuch, die andere Hand hatte er in der Hosentasche vergraben. Seine Augen waren hinter den dunklen Gläsern seiner Sonnenbrille versteckt.

»Ah, Mister Gallecker, welch eine Überraschung, Sie hier zu sehen. Darf ich Ihnen unseren anderen VIP-Gast Adam Stevens vorstellen? Adam, das ist Mister Gallecker, er ist neben Ihnen der zweite VIP in unserem Hotel.«

Der erste, dachte David erbost, nickte Adam aber stattdessen freundlich zu. »Ich hoffe, Sie genießen den Ausflug so sehr wie ich. Ich will Sie auch nicht weiter stören. Viel Spaß noch.« Vergeblich versuchte er zu ignorieren, dass Adam Stevens Hand auf Rebeccas gelegen hatte. Knapp nickte David Rebecca zu.

»Einen schönen Tag, Miss Quentlin.« Dann schlenderte er relaxt zwei Tische weiter, wo er sich einen Stuhl zurecht zog.

Überraschung und Zorn kämpften in Rebecca. Was zum Teufel tat David hier? Konnte er seine Notizen nicht auch in seiner Villa niederschreiben? Ah, so wie sie David kannte, war dies sicherlich kein Zufall. Sie spürte seinen Blick. Genervt zwang sie sich, nicht zu ihm hinüber zu schauen, versuchte sich stattdessen mit aller Macht auf das Gespräch mit Adam zu konzentrieren. Schließlich ging es hier um einen sehr lukrativen Auftrag. Erleichtert über ihre Zusage erklärte Adam ihr, welche Vorstellungen seine Freundin von einer Traumhochzeit hatte, da galt es, kein Detail zu verpassen.

Vielleicht war es doch keine gute Idee gewesen, Becs hinterherzufahren. Hier zu sitzen und zu beobachten, wie sie sich mit Adam Stevens vergnügte, war mehr, als er ertragen konnte. Wann ließ der Typ endlich Becs Hand los? Und wieso erlaubte sie ihm überhaupt solche Zutraulichkeiten? Bei ihm spielte sie die reservierte, förmliche

Hoteldirektorin, aber bei Adam Stevens war sie unbeschwert und locker. Die Erkenntnis versetzte David einen schmerzvollen Stich. Wie anders war doch ihr Gespräch dort draußen auf der Terrasse verlaufen. Mit gerunzelter Stirn griff David nach seinem Glas, trank einen Schluck des kühlen Weißweins, doch seine Kehle fühlte sich immer noch ausgedörrt an. Liebte Becs ihn vielleicht nicht mehr? Zweifel bahnten sich ihren Weg, nagten an ihm, breiteten sich aus wie tödliches Gift. Doch David war nicht bereit aufzugeben, noch gab es Hoffnung, noch hatte er den Kampf nicht verloren. Nein, Becs liebte ihn, nur musste er sie dazu bringen, ihre Gefühle für ihn nicht weiter zu verleugnen. Das war alles. Mit einem großen Schluck verdrängte David entschieden alle Zweifel, beobachtete weiter als ungebetener Gast, wie Rebecca und Adam sich unterhielten, wie sie fröhlich lachte, förmlich an Adams Lippen hing und mit blumigen Gesten redete. David spürte, wie die Zeit ihm zu entrinnen drohte, erst Kirk, der Waschlappen, und nun auch noch Adam Stevens.

Eigentlich sollte es ihr doch egal sein, was sie anzog. Eines ihrer Kostüme reichte völlig aus, schließlich handelte es sich um das offizielle Abendessen mit einem VIP-Gast. Doch Rebeccas rasendes Herz strafte ihre Worte Lügen. David war und würde niemals für sie ein normaler Gast sein, daher würde auch das heutige Abendessen mit ihm kein rein offizieller Event sein. Aber wie sollte sie ein ganzes Menü mit ihm überstehen, ohne vorher das Weite gesucht zu haben? Ihre Gedanken wanderten zurück zu jener Zeit, in der sie unendlich lange Stunden mit ihm verbracht hatte, die gefühlt wie Minuten verflogen waren. Sie lächelte traurig. Fast immer waren sie die ersten Gäste im Restaurant gewesen, hatten sich in den noch leeren Räumlichkeiten einen abgelegenen, ungestörten Tisch gesucht und dann die Zeit einfach vergessen, bis der Ober sie höflich daran erinnerte, dass bereits Sperrstunde war. Und nun? Ihre Augen suchten ihr Bild im Spiegel. Das dunkelblaue Kostüm saß wie angegossen, ihr Haar war locker an ihrem Hinterkopf hochgesteckt, erlaubte einzelnen kontrollierten Locken, sich daraus zu lösen, ihr Make Up war makellos, doch ihr Blick verriet die Aufregung, die Mischung aus Nervosität und Vorfreude. Prüfend kniff sie die Augen zusammen, erspähte die Trauer, die Sehnsucht und die Liebe, die sie so mühsam zu verbergen suchte. Missbilligend schüttelte sie den Kopf, blinzelte einige Male. Endlich nickte sie zufrieden in Richtung ihres Spiegelbildes und schloss die Tür hinter sich.

»Ah, Miss Quentlin, guten Abend.« Angelo streckte ihr zur Begrüßung die Hand entgegen, die sie lächelnd ergriff. »Mister Gallecker ist bereits da. Ich habe für Sie den letzten Tisch draußen auf der Terrasse reserviert, damit Sie einen ungestörten Abend genießen können.«
Ein Tisch in der Mitte des Restaurants wäre ihr wahrlich

lieber gewesen, aber nun konnte sie es sowieso nicht ändern. Sie nickte lächelnd. »Sehr gut, Angelo.« Als er Anstalten machte, ihr vorauszugehen, wehrte sie höflich ab. »Danke, aber ich finde den Weg allein.«

Sie gönnte sich einen kurzen Moment, bevor sie hinaus auf die Veranda trat. Dort hinten am Tisch saß David, entspannt zurückgelehnt in seinem Stuhl, den Kopf Richtung Meer gewandt. Gedankenverloren blickte er hinaus in die Dunkelheit. Woran mochte er jetzt denken? Sie versuchte in seinen Gesichtszügen zu lesen, aber sie verrieten keine Emotion. Ein letztes Mal atmete Rebecca tief ein, zupfte ihre Kostümjacke zurecht und schritt selbstbewusst auf die Terrasse. Wie sehr sie sich auch Gesprächsstoff in ihrem Büro überlegt hatte, allein bei Davids Anblick war ihr klar, dass er ihr nicht einfach so die Führung überlassen wollte. Einzig und allein ihre Professionalität würde ihr heute Abend helfen, das spürte Rebecca instinktiv.

»Guten Abend«, ihre weiche Stimme ließ ihn herumwirbeln, sein Blick glitt anerkennend über sie, dann stand er sofort auf, um ihr galant den Stuhl heranzuziehen.

»Du siehst toll aus, Becs.«

»Danke, es ist mein Business-Kostüm.« Sie blickte ihn an, freute sich über ihre kleine Provokation, die ihm gleich zu Beginn signalisieren sollte, dass es sich bei diesem Essen um eine Förmlichkeit, lediglich einen Service des Hauses handelte.

»Ich weiß«, antwortete er schlicht, schenkte ihr ein verständnisvolles Lächeln. »Da es sich heute Abend um ein offizielles Essen handelt, habe ich natürlich kein sexy Abendkleid erwartet.«

Aus unerfindlichen Gründen ärgerte sie sein Verständnis.

»Genau. Wie schön, dass du es richtig einordnest«, erwiderte sie knapp.

Er blickte sie an, seine Augen funkelten amüsiert, in seinem Lächeln lag sein gefährlicher Charme. Irgendwie schien ihr das Abendessen zu entgleiten, sie hatte vergessen, wie gewinnend er sein konnte.

»Hast du deinen gestrigen Ausflug nach Malé genossen?« Ihre Frage sollte harmlos klingen, doch auch sie hörte den leisen, aber scharfen Unterton darin.

David blickte sie mit einer Mischung aus Neugier und betonter Arglosigkeit an. Nur die eine leichte Zuckung um seinen Mund verriet ihr, dass er sich köstlich amüsierte. Auf ihre Kosten. Natürlich, auf wessen Kosten sonst, dachte sie bitter.

»Ich hatte so eine wunderbare Erinnerung an unseren Ausflug, dass ich spontan entschlossen habe, noch einmal nach Malé zu fahren.«

»Und was hast du dort gemacht?« Ehe sie sich versah, hatte sie die Frage gestellt, dabei sollte, war es ihr doch egal, was und aus welchen Gründen er etwas tat.

»Ach, so dies und das. Ich war ein bisschen bummeln, dann habe ich ein Glas Wein getrunken und bin anschließend

zurückgefahren. Wie war dein Tag?«
Seine arglos vorgebrachten Worte rissen sie aus ihren Gedanken. Irritiert starrte sie ihn an.
»Sehr gut, danke. Auch wenn er wieder einmal recht hektisch war.« Sie zuckte mit den Schultern, dann funkelten ihre Augen belustigt. »Wenigstens war es heute positiver Stress, kein Abwenden großer Dramen oder Lösen irgendwelcher unnötigen Probleme.«
Sie blickte David an, der an ihren Lippen hing, sein Blick irritierte sie. Sie erkannte die Wärme darin, wusste nicht, wie sie darauf reagieren sollte. »Und wie war dein Tag?« fragte sie daher schnell.
»Wunderbar«, antwortete er, ohne seinen Blick von ihr zu nehmen, zwang sie so, auch ihn weiter anzuschauen. »Ich bin etwas geschnorchelt, habe den einzigartigen Ausblick von meiner Villa genossen und ein wenig gearbeitet. Man kann in dieser Hotelanlage nur traumhafte Tage verbringen.«
Sein Lob tat ihr gut, sie spürte, wie die Freude darüber sich in ihr ausbreitete. Dennoch, sie musste auf der Hut sein.
»Das ist schön zu hören, denn wir arbeiten hart dafür, dass es unseren Gästen gefällt und an nichts fehlt.«
»Das glaube ich. Ich bin wirklich beeindruckt von dem, was du hier geschaffen hast.«
Rebecca warf ihm einen argwöhnischen Blick zu, doch in Davids Gesicht las sie ehrliche Bewunderung.
»Danke«, antwortete sie schlicht, da sie nicht wusste, wie sie

mit seinem Kompliment umgehen sollte.

Ohne auf ihre Nervosität zu achten, fuhr David gelassen fort: »Josh erzählte mir, dass du hier einiges verändert hast, seit du hier arbeitest. Dabei meine ich nicht nur das exquisite Fitnesscenter, sondern auch die Art und Weise, wie du mit den Mitarbeitern umgehst, sie schulst und förderst.«

Ein Lächeln umspielte Rebeccas Mund. »Ach ja, richtig. Josh ist dein persönlicher Butler.« Ihr Lächeln wurde breiter. »Der Arme hatte es bei meinem Vorgänger wirklich schwer. Vielleicht lag es aber auch nur daran, dass es sein erster Job in einem Hotel war und Josh keine Berufserfahrung besaß. Damit meine ich absolut keine Berufserfahrung.« Sie zuckte mit den Schultern. »Aber man kann hier nicht erwarten, dass die Servicekräfte eine Ausbildung besitzen, die internationalen Standards gerecht wird, daher entfällt ein sehr großer Zeit-und Kostenblock auf das Training.« In ihren Augen trat ein schelmischer Ausdruck. »Dafür kann man sie aber auch so schulen, wie man es selbst für richtig findet. Eine große Verantwortung, aber ebenso eine riesige Freude, wenn man das Ergebnis sieht - wie zum Beispiel bei Josh. Wenn ich mich richtig erinnere, ist er bereits zwei Mal zum Mitarbeiter des Monats gewählt worden.« Stolz klang in ihren Worten mit.

David nickte zustimmend. »Ja, davon hat er mir erzählt.« Er schwieg bedeutungsvoll. »Und er hat mir auch erzählt, was für eine wunderbare Direktorin du bist.«

Sie blickte David dankbar an. »Danke, dass du mir das

gesagt hast.«

Ein leises Räuspern zu ihrer Rechten unterbrach ihr Gespräch. Rebecca wandte ihren Kopf, blickte ihren Angestellten fragend an.

»Entschuldigen Sie, Miss Quentlin, darf ich Ihnen einen Aperitif anbieten?«

Noch ehe sie etwas erwidern konnte, ergriff David das Wort.

»Sehr gerne. Wir nehmen zwei Gläser Champagner.« Er zwinkerte dem jungen Kellner verschwörerisch zu. »Wann habe ich schon einmal die Gelegenheit mit der Hoteldirektorin zu essen?«

Der Kellner nickte eifrig. »Natürlich.« Dann entschwand er mit schnellem Schritt im Restaurant.

Rebecca blickte David überrascht an. Seine nette Erklärung, um dem Glas Champagner eine harmlose Begründung zu liefern, löste gegen ihren Willen eine Welle der Zuneigung für ihn aus. Er verstand ihr Dilemma, bot ihr damit für heute Abend einen Waffenstillstand an. Warum sollte sie ihn nicht annehmen? Warum nicht ein nettes Abendessen mit einem äußerst charmanten und eloquenten Mann genießen?

»Danke«, flüsterte sie leise, bevor sie ihren Mitarbeiter mit den gefüllten Gläsern an den Tisch traten sah.

David erhob sein Glas. Sein Blick, dunkel, undurchdringlich mit einem warmen Glanz, ruhte auf Rebecca.

»Lass uns auf ein wunderbares Abendessen trinken, das wir gemeinsam genießen.« Eigentlich wollte er etwas ganz anderes sagen, aber die Gefahr, den so brüchigen Frieden zu zerstören, wollte er nicht eingehen.

Lächelnd ergriff auch Rebecca ihr Glas, die Gläser klirrten leise aneinander.

»Erzähl mir von deinem Leben hier, Becs.« Interessiert beugte David sich vor. Als er Rebeccas starre Miene erblickte, lächelte er ihr aufmunternd zu. »Als Hoteldirektorin, Becs. Diese Frage könnte dir doch jeder stellen.«

Sie nickte, schalt sich, dass sie in seinen Worten sofort falsche Absichten vermutete, das war alles andere als souverän oder professionell. Daher entspannte sie sich und begann, ihm von ihrem Alltag, den Herausforderungen, den kleinen und größeren Erfolgen zu berichten. David hörte interessiert zu, fragte nach, lachte, scherzte. Es musste die alte Vertrautheit dieser Unterhaltungen sein, die sie die Zeit vergessen, sie über die einzelnen Gänge hinweg segeln ließ, leicht, locker, getragen von einer warmen Woge der Sympathie, des Humors und der gleichen Wellenlänge. Als David ihr von seinen letzten Reisen erzählte, ihr die Orte so wortreich beschrieb, erlebte sie anhand seiner Erzählungen Ereignisse, die sie amüsierten. Die Worte flogen munter zwischen ihnen umher, unaufhaltsam und natürlich. Plötzlich hielt Rebecca inne. Stille umgab sie beide. Eine ungewohnte Stille, wo doch eben noch fröhliche Stimmen zu hören gewesen waren. Irritiert blickte sie sich um und erschrak. Sie waren allein auf der Veranda. Alle anderen

Tische waren bereits abgeräumt, für die Nacht hergerichtet. Schnell schaute sie in das Innere des Pavillons, doch auch dort herrschte gähnende Leere. Schlimmer noch, ihre Angestellten lümmelten in einer Ecke und vertrieben sich die Zeit mit einem Computerspiel, das sie selbst aus dieser Distanz auf dem Monitor erkannte. Erschrocken blickte Rebecca auf ihre Uhr. Es war weit nach Mitternacht, das Restaurant hätte schon vor mehr als einer Stunde schließen müssen.

»Stimmt etwas nicht, Becs?«

»Hier stimmt ganz viel nicht«, murmelte sie mehr zu sich selbst. Wie hatte sie die Zeit mit David vergessen können? Wieso wurde sie ihren eigenen Plänen untreu? Dann schüttelte sie entschuldigend den Kopf. »Bitte verzeih, aber das Restaurant schließt eigentlich schon viel früher. Wir müssen jetzt wohl das Abendessen beenden, damit meine Mitarbeiter noch einige Stunden Schlaf bekommen. Sonst hagelt es hier morgen wieder kleine Malheurs.«

David nickte verständnisvoll, doch in seinem Gesicht las sie Enttäuschung. Auch sie fand dieses abrupte Ende unangemessen für den entspannten Abend. »Was hältst du von einem Digestif an unserer Hotelbar?«

Überrascht blickten seine blauen Augen in die ihren. »Sehr gerne, Becs. Der Einladung kann ich nicht widerstehen.«

Rebecca lachte übermütig. »Ja, das dachte ich mir. Komm.«

Noch ehe sie aufstand, erhob sich David, zog ihr den Stuhl zurück und bot ihr galant den Arm, doch sie schüttelte bedauernd den Kopf. »Ich möchte meinen Mitarbeitern keinen zusätzlichen Gesprächsstoff bieten.«

»Natürlich, kein Problem. Ich folge dir einfach so.« Verschwörerisch zwinkerte er Rebecca zu, wodurch ihr aus unerfindlichen Gründen ein Stein vom Herzen fiel. Es wäre wirklich zu schade, diesen Abend nicht nett ausklingen zu lassen. Schließlich war er eine einmalige Begebenheit, ohne Wiederholung, ohne Hoffnung, nur heute Nacht. Schweigend führte sie David zum wartenden Buggy und raste mit ihm über das dunkle Atoll.

»Josh erzählte mir, dass die Hoteldirektorin Raserei gar nicht mag.« David grinste Rebecca breit von der Seite an.

»Genauso ist es«, lachte sie, beschleunigte dabei übermütig den kleinen Wagen, sodass David den Haltegriff fest umfasste.

Die Bar lag verlassen vor ihnen. Suchend blickte sich David um. »Wo ist denn der Barkeeper?«

Rebecca trat wie selbstverständlich hinter die Theke. »Ich hoffe, er ist im Bett und schläft.«

»Die Bar ist also geschlossen.« Obwohl er lustig klingen wollte, konnte sie die Enttäuschung in seiner Stimme hören, rührte sie.

»Tja, das ist der Vorteil, wenn man mit der Hoteldirektorin unterwegs ist.« Sie grinste breit, griff bereits nach einigen hinter ihr stehenden Flaschen.

»Becs, so kenne ich dich ja gar nicht«, schalt David sie.

Neugierig trat er einen Schritt näher.

»Keine Sorge, die Drinks zahle ich aus meinem eigenen Budget und informiere morgen meinen F&B Manager, dass der Betrag zu den heutigen Umsätzen hinzugezählt wird.«

»Das meinte ich überhaupt nicht. An deiner Korrektheit habe ich nicht eine Sekunde gezweifelt, Becs.« Dabei zog David sich einen Barhocker zurecht, setzte sich darauf und beobachtete fasziniert Rebecca, wie sie verschiedene Flüssigkeiten in einen Mixbecher füllte, schüttelte und sie in Cocktailgläser fließen ließ.

»Was wird das, wenn ich fragen darf?« Gespannt verfolgte er jede ihrer Bewegungen.

»Meine Eigenkreation. Ich nenne ihn meinen maledivischen Nachtgruß.«

»Seit wann kreierst du Cocktails?«

Rebecca öffnete die kleine Kühlschranktür, blickte konzentriert hinein, bevor sie zwei Scheiben Ananas hervorzog, sie einritzte und zur Dekoration an den Gläserrändern befestigte.

»Seit ich mich um die Kosten der Bar gekümmert habe. Charly, unser Barkeeper, hat mir bei der Gelegenheit gezeigt, wie man Cocktails mixt. Natürlich wollte er mir beweisen, dass er sehr sparsam mit den Zutaten umgeht.«

»Und wie sparsam ist er damit umgegangen?« David lehnte entspannt seinen Arm auf die Theke, stützte seinen Kopf auf seine Hand.

Als Antwort machte Rebecca eine wegwerfende Bewegung.

»Die Cocktails waren so stark, dass man hauptsächlich Rum oder Gin geschmeckt hat. Sie waren echt grauselig. Dank James, meinem F&B Manager, hat sich das aber deutlich geändert. Jetzt schmecken sie fantastisch und wir haushalten viel besser mit unseren Flaschen.« Wie selbstverständlich griff Rebecca in die Schublade, zog zwei Strohhalme heraus und steckte sie in die orangerote Flüssigkeit. Dann schob sie David ein Glas herüber. »Zum Wohl.«

Neugierig griff er nach dem zierlichen Hals des Glases und stieß sanft mit Rebecca an.

»Jetzt bin ich aber richtig gespannt, wie dein maledivischer Nachtgruß schmeckt.«

Gespannt wartete Rebecca auf seine Reaktion. Als sie Überraschung, Neugier und schließlich Begeisterung in seinem Gesicht las, probierte sie selbst. Er war ihr wirklich ausgesprochen gut gelungen. Ein freudiges Kribbeln durchfuhr sie. Langsam trat sie um die Bar herum, setzte sich auf den Hocker neben David. Die Stille um sie herum hüllte sie beide ein, ließ etwas Gemeinsames entstehen hier draußen weit ab der Zivilisation, mitten im Ozean. Von fern hörten sie den Schrei eines Vogels, der vom Wind zu ihnen in die offene Bar herüber getragen wurde. Sie wagte einen Blick zu David, der sie ebenfalls abwartend anschaute. Seine Augen erinnerten sie an das offene Meer, grenzenlos, stürmisch und berauschend. Sie las ungebändigte Sehnsucht, stürmisches Verlangen, glaubte, in einen Spiegel ihrer Seele zu schauen, wissend, dass die Gefühle sich keinen Weg ins

Leben bahnen durften.

Als David sein Glas geleert hatte, stellte er es schweigend ab, stand auf und trat dicht vor Rebecca. Sie wusste, was jetzt kommen würde, hier, allein in der nächtlichen Bar, während alle anderen schliefen. Jede Sekunde würde er seine Hand erheben, sanft über ihr Gesicht streichen, sich dann zu ihr herab beugen, um sie zu küssen. Gegen ihren Willen war es genau das, wonach sie sich sehnte, was sie heute Nacht geschehen lassen würde, entgegen ihrer Vernunft, entgegen ihrem Plan, entgegen ihren verletzten Gefühlen. Sie beobachtete, wie er langsam seine Hand hob, ihr sanft über die Wange strich, dann beugte er sich zu ihr herunter, blickte ihr tief in die Augen, direkt in ihr Herz. Jede Sekunde würde er ihre Lippen berühren.

Dann spürte sie einen gehauchten Gute-Nacht-Kuss auf ihrer Wange.

»Danke für den wundervollen, unvergesslichen Abend, Becs.« David wich einen Schritt zurück, doch es fühlte sich an, als ob er plötzlich auf der anderen Seite des reißenden Flusses stand, der sie trennte. »Ich denke, ich sollte jetzt gehen. Gute Nacht.« Er nickte ihr ein letztes Mal zu, drehte sich um und entschwand, die Hände tief in die Hosentaschen vergraben, hinaus in die Nacht.

Verwirrt starrte Rebecca ihm nach. Fast war sie versucht, hinter ihm herzulaufen, ihn aufzuhalten und ihn einfach zu küssen. Schockiert über sich selbst schloss sie die Augen, zwang sich, ihre überbordenden Gefühle zu kontrollieren. Dann leerte sie ihr Glas in einem Zug, reinigte die Utensilien der Bar und fuhr zurück in ihre Villa.

KAPITEL 12

Mit dem eingepackten Karton in seiner Hand nahm David zwei Stufen auf einmal. Ungeduld und Neugier zogen ihn magisch zu Rebeccas Büro. Die Tür des Vorzimmers stand weit offen, schnell klopfte er, doch weder hörte er Nitas Stimme mit dem erhofften »Herein«, noch sah er sie. Selbstsicher trat er ein, durchquerte den kleinen Vorraum. Umso besser, dann konnte er ja direkt zu Becs gehen. Ihre Tür war nur angelehnt. Das Blut in seinen Adern pulsierte wild. Den ganzen Morgen hatte er sich auf dieses kurze Treffen mit ihr gefreut, die Stunden waren einfach nicht vergangen und seine Sehnsucht nach ihr brachte ihn schier um den Verstand. Ohne sich seine Emotionen anmerken zu lassen, klopfte er kurz an die Tür.

»Hallo?« Vorsichtig verbreiterte er den Türspalt, dann schob er die Tür weit auf. Auch hier begrüßte ihn gähnende Leere. Sehr vertrauensselig, ihre Büros so unverschlossen zu lassen, schoss es ihm durch den Kopf. Becs' Schreibtisch war, wie zu erwarten, aufgeräumt, einzelne Papierstapel lagen fein säuberlich auf der Arbeitsplatte. Sein Blick glitt zum offenen Fenster, an dem Becs sich so gerne aufhielt.

Neugierig trat er darauf zu und schaute hinaus. Die Aussicht war umwerfend, hinter den hohen Bäumen der Insel erkannte er den schmalen Rand des Atolls, an den sich die unendliche Weite des Ozeans schloss. Gerade wollte er sich abwenden, als eine Bewegung an der kleinen Lichtung seine Aufmerksamkeit erregte. Becs' rote Locken leuchteten in der Sonne. Gerade stieg sie die erste Stufe zur Lichtung hinauf, neben sich Adam Stevens. Das durfte doch nicht wahr sein! Adam Stevens war reich, jung und allein reisend, soviel hatte er bereits in Erfahrung gebracht. Was machte er dort mit Becs allein? Gebannt starrte David zu ihnen hinüber. Becs trat gerade an das Ende der Lichtung und blickte hinaus auf das Meer, Adam Stevens trat dicht hinter sie. Wenigstens berührte er sie nicht, dachte David verstimmt. Nach unendlich erscheinenden Sekunden drehte Rebecca sich um, lächelte Adam fröhlich an, bevor sie zur Mitte der Lichtung zurückkehrte. Dort breitete sie die Arme aus, zeigte in verschiedene Richtungen und redete ohne Unterlass auf ihn ein. So weit, so gut. Was ihn jedoch verstimmte, war die Art und Weise, wie Adam Stevens sie anblickte, er hing ja förmlich an ihren Lippen, verfolgte jedes ihrer Worte mit äußerster Aufmerksamkeit. Dann blickte sie ihn fragend an, reglos wartete sie auf seine Reaktion. Adam Stevens schaute sie immer noch begeistert an, verzog seinen Mund zu einem breiten Grinsen, trat nah auf sie zu. Was immer sie dort beredeten, es gefiel David ganz und gar nicht, rief ihm erneut in Erinnerung, dass er lange genug gewartet hatte. Nun wurde es höchste Zeit, dass er das Tempo anzog, Rebecca nicht länger einer Aussprache entkommen ließ. Als er sah, wie sie lachend mit Adam Stevens die Lichtung verließ, war Davids gute Stimmung völlig hinüber. Missmutig stellte er den Geschenkkarton auf Rebeccas Schreibtisch und verließ mit ausholendem Schritt ihr Büro.

»Schauen Sie, Adam, wie wunderbar der Ausblick von dieser Lichtung ist.« Begeistert ließ Rebecca ihren Blick über die weißen Schaumkronen der Wellen im Ozean gleiten. Sie tänzelten fröhlich im hellen Licht der Nachmittagssonne, nur in der Ferne zeichneten sich einzelne Wolken am azurblauen Horizont ab. Das gleichförmige Rauschen umhüllte sie. Rebecca schloss für einen kurzen Moment die Augen und genoss den salzigen Duft, schmeckte das Meer auf ihren Lippen. Plötzlich spürte sie, wie jemand hinter sie trat.

»Es ist perfekt«, stimmte Adam ihr zu. Eine sanfte Brise wehte zu ihnen herüber, machte die Hitze des frühen Nachmittags erträglicher.

»Wenn Sie die Hochzeitszeremonie am frühen Abend abhalten, können Sie hier einen unvergleichlichen Sonnenuntergang erleben. Das ist etwas Einzigartiges«, fügte Rebecca hinzu.

»Eine ausgesprochen reizvolle Idee, eine Trauung bei Sonnenuntergang habe ich noch nie erlebt, ebenso wie keiner unserer Gäste. Außerdem wird Jacky es lieben.«

Rebecca wandte ihm erleichtert ihr Gesicht zu, schenkte ihm ein fröhliches Lächeln. »Wenn Ihnen diese Idee gefällt, dann möchte ich Ihnen Folgendes vorschlagen.« Sie trat einige Schritte zurück in die Mitte der Lichtung, breitete die Arme weit aus. »Dies hier wird der Ort ihrer Trauung, den wir in ein weiß-blaues Blütenmeer verwandeln, vielleicht weiße Lilien und blaue Hortensien, damit Ihre Braut am schönsten Tag ihres Lebens inmitten ihrer blauen Lieblingsblumen heiraten kann. Hier vorne stellen wir für Sie beide zwei Stühle mit weißen Houssen auf, etwas davor einen Tisch für den Priester. Die Säulen umwickeln wir mit weißen Chiffontüchern und blauen Bändern. Dort unten reihen wir für alle Gäste Stühle auf, die ebenso blaue Bänder zieren. Den Weg hinauf zur Lichtung bedecken wir mit blauen und weißen Blüten, die Ankunft der Braut begleitet ein Saxophonspieler. Natürlich reichen meine Mitarbeiter Canapés, Erfrischungstücher, Kokosnusscocktails und Champagner, ganz was Sie mögen.«

Vorsichtig wandte sie sich Adam zu, schaute ihn abwartend an. Er blickte sie schweigend an, hing förmlich an ihren Lippen und versuchte, sich ihre Beschreibungen vorzustellen. Endlich regte er sich, kam langsam auf sie zu, bis er dicht vor ihr stand. »Respekt, Rebecca. Die Empfehlungen, die ich gehört habe, haben wirklich nicht übertrieben. Sie sind fantastisch! Ich könnte mir die Zeremonie nicht besser vorstellen, vor allem wird sie genauestens Jackys Geschmack treffen. Und darum geht es mir, denn sie weiß ja noch nichts von ihrem Glück. Wie lange benötigen Sie für all diese Vorkehrungen?« Er blickte sie mit leicht schief gelegtem Kopf an.

»Wegen der Blumenlieferung circa eine Woche, und natürlich benötige ich noch genaue Informationen von Ihnen bezüglich der Details.«

»Details?« Er schaute sie skeptisch an. »Sie haben doch schon alles im Detail beschrieben.«

Rebecca lachte amüsiert auf. »Männer! Nun enttäuschen Sie mich aber nicht, Adam. Ich rede von den Blumen für den Brautstrauß, den Liedern für den Saxophonspieler, die Lieblingsgetränke, Anforderung für die Canapés, Menüentscheidungen für das Abendessen und so weiter.«

»Ach so!« Er lachte erleichtert auf. »Klar, sagen Sie mir einfach, was Sie wissen möchten, ich stehe Ihnen voll zur Verfügung.«

»Sehr gut. Ich freue mich, dass wir so schnell einen Rahmen für Ihre Hochzeit gefunden haben. Morgen werde ich mit meinem Team alles besprechen und anschließend mit Ihnen alle weiteren Aspekte abklären. Klingt das ok für Sie?«

»Mehr als ok, Rebecca«, antwortete Adam weich, dann verließ er hinter ihr die Lichtung.

KAPITEL 13

Das Klopfen an ihrer Bürotür ließ sie aufblicken. Michael, der junge Portier stand schüchtern in ihrer Tür, blickte nervös zu ihr herüber.

»Guten Morgen, Michael. Was kann ich für Sie tun?« Rebecca schenkte ihm ein aufmunterndes Lächeln, worauf er vorsichtig eintrat. In der Hand hielt er einen riesengroßen Blumenstrauß. Überrascht starrte Rebecca auf das üppige Gebinde. David, schoss es ihr durch den Kopf.

»Habe ich heute Geburtstag?« witzelte sie, als sie aufstand.

»Ich weiß nicht, Miss Quentlin. Der hier ist eben für Sie von einem Boten abgegeben worden. Ich glaube, es steckt auch eine kleine Karte darin.« Er nickte vielsagend in Richtung Blumenstrauß, in dessen Blüten ein kleines Kuvert zu sehen war.

Mit ausholendem Schritt eilte Rebecca auf ihren Mitarbeiter zu. »Vielen Dank, Michael.«

Sie streckte ihre Hände aus und ergriff das Gebinde. Der musste ein Vermögen gekostet haben, schoss es ihr durch den Kopf. David scheute wirklich keine Kosten, das musste sie ihm lassen. Als sich die Tür hinter Michael schloss, warf sie einen Blick auf den Geschenkkarton, den sie auf die Anrichte hinter ihrem Schreibtisch gestellt hatte. Darin befanden sich goldene Stillettos mit mörderisch hohen Absätzen und zarten Lederriemen, genau ihr Geschmack. Sie passten perfekt und verliehen jedem Outfit das gewisse Etwas. Allein schon die Schuhe mussten sündhaft teuer gewesen sein, schließlich kannte sie das Schuhgeschäft mit den ausnahmslos astronomischen Preisen. Und nun dieser Blumenstrauß. Neugierig griff sie nach der kleinen Karte und öffnete den zugeklebten Umschlag, dann zog sie die Karte heraus. Mit leiser Enttäuschung erkannte sie Kirks Handschrift. »Vielen Dank für den wunderschönen Tag mit dir. Freue mich schon sehr auf eine Wiederholung. Kirk.«

Reglos starrte Rebecca auf den Blumenstrauß in ihrem Arm, dann setzte sie sich mechanisch in Bewegung, suchte nach einer Vase, füllte sie mit Wasser und stellte den Strauß hinein. Suchend blickte sie sich in ihrem Arbeitszimmer um. Der Strauß war wunderschön, ihm gebührte ein Ehrenplatz, allerdings nicht auf dem Schreibtisch. Sie verspürte nicht die geringste Lust, immer an Kirk zu denken, sobald sie aufblickte. Kurzentschlossen trat sie an ihren Konferenztisch, stellte ihn dort in die Mitte des Tisches. Imposant und sehr edel, nickte sie anerkennend. Dann trat sie ans Fenster, las noch einmal die Karte und starrte hinaus auf die verwaiste Lichtung und das dahinter liegende Meer. Wieso schickte Kirk ihr Blumen? Hatte sie ihm Hoffnungen gemacht, dass sich mehr zwischen ihnen entwickeln könnte? Hatte sie seine Zeichen also doch richtig gedeutet. Rebecca seufzte resigniert. Sie hatte ja gewusst, warum sie nicht mit Kirk ausgehen wollte, um genau so eine Situation zu vermeiden. Das war alles Davids Schuld. Ach, wäre er nur nicht hier aufgekreuzt. Aber sie konnte die Tatsache, dass sich David für vier lange Wochen hier einquartiert hatte, nicht ändern. Auf jeden Fall wollte sie keine Verstrickungen mit Kirk, keine Romanze und überhaupt keinen Mann, vor allem nicht, solange sich David in ihrem Hotel befand. Sie musste einen Weg finden, um Kirk nicht zu verletzen und gleichzeitig das Tempo aus ihrer Freundschaft zu nehmen.

Zweimaliges Klopfen riss sie aus ihren Überlegungen. Schnell wandte Rebecca sich um und rief »Herein«, während sie zurück zum Schreibtisch eilte.

»Guten Morgen.« David erschien im geöffneten Türrahmen, trat wie selbstverständlich ein und drückte leise die Tür hinter sich ins Schloss. Sein Blick glitt von Rebecca zum Blumenstrauß auf dem Tisch.

»Du verstehst es, dein Büro aufzuhübschen, wie ich sehe.« Er setzte sich wie selbstverständlich in den Sessel gegenüber ihres Schreibtisches, lächelte sie entspannt an.

Plötzlich kam ihr das Büro zu klein vor, Davids Präsenz weitete sich mit jedem Wimpernschlag aus. Sie spürte seine Gegenwart, versuchte verzweifelt, das Kribbeln in ihrem Nacken zu vertreiben, seine selbstbewusste Geste reizte sie, entfachte ihren Zorn. Die Temperatur stieg von Sekunde zu Sekunde, sie musste etwas unternehmen. Schnell.

»Danke, die Blumen habe ich geschenkt bekommen.« Sie hätte sich am liebsten auf die Lippen gebissen, aber es war zu spät, die Worte waren gesagt, hingen schwer im Raum zwischen ihr und David.

Fragend zog er eine Augenbraue hoch. »Ein Verehrer?«

Doch der Schalk erreichte seine Augen nicht.

»Sie sind von Kirk, auch wenn dich das gar nichts angeht.« Stolz reckte Rebecca ihr Kinn.

»Von Kirk, dem Waschlappen?« fragte David betont arglos. Dann zuckte er abfällig mit den Schultern. »Das sieht ihm ähnlich. Lässt dich alleine nachts über das Meer schippern, aber dann spendiert er dir ein paar Blumen.« Er legte seinen Kopf schief, betrachtete sie aufmerksam. »Das ist doch gar nicht dein Niveau, Becs.«

Ihre Augen blitzten vor Zorn. »Das geht dich nichts an, David.«

Verteidigend hob er beide Hände in die Höhe. »Ich sage ja nichts. Ist mir auch egal, wenn du solch ein Verhalten tolerierst.« Wie auf Kommando schaltete er sein charmantes Lächeln ein. »Ich bin auch nur vorbeigekommen, um zu sehen, wie die Schuhe passen und ob sie dir überhaupt gefallen.«

Rebecca wandte den Kopf, nickte in Richtung der Anrichte, die sich hinter ihr befand. »Sie stehen dort. Ich möchte nicht, dass du mir Schuhe schenkst.«

Mit einer raschen Handbewegung wischte er ihren Einwand wie eine lästige Fliege fort. »Hast du sie anprobiert? Ich meine, wenn sie nicht passen, dann kann ich sie umtauschen.«

»Was soll das, David?« Wütend verschränkte Rebecca ihre Arme vor der Brust, starrte ihn unverwandt an. Ihre Augen funkelten gefährlich.

Er warf ihr einen schnellen Blick zu, dann schenkte er ihr sein entwaffnendes Lächeln. »Ich wollte mich bei dir für einen unvergesslichen Segelausflug bedanken. Und da du ihn mit mir, sagen wir, individuell verbracht hast, bedanke ich mich bei dir mit einem individuellen Geschenk, von dem ich weiß, dass es dir unter normalen Umständen gefallen hätte.« Er nickte abfällig in Richtung Konferenztisch. »Aber vielleicht möchtest du lieber einen Blumenstrauß?« Auch wenn er schelmisch grinste, seine Augen beobachteten jede ihrer Regungen mit äußerster Wachsamkeit.

Sie blickte ihn unverwandt an. In ihren Augen las er den inneren Kampf zwischen Stolz, Zorn und Freude, den sie mit sich ausfocht. Becs war so voller Emotionen, er liebte es, hatte es schon vom ersten Augenblick an geliebt, ihr bei den über sie einbrechenden Gefühlskämpfen zuzuschauen. Gebannt wartete er, welche Empfindung siegen würde. Als er für den Bruchteil einer Sekunde deutlich die Freude in ihrem Blick entdeckte, entspannte er sich.

»Sie sind wunderschön.« Nachdenklich biss sich Rebecca auf die Lippen. »Und sie waren garantiert sündhaft teuer.« Er zuckte gleichgültig mit den Schultern, beobachtete fasziniert, wie sich ihr Mund zu einem frechen Grinsen verzog. »Pech für dich, David. Ich werde sie behalten.«

Erleichterung breitete sich in ihm aus, dann erhob er sich abrupt, genoss ihren verwirrten Blick.

»Das freut mich, Becs«, antwortete er sanft, bevor er sich zur Tür wandte und ihr ein letztes strahlendes Lächeln schenkte. »Bis bald.« Und schon war er durch die Tür verschwunden.

Aufgewühlt starrte Rebecca auf die verschlossene Tür. Was fiel David eigentlich ein, einfach so hier hereinzuspazieren, sie völlig zu überrumpeln und dann so klanglos wieder zu verschwinden? Wütend über sich selbst, blickte sie auf die Uhr. Es war Zeit, das Buffet zu inspizieren, bevor die ersten Gäste zum Abendessen eintrafen. Vielleicht brachte sie das ja wieder ins Gleichgewicht.

Die einzelnen Stationen der Buffettische waren bereits aufgebaut, die großen Servierplatten, mit den verschiedensten Gerichten gefüllt, luden den hungrigen Gast zu einem üppigen und variationsreichen Essen ein. Zufrieden überprüfte Rebecca die bereits gedeckten Tische und betrat den Durchgang zur Küche, als sie wie angewurzelt stehen blieb. Direkt vor ihr steckte Jasmin, die junge Kellnerin, ihrer Kollegin ein dickes Taschenbuch zu, das Evelyn leicht errötend unter ihre Uniform zu zwängen versuchte. Kopfschüttelnd beobachtete Rebecca die zwei jungen Frauen. Evelyns Jacket spannte auch ohne das Buch bereits gefährlich. Was, wenn sich nun eine Naht löste, schoss es Rebecca durch den Kopf. Als ob sie ihren Blick spürte, hob Evelyn den Kopf und erschrak. Alles Blut wich ihr aus dem Gesicht, erschrocken und mit offenem Mund starrte sie Rebecca an. »Oh, Miss Quentlin«, stotterte sie. Rebecca trat einen Schritt auf sie zu. »Darf ich mal sehen?«

fragte sie knapp. Auch wenn es sie nicht wirklich interessierte, was die beiden in ihrer Freizeit lasen, so musste sie nun etwas Schärfe walten lassen, damit sie in Zukunft darauf vertrauen konnte, dass die beiden ihre privaten Hobbies außerhalb des Hotelbetriebs ließen. Denn eines war klar: ihre Hotelgäste würden dafür wenig Verständnis zeigen.

Evelyn warf ihrer Kollegin einen panischen Blick zu.

»Ich habe ihr das Buch gegeben«, beeilte sich Jasmin, knetete ihre Hände vor Nervosität.

»Und warum hier, wo jeden Moment unsere Hotelgäste erscheinen?« Rebecca blickte die junge Frau streng an.

Sie nickte zerknirscht. »Das war ein Fehler, bitte entschuldigen Sie, Miss Quentlin. Es wird nicht wieder vorkommen.« Scheu blickte sie Rebecca an. Als sie sah, dass Rebecca sie nicht zornig anblickte, fasste sie Mut. »Es ist nur so, das Buch ist so unglaublich spannend, brilliant und echt explosiv.« Sie wackelte mit dem Kopf. »Na ja, es ist der neue Bestseller von unserem VIP David Gallecker, müssen Sie wissen.« Verschwörerisch hatte sie ihre Stimme gesenkt, blickte Rebecca vielsagend an.

Der Boden unter ihren Füßen schien sich plötzlich zu bewegen, mit aller Macht riss Rebecca sich zusammen. »Das ist egal, Jasmin. Ich möchte nicht, dass private Sachen hier in der Hotelanlage getauscht werden oder herumliegen. Unsere Gäste zahlen viel Geld für ihren Aufenthalt bei uns und wir müssen ihn so professionell wie möglich gestalten.« Sie atmete kurz durch. »Heute drücke ich ein Auge zu, aber ich vertraue darauf, dass das nicht noch einmal vorkommt.« Brüsk wandte sie sich an Evelyn. »Und Sie ziehen jetzt das Buch schnellstens hervor, sonst platzt gleich Ihre Uniform. Bringen Sie es sofort in Ihr Zimmer. Ich will es hier nicht sehen.« Ohne ein weiteres Wort drehte Rebecca sich um, kratzte die letzten Reste ihrer Disziplin zusammen und eilte mit ausholendem Schritt zu ihrem Buggy. Dann raste sie hinaus zu ihrem kleinen Strand. Sie musste sich beruhigen. Sie hatte es gewusst, dass die Schonzeit zu Neige ging. Nun war es soweit, das Getuschel ihrer Mitarbeiter war nicht mehr aufzuhalten, ihre eigenen Tage auf dieser Insel somit gezählt.

Er brauchte Abkühlung, musste sich seinen Frust von der Seele laufen. Nicht im Fitnessraum, wo zu dieser Tageszeit zu viele Hotelgäste waren. Vielleicht war der kleine Strand die Lösung, Becs' Strand. Von plötzlicher Eile getrieben, rief David nach Josh. Weit konnte er nicht sein, denn schließlich hatte er sich bis gerade noch mit ihm unterhalten, hatte Josh ihm schwärmend von Adam Stevens berichtet, dem Selfmade-Mann mit den teuren Uhren, den zwanzig Paar Schuhen und dem Smoking im Hotelschrank. David schluckte den Kloß hinunter, der schwer in seinem Hals feststeckte. Adam Stevens reiste allein, verbrachte viel Zeit mit Becs, laut Josh rief er sie mehrmals täglich an, eilte täglich zu ihrem Büro und lobte sie in den höchsten Tönen. Panik, Eifersucht, Zorn, Trauer und Sehnsucht schnürten ihm die Kehle zu. Wütend schlug er mit der Faust gegen die Wand. Und er hatte gedacht, Kirk, der Waschlappen, sei sein Gegner. Natürlich würde Becs Adam Stevens einem Kirk vorziehen. Er hatte es ja mit eigenen Augen gesehen, wie sie ihn ansah, wie fröhlich sie in seiner Gegenwart lachte. Verdammt. Er musste etwas unternehmen, schließlich gedachte er nicht, Becs an Adam Stevens oder sonst jemanden zu verlieren. Aber mit dieser Wut und Panik im Bauch konnte er nicht klar denken.

»Josh«, rief er ungeduldig.

Fast zeitgleich tauchte Joshs Gesicht hinter der Abtrennung auf. »Haben Sie mich gerufen, Mister Gallecker?«

»Ja, könnten Sie mich bitte direkt zu dem kleinen Strand am anderen Ende des Atolls fahren? Ich möchte dort spazieren gehen.«

»Natürlich, Sir.« Ein breites Grinsen überzog Joshs Gesicht. »Vielleicht schaffen wir es noch rechtzeitig zum Sonnenuntergang.«

In halsbrecherischem Tempo raste das Gefährt über das Atoll. David war heilfroh, als er endlich nach einer scharfen Rechtskurve aus dem Buggy aussteigen konnte.

»Wenn Sie mich in einer halben Stunde abholen, wäre das wunderbar, Josh. Sie brauchen hier nicht zu warten.«

Josh nickte zustimmend. »In einer halben Stunde bin ich

zurück.« Noch ehe David etwas erwidern konnte, wendete Josh das Gefährt und entschwand in der Dichte der hohen Bäume.

Er erkannte sie sofort, auch wenn sie am anderen Ende des Strandes lief. David kniff seine Augen zusammen, um besser sehen zu können. Jetzt drehte Rebecca sich um, schritt erneut am Rand des Strandes entlang, wo die Wellen sanft ihre Füße umspülten. Doch Becs schien wütend zu sein, viel zu energisch trat sie nach den Wellen, ihre Gesichtszüge wirkten verschlossen. So sinnlich, wie sie beim letzten Mal auf das Wasser geblickt hatte, so wenig schenkte sie ihm jetzt Beachtung. Es musste eine gewaltige Laus gewesen sein, die ihr da über die Leber gelaufen war, entschied David. Als sie erneut stehen blieb, um mit verschränkten Armen hinaus auf das Meer zu starren, das sich in immer gleichem Rhythmus auf sie zu- und von ihr fortbewegte, während der Wind mit ihren Locken spielte, ging David zu ihr. Obwohl auch er mit immenser Wut im Bauch hierher gefahren war, so war sie bei Becs' Anblick vollkommen verflogen. Entschieden näherte er sich ihr.

»Hallo, Becs.«

Sie wirbelte herum. Ihre grünen Augen funkelten ihn zornig wie Peitschenhiebe an.

»Was schleichst du dich so an? Kann ich noch nicht einmal hier am Strand Ruhe vor dir haben?«

Entschuldigend hob er seine Hände in die Höhe.

»Ich komme mit friedlichen Absichten.« Dabei verzog sich sein Mund zu einem entwaffnenden Lächeln.

»Dann geh einfach weiter. Ich bin jetzt in keiner friedlichen Stimmung«, grollte Rebecca, wandte sich einfach ab. »Geh«, befahl sie über die Schulter.

Doch anstatt ihre Worte zu befolgen, blieb David einfach reglos stehen.

»Geh endlich, David«, schnauzte Rebecca ihn über die Schultern an.

»Ich gehe erst, wenn du mir sagt, weshalb du mich so unfreundlich anfauchst«, antwortete er gelassen, doch sie spürte seinen unterschwelligen Zorn.

»Weil ich es leid bin, dich auf Schritt und Tritt zu treffen und dein dämliches Buch dazu führt, dass meine Mitarbeiter ihre Arbeit vernachlässigen.« Sie schloss die Augen, versuchte mit aller Gewalt sich zu beherrschen, die aufsteigenden Tränen der Verzweiflung zu unterdrücken.

»Ich wusste nicht, dass du hier am Strand bist, ehrlich Becs«, versuchte David sie zu beruhigen, schließlich gewann er nichts, wenn er sich mit ihr stritt, dann trieb er sie nur noch mehr in die Arme von diesem Adam Stevens. »Tja, ich weiß nicht so genau, was ich tun kann, damit deine Mitarbeiter ihre Arbeit so verrichten, wie du es magst. Soll ich mal mit ihnen reden?«

»Untersteh dich«, Rebecca wirbelte herum. Als sie den Schalk in seinen Augen sah, musste sie gegen ihren Willen lachen.

»Ach, vergiss es«, versuchte sie ihre Stimmung herunterzuspielen. »Ich muss los.«

»Hast du was vor?« Seine Frage kam etwas zu schnell, einen Hauch zu hastig.

Irritiert hielt Rebecca inne. »Einiges«, antwortete sie vielsagend.

»Sag mir eines, Becs.« Impulsiv trat David einen Schritt auf sie zu. »Was hat Adam Stevens, was ich nicht habe?«

Ihr Blick war pure Überraschung. Mit weit aufgerissenen Augen starrte sie David an, dann begann sie zu verstehen. Ein vielsagendes, triumphierendes Lächeln umspielte ihren Mund. »Vieles, David.« Dann wandte sie sich brüsk um, eilte mit großen Schritten zurück zum Strandeingang.

Mit jedem Schritt, den sie sich von David entfernte, wurde ihr Grinsen breiter. David war eifersüchtig auf Adam, so ein Quatsch. Und doch tat es ihr so unendlich gut!

Missmutig starrte David hinaus auf das Meer. Er hatte gar nicht bemerkt, dass die Sonne bereits untergegangen war. Ein letzter roter Strahl, dann senkte sich die blaue Stunde wie eine riesige Käseglocke über das Wasser, ließ weiße Schaumkronen im Wind tänzeln und tauchte den Strand in friedliches Dämmerlicht. David sank in die Knie, hielt seinen Kopf in den Händen. Er hätte schreien können vor Schmerz, vor Trauer, vor Sehnsucht. Vielleicht hatte er sich da in etwas verrannt, vielleicht jagte er wirklich einem Gespinst hinterher, einem flüchtigen Traum, den es nicht einzufangen galt. Doch es war noch zu früh, das fühlte er ganz tief in seinem Inneren, noch gab es Hoffnung, wenn auch nur einen kleinen, einen winzig kleinen Funken. Aber solange der da war, wollte er weiterkämpfen. Seine Gedanken flogen hinauf zu den Wolken, die träge über ihm zu hängen schienen. Endlich stand er langsam auf. Morgen Abend kam Becs zu ihm, für einen Drink, zum Sonnenuntergang. Vielleicht konnte er morgen mit ihr reden, nachdem sie den Sonnenuntergang genossen hatten? Seine Zeit wurde knapp.

KAPITEL 14

Die Sonne stand schon tief am Himmel, schien in der unendlichen Weite des Horizonts den Rand des Meeres zu berühren. Bald würden sich die Wolken färben, Zeugen eines täglichen und doch immer wieder einzigartigen Erlebnisses sein.
Rebecca trat auf die Holztür zu, klopfte einmal und versuchte ihr rasendes Herz zu beruhigen. Es war nur ein Drink bei Sonnenuntergang, nichts weiter. Der Grund dafür, dass sie fast zwei Stunden für ihr Make-Up und die Wahl ihres Kleides gebraucht hatte, war lediglich dem Umstand geschuldet, dass dies kein formeller Event war, sie ging zu einem romantischen Sonnenuntergang zu David, in seine Villa, betrat sein Terrain. Da war es doch nur zu gut zu

verstehen, dass sie sich in ihrer Haut wohl fühlen wollte. Nur deshalb hatte sie sich für das cremefarbige Etuikleid mit den goldenen Applikationen entschieden, das ihren Teint betonte und ihre feminine Silhouette unterstrich. Die goldenen Stillettos waren der perfekte Punkt auf dem i. Ihr Haar trug sie offen, die großen Locken fielen ihr locker über die Schulter. Sie wusste, dass David es liebte, wenn sie ihre Haare offen trug, warum sollte sie ihm nicht gefallen wollen, schließlich war auch sie nur eine Frau. Außerdem hatte er sie zu diesem Treffen praktisch gezwungen, da durfte ein bisschen Rache schon sein.

Im nächsten Moment stand ihr David in der geöffneten Tür gegenüber. Zu seiner weißen Stoffhose trug er ein weißes Hemd, dessen obersten zwei Knöpfe er offen gelassen hatte. Sein frisches After Shave wehte ihr entgegen.
»Hallo, Becs, wie schön, dich zu sehen.« Dabei trat er wie selbstverständlich auf sie zu, küsste sie zur Begrüßung leicht auf die Wange.
»Hallo, David«, antwortete Rebecca schlicht, versuchte verzweifelt, das Prickeln zu ignorieren, das sein Kuss auf ihrer Wange hinterlassen hatte.
Sein Blick glitt bewundernd an ihr herab. »Du siehst umwerfend aus. Komm bitte herein.« Er öffnete die Tür weit, bedeutete ihr mit der Hand, einzutreten.
Woher kam nur die plötzliche Nervosität? Sie war doch sonst nicht so schnell aus der Fassung zu bringen? Sie tat ja

fast so, als wäre dies ihr erstes Rendezvous, dabei war dies ein erzwungenes Treffen mit David, der sie verraten hatte. Sie spürte den Stich, der ihr tief ins Herz schnitt, doch ihre Aufregung nahm er nicht fort. Zögerlich trat sie über seine Schwelle, blickte halb ängstlich zu seinem Schreibtisch, doch kein Papier war zu sehen. Erleichtert atmete Rebecca auf.

»Magst du dich draußen hinsetzen?« Er blickte prüfend um sich. »Wir können natürlich auch hier drinnen bleiben, allerdings kann ich dir außer dem Stuhl dort drüben, dem kleinen, kuscheligen Zweisitzer hier und meinem Bett, was übrigens sehr bequem ist, nichts anbieten.«

Irritiert wandte sie sich zu ihm um, blickte von ihm zu dem kleinen Sofa, dann hinüber zum Bett. Ein sehnsüchtiges Ziehen erinnerte sie an verlorene Zeiten, schnell blinzelte sie die aufkommenden Gefühle weg.

»Natürlich möchte ich draußen sitzen, das ist der beste Platz in unseren Villen.« Sie verzog ihren Mund zu einem fast schüchternen Lächeln.

»Für mich ist es zwar der zweitschönste Platz, den ich mir mit dir hier vorstellen kann, aber du hast Recht, es ist der beste Platz, um den Sonnenuntergang zu sehen.« Er nickte in Richtung Veranda. »Bitte sehr.«

Vorsichtig betrat Rebecca die mit Holzplanken ausgelegte Veranda, schließlich wollte sie nicht mit dem Absatz in einem der kleinen Ritzen hängen bleiben. Sicherheitshalber setzte sie sich in die Mitte der breiten Couch. David stand mit dem Rücken zu ihr am Tisch, griff nach der Champagnerflasche und ließ den Korken mit einem sanften Knall aus der Flasche gleiten. Während er nach den bereitgestellten Gläsern griff, genoss sie einfach seinen Anblick. Groß, schlank, durchtrainiert stand er dort vorne am Tisch. Sie widerstand der plötzlichen Versuchung, einfach aufzustehen und ihm von hinten die Arme um den Körper zu legen, ihn zu spüren, seinen Herzschlag direkt neben ihrem. Es hätte alles so schön sein können. Sie seufzte.

David wandte sich ihr zu, blickte ihr prüfend ins Gesicht. »Alles in Ordnung, Becs?« fragte er sanft.

Sie nickte schnell. »Ja, natürlich. Ich genieße nur das traumhafte Panorama.«

Er nickte schweigend, doch sein Blick verriet ihr, dass er ihr nicht glaubte. »Dann lass uns auf den wunderbaren Ausblick anstoßen«, schlug er mit einem Lächeln vor.

Bevor er sie erreichte, erhob sie sich schnell, trat einen Schritt auf ihn zu und nahm ihm ein Glas ab.

»Danke, dass du gekommen bist, Becs. Ich habe mich jeden Moment seit meiner Ankunft darauf gefreut, den Sonnenuntergang mit dir zu erleben.« Seine sanfte Stimme umhüllte sie, sie spürte seine Gefühle, die auch er mit aller Macht zu kontrollieren versuchte. Vielleicht konnte sie diesen einen Moment genießen, einen unmöglichen Traum für einige wenige Minuten kosten, damit sie ihn in ihrem Inneren bewahren konnte, einen weiteren, vielleicht letzten

Schatz, für die Einsamkeit, die danach auf sie wartete? Sie spürte, wie die ungestillte Sehnsucht in ihr die Oberhand gewann, entschieden ignorierte sie die warnende Stimme in ihrem Hinterkopf.

»Schau, es beginnt.« Davids sanfte Stimme zog ihren Blick hinaus zum Horizont, wo die Sonne das Meer zu berühren schien. Sie schickte ihnen ein warmes, gelbes Licht, erleuchtete den Himmel mit einem tiefen Rot, das sich auf den seichten Wellen des Wassers spiegelte.

»Es ist magisch, nicht wahr?« flüsterte David, dann stellte er sein Glas auf den Tisch, trat schweigend hinter Rebecca. Noch berührte er sie nicht, sie fühlte nur seinen Atem in ihrem Haar und die Wärme seines Körpers, der dicht hinter ihrem stand. Während sie hinaus auf den dunkelgelb erstrahlenden Sonnenball starrte, wünschte sie sich nichts mehr, als dass er sie in den Arm nahm. Als seine Finger so sanft wie ein Windhauch über ihre Oberarme glitten, schloss sie glücklich die Augen, genoss die Zärtlichkeit seiner Berührung. Sie zuckte nicht zusammen, sagte kein Wort, stattdessen verhielt sie sich still, wagte kaum zu atmen. Dann, endlich spürte sie seine Arme, die sich um ihre Taille schlossen, fühlte seinen Kopf, der sich an ihren lehnte. Sie öffnete die Augen, wagte kaum zu atmen, blickte hinaus zur untergehenden Sonne. Unbewusst legte sie ihre Hand auf seine, genoss die friedliche Umarmung, sog seine Berührung ein und träumte schweigend in den Sonnenuntergang hinein. Langsam schritt die Sonne auf ihrem Weg fort, bis sie endlich mit einem letzten roten Glühen am Ende des Horizontes versank, Wind kam auf und spielte mit Rebeccas Haar. Was sollte sie nun tun? Sie wusste es nicht, verharrte einen weiteren Moment, zog das unvermeidliche Ende einige Sekunden hinaus. Dann löste sie sich aus Davids Umarmung.

»Wir sollten den Champagner trinken«, sie verzog ihren Mund zu einem scheuen Lächeln, als sie ihn anblickte.

Seine Augen wirkten glasig, sehnsuchtsvoll schauten sie Rebecca an, fragten, warteten auf Antwort. »Natürlich«, antwortete David mit belegter Stimme und verzog seinen Mund zu einem Lächeln. »Zu einem richtigen Sonnenuntergang gehört Champagner«, er blickte ihr tief in die Augen. »Und ein Kuss, nicht wahr, Becs?«

Sie wollte vehement den Kopf schütteln, befreit auflachen und diese Stimmung abschütteln wie eine lästige Fliege, doch sie konnte nicht. Zu verführerisch war das, was er ihr anbot. Sie hatten sich in den letzten Tagen schon geküsst, das hatte sie nicht aus der Bahn geworfen, sie nicht von dem, was sie zu tun hatte, abgebracht. Ein Kuss während eines perfekten Sonnenuntergangs war schließlich unschuldig, sie war erwachsen und souverän. Sie konnte David küssen, ohne die Kontrolle zu verlieren.

Entspannt lächelte sie ihn an, genoss das Spiel mit dem Feuer, fühlte sich stark, begehrt und voller Energie.

»Ja, für einen perfekten Sonnenuntergang gehört das dazu.«

Der überraschte Ausdruck in seinen Augen bewies, dass er

ihr den Mut nicht zugetraut hatte. Oh ja, sie war stark, viel stärker als er dachte. Ihr Herz raste wild, als er lächelnd auf sie zuschritt und nach ihrem Glas griff. Vorsichtig stellte er beide auf den Tisch, trat nah vor sie. Wie ein wertvolles Juwel nahm er ihr Gesicht vorsichtig in seine Hände. Er blickte ihr in die Augen, während er sich langsam zu ihr herunterbeugte, seine Lippen sich auf ihre senkten. Gebannt folgte sie seinen Bewegungen, spürte die Wärme seiner Lippen, erst zart, dann immer fordernder. Eine Einladung, der sie nicht widerstehen wollte. Was war schon ein harmloser Kuss? Sie schloss die Augen und überließ sich ihren Gefühlen.

Doch hier war gar nichts harmlos oder unschuldig, schoss es ihr durch den Kopf, als sich ihre Lippen öffneten, die zärtlichen Berührungen in sehnsüchtiges Verlangen übergingen. Doch ihre Gedanken waren so weit weg, es gab nur noch David und sie in diesem magischen Moment, in dem sie sich fallen ließ, mit ihm durch die Zeit reiste, hinweg aus der Gegenwart, fort in eine vergangene, glückliche Zeit. Sie fühlte sich wie auf Wolken, leicht, erhaben, spürte den warmen Wind auf ihrer nackten Haut. Als David sie hochhob und zu seinem Bett trug, war sie gefangen in dem Rausch, in den wilden Gefühlen, die sie übermannten, die mit geballter Wucht über sie einschlugen, hervorbrachen aus ihrem sorgsam verschlossenen Versteck tief in ihrem Innern. Sie gab und nahm, David ebenbürtig, reine pure Leidenschaft durchströmte sie. Sie spürte, wie er ihren

Reißverschluss öffnete und unter den Stoff ihres Kleides glitt.

»Ich liebe dich so sehr, Becs. Komm zu mir zurück.« Seine mit rauer Stimme geflüsterten Worte trafen sie mitten ins Herz. Auch wenn es genau diese Worte waren, nach denen sie sich Nacht für Nacht verzehrte, so zerschnitten sie jäh die elektrisierende Spannung im Raum, holten sie mit Gewalt zurück in die Realität. Rebecca fühlte sich, als ob sie jemand von der Kante eines Hochhauses gestürzt hatte und sie nun unbeschadet zwar, aber hart auf dem Boden gelandet war. Was tat sie hier? War sie von allen guten Geistern verlassen?

»Lass das, David. Nicht. Was tun wir hier?«

Er blickte sie aus seinen blauen Augen träge an. »Hm, wonach sieht es denn aus?« Dabei beugte er sich über sie, wollte sie auf die Schulter küssen, doch sie stieß ihn fort. Brüsk zog sie ihr Kleid hoch, rutschte vom Bett und schloss ihren Reißverschluss.

»Was ist los, Becs?« Verstört blickte David sie an.

Doch in Rebeccas Gesicht spiegelte sich Schmerz, Wut und Zorn. Von der eben noch übermächtigen Sehnsucht und Liebe war nichts mehr zu spüren. »Ich bin für einen Sonnenuntergang gekommen, nicht um mit dir ins Bett zu gehen.«

»Stimmt«, er stand ebenfalls auf, trat dicht vor sie. »Aber es war eine wunderbare Fortsetzung, die wir beide wollten, Becs. Wir lieben uns und gehören zusammen. Warum willst du das nicht begreifen?« Sanft legte er die Hände auf ihre

Schultern. Die Zärtlichkeit und Wärme, mit der er sprach, stachen ihr ins Herz, schürten ihren Zorn.

»Wann begreifst du es endlich? Es ist vorbei. Ich habe mir hier ein neues Leben aufgebaut, ohne dich.« Erregt strich sie sich eine Locke hinter das Ohr. »Ich habe dich geliebt, aber du hast mich verraten und mein Geheimnis der ganzen Welt preisgegeben. Gab es keine anderen Ideen für dein Manuskript? Warum musstest du meine Geschichte für dein Buch auswählen und damit alles zerstören?« Sie warf ihren Kopf zornig in den Nacken. »Ach, geschehen ist geschehen. Daher hör endlich auf, mich unglücklich zu machen. Nimm dein verdammtes Buch und verschwinde! Ich will dich nie wieder sehen! Akzeptier das endlich!« Tränenüberströmt riss sie sich los, rannte hinaus zu ihrem Buggy und fuhr in halsbrecherischem Tempo in die Dunkelheit.

KAPITEL 15

Erschöpft rieb sich Rebecca den Nacken, warf einen Blick auf die kleine, silberne Standuhr auf ihrem Schreibtisch. Zweiundzwanzig Uhr, Zeit nach Hause zu gehen. Sie hatte für heute genug gearbeitet und einige der unliebsamen Aufgaben erledigt, die sie nun schon seit einiger Zeit vor sich hergeschoben hatte. Sie musste sich ablenken und vergessen, genauer gesagt, David vergessen. Sie wollte nicht mehr daran denken, was gestern Abend geschehen war, vor allem nicht mehr an die Gefühlswellen, die er in ihr losgetreten hatte mit der bitteren Erkenntnis, dass es keine gemeinsame Zukunft gab. Wie sollte sie nur die verbleibenden Tage, es waren ja schließlich noch fast zwei Wochen, mit ihm überstehen? Dabei wünschte sie sich nichts sehnlicher, als dass er endlich aus ihrem Leben verschwand.

Eine Bewegung ließ Rebecca aufschrecken. Ihr Blick flog zu ihrer offenen Bürotür und ihr Herz stockte, bevor es schlagartig in wildem Tempo raste. Unfähig etwas zu sagen, starrte sie David an, der lässig gegen den Türrahmen lehnte, eine Hand in seine Hosentasche gehängt. Schweigend starrte er sie an. Erst nach einer gefühlten Ewigkeit löste er sich langsam vom Türrahmen und näherte sich behutsam, ohne jedoch den Blick von ihr abzuwenden. Wie selbstverständlich setzte er sich in den Sessel, der vor ihrem Schreibtisch stand, schlug die Beine übereinander, lehnte sich selbstbewusst zurück. Seine Augen hatten sich zu einem tiefen Blaugrau verdunkelt, entschlossen und traurig zugleich hielten sie ihrem Blick stand.

»Was willst du hier?« Ihre Frage war mehr ein heiseres Flüstern.

»Ich gebe mich geschlagen, Becs.« Seine Stimme klang ruhig und gelassen, doch das Dunkel seiner Augen verriet, wie aufgewühlt er war. Ohne auf eine Antwort zu warten, fuhr er fort: »Nachdem ich wirklich alles versucht habe, um dich zurückzugewinnen und unserer Liebe eine Chance zu geben, sehe ich ein, dass es sinnlos ist. Du hast deine Entscheidung getroffen und bist nicht bereit, sie zu revidieren. Das muss ich akzeptieren, auch wenn du mir damit das Beste nimmst, was ich hatte.« Er schwieg bedeutungsschwer, blickte ihr tief in die Augen, als ob er noch ein letztes Mal in ihrer Seele lesen wollte.

Ihre Gedanken wirbelten unkontrolliert durch ihren Kopf. Was wollte er ihr sagen? Wollte er sie tatsächlich endlich in Ruhe lassen? Hatte er es endlich verstanden? Und wieso fühlte sie plötzlich diese Eiseskälte, die nach ihrem Herzen griff? Unfähig etwas zu sagen, noch zu tun, blickte sie David weiter schweigend an. Seine tiefe Stimme zog sie zurück in die Gegenwart, doch irgendetwas an der Art, wie er so vor ihr saß, ängstigte sie. Es besaß etwas Endgültiges.

»Du hast mir gestern deutlich gesagt, dass ich mich aus deinem Leben heraushalten und endlich verschwinden soll, weil ich dich nur unglücklich mache.« Unbewusst strich er sich mit der Hand durchs Haar. »Das tat wirklich weh, Becs, aber ich nehme an, das war der Sinn.« Er holte tief Luft, bevor er weitersprach. »Aber gut, ich akzeptiere deine Entscheidung und werde unverzüglich abreisen und mich nie wieder in dein Leben einmischen.«

Rebecca horchte auf. Hatte sie es tatsächlich geschafft? David reiste frühzeitig ab? Doch warum fühlte sie sich hundeelend? Immer noch starrte sie David an, beobachtete halb überrascht, wie sich sein Mund zu einem leichten Lächeln verzog.

»Allerdings habe ich eine einzige Bedingung. Wenn du diese erfüllst, nehme ich unverzüglich das nächste Boot nach Malé und du bist mich für immer los.«

»Und die wäre?« fragte sie mechanisch.

Er lachte bitter auf. »Du scheinst es ja wirklich nicht erwarten zu können. Also, ich verlange, dass du mein Buch liest und zwar vom Anfang bis zum Ende. Ich will zudem, dass du alle Stellen markierst, die den Verrat deines Geheimnisses belegen. Danach wirst du sie mir persönlich zeigen. Anschließend verlasse ich die Insel.«

»Meinst du das ernst?« Sie konnte keinen klaren Gedanken fassen, die Gefühle in ihr fuhren Achterbahn.

»Es war mir noch nie etwas in meinem Leben so ernst, Becs.«

Sie warf David einen skeptischen Blick zu. Aus seinem Gesicht war jede Freundlichkeit gewichen. Ernst blickte er sie an. Sein Gesicht war verschlossen, ließ keinen Rückschluss auf seine Gefühle zu. Sie wusste instinktiv, dass er die Wahrheit sagte. Er würde aus ihrem Leben verschwinden, so wie er es gerade angekündigt hatte, wenn sie, ja, wenn sie dieses verdammte Buch lesen, die Stellen der Qual markieren und ihm persönlich zeigen würde. Sie atmete tief ein und langsam wieder aus. Es gab kein Entkommen, sie musste dieses verfluchte Buch lesen. Langsam nickte sie. »Gut, ich akzeptiere deine Bedingung.« Ihr Blick traf den seinen und sie erschrak, als sie den Schmerz und die Traurigkeit darin sah.

Er nickte knapp und stand auf. »Du weißt, wo du mich findest.« Ohne eines weiteren Blickes durchquerte er den Raum und verließ ihr Büro genauso leise, wie er es betreten hatte.

Immer noch fassungslos starrte Rebecca ihm nach. Sie hatte es geschafft. Fast. Endlich hatte David ihr »Nein« akzeptiert und würde nun schon bald für immer aus ihrem Leben verschwinden. Wie wunderbar! Sie hatte keine vier Wochen gebraucht, um ihm dies zu lehren, sondern die quälende Zeit halbiert! Sie hatte gewonnen!

Doch anstatt sich zu freuen, war ihr hundeelend zumute, heiße Tränen rannen über ihre Wangen. Verzweifelt schlug sie die Hände vors Gesicht und schluchzte leise hinein. Der Albtraum begann von vorn. All die Gefühle, die sie je für David gehabt hatte, waren im Handumdrehen von ihm neu entfacht worden. Nichts, aber auch gar nichts, war im Laufe der vergangenen zwei Jahre verblasst oder vergangen. Sie liebte ihn genauso sehr wie damals, vielleicht sogar noch ein wenig mehr. Auch wenn er die Insel verlassen würde, nichts würde mehr so sein wie vorher. Sie würde immer an ihn und an die vergangenen zwei Wochen denken und wissen, dass sie diese eine große Liebe für immer verloren hatte. Dieses Mal würde sie nicht befürchten müssen, dass er sie suchen würde, denn David war ein Mann des Entschlusses. Wenn er ihr sein Wort gab, dass er aus ihrem Leben verschwinden würde, dann würde er es auch unwiderruflich tun. So war er eben.

Als er ihr Büro verlassen hatte, wartete David einen Moment im dunklen Vorzimmer, um sich zu fangen. Er hatte es geschafft, sie hatte seine Bedingung akzeptiert. Wenn Becs etwas zusagte, dann hielt sie es auch, vor allem, wenn sie ihn dadurch endlich loswerden konnte. Er schluckte, um den widerspenstigen Kloß in seinem Hals zu verdrängen. Jetzt konnte er nur noch hoffen. Die Entscheidung, seine allerletzte Chance, lag nun in Becs' Händen. Er atmete tief ein, streckte die Hand nach dem Türknopf aus, als er ein leises Geräusch hinter sich vernahm. Irritiert drehte er sich um. Es kam aus Becs' Büro. Neugierig schlich er im Schutz der Dunkelheit zu ihrer Tür zurück, spähte vorsichtig in ihr Büro hinein, ohne jedoch selbst gesehen zu werden. Sie saß immer noch hinter ihrem Schreibtisch, die Hände vor das Gesicht gepresst, schluchzte leise, doch ihre Schultern bebten vom unterdrückten Weinen. Er riss sich zusammen, um nicht seinem Impuls nachzugeben und zu ihr zu gehen, sie einfach aus dem Sessel hoch- und in seine Arme zu ziehen, ihr beruhigend über die kupferroten Locken zu streichen und ihr leise versöhnliche Worte ins Ohr zu flüstern. Es schnitt ihm ins Herz, sie so dort zu sehen und doch war es gleichzeitig der einzige Hoffnungsschimmer, an den er sich klammern konnte. David schluckte schwer, riss sich abrupt von dem Anblick los. Lautlos schlich er hinaus

aus dem Vorzimmer und eilte so schnell er konnte aus dem Gebäude und über die Hotelanlage zurück zu seiner Villa. Erst als er den Schlüssel ins Schloss seiner Villa steckte, atmete er ruhiger. Nun hieß es warten.

Langsam versiegten die Tränen, leer und innerlich erstarrt hob Rebecca den Kopf, blickte auf die dunkle Bürotür, die sie wie ein dunkles, schwarzes Loch höhnisch anlachte. Schnell wischte sie sich die Tränen aus dem Gesicht, schnäuzte sich die Nase und wollte nur noch weg. Wenigstens hatte sie morgen ihren freien Tag. Sie wollte niemanden sehen. Resigniert schüttelte sie den Kopf. Das hatte David gut vorausgesehen, warum sonst war er genau heute Abend in ihr Büro gekommen? Widerwillig starrte sie auf die unterste Schreibtischschublade. Es musste wohl sein. Sie musste nun dem Monster die Stirn bieten. Aber zumindest nicht hier, wo jede Minute ein Hotelangestellter hereinplatzen konnte. Nein, wenigstens in ihren eigenen vier Wänden würde sie den Dämonen begegnen, um sie ein für alle Mal aus ihrem Leben zu verbannen. Widerstrebend zog sie die unterste Schublade auf und griff nach dem Taschenbuch, dessen gelbschwarzes Cover bereits Spannung versprach. Entschlossen ließ sie es in ihre Umhängetasche gleiten und löschte das Licht.
Finstere Nacht umgab sie. Impulsiv drehte sie sich zum Fenster, blickte hinaus auf das Meer, das fade vom Mondlicht erleuchtet wurde. Schwarze Wellen brandeten

gegen das Atoll, erinnerten sie an eine schwarze Macht, die an ihre Tür klopfte und nun darauf bestand, Einlass zu erhalten. Ergeben drehte sie sich um, tastete sich vorsichtig hinaus aus ihrem Büro, hindurch durch Nitas Zimmer und den beleuchteten Flur. Je weiter sie sich von ihrem Schreibtisch entfernte, desto mehr brannte das Buch in ihrer Tasche. Rebecca beschleunigte ihren Schritt. Die letzten Meter zum Buggy rannte sie fast. Schnell schwang sie sich hinter das Steuer und raste den engen Weg hinunter zu ihrer Villa.

Es war schon fast Mitternacht, doch sie war viel zu aufgewühlt, um schlafen zu können. Anstatt sich schlaflos von einer Seite auf die andere zu wälzen, konnte sie auch anfangen, das Buch zu lesen. Sie hängte ihre Tasche über den hölzernen Knauf der Treppenbrüstung und eilte hinauf in ihr Schlafzimmer, um sich etwas Bequemeres anzuziehen.

Als sie ihr Wohnzimmer betrat, schaltete sie die zahlreichen Stehlampen ein und brühte sich in ihrer Küchenecke einen Tee. Während das Wasser im Teekessel glucksend zu kochen begann, durchquerte Rebecca den Raum, trat an den kleinen Sekretär, der neben der Wohnzimmertür stand. Sie öffnete die oberste Schublade, zog zwei gelbe Textmarker hervor, die sie achtlos aufs Sofa warf. Das Pfeifen des Wasserkessels rief sie zurück in die Küche. Mechanisch zog sie den Kessel von der Kochplatte, öffnete den Schrank, füllte einige Teeblätter in die Teekanne, stellte den Herd aus, griff nach einer großen Teetasse, goss das heiße Wasser in die Kanne und balancierte mit der vollen Kanne in der einen und der Teetasse in der anderen zurück ins Wohnzimmer. Suchend blickte sie sich um. Es fehlte nur noch das Buch. Entschieden eilte sie zurück in den Flur und griff in ihre Tasche. Als ihre Finger das Kartonpapier des Einbands berührten, spürte sie ein angstvolles Kribbeln in der Magengegend. Verflucht, warum musste David auch ihr Vertrauen missbrauchen und alles in diesem Buch niederschreiben und sie nun sogar zwingen, es auch noch zu lesen. Sie hasste ihn dafür!

Angewidert las sie den Titel »Nerven aus Stahl«, wie passend, dachte sie zynisch. Genau die brauchte sie auch. Mit klopfendem Herzen setzte sie sich in die Sofaecke und zog die Beine schützend zu sich heran, dann legte sie die Textmarker griffbereit neben sich. Sie beugte sich vor, goss sich zur Beruhigung eine Tasse Tee ein und trank einen ersten tröstlichen Schluck des heißen Getränks. Obwohl die Temperatur in ihrer Villa milde dreiundzwanzig Grad betrug, fühlte sie sich von Kälte umgeben, die ihr tief in die Knochen drang. Vorsichtig trank sie einen weiteren Schluck, während sie aus dem Wohnzimmerfenster hinaus in die schwarze Nacht starrte. Ein leises Tröpfeln ließ sie aufhorchen. Wie passend, die angekündigte Regenfront traf jetzt ein, genau in dem Moment, in dem sie sich den

Dämonen ihrer Vergangenheit stellen musste. Vorsichtig setzte sie die Tasse auf den Tisch ab und griff nach dem Taschenbuch. Unschlüssig drehte sie es um, las den kurzen Klappentext.

»Amanda ist nicht nur eine bekannte Antiquitätensammlerin, sondern auch eine ausgesprochen erfolgreiche Kunsthändlerin mit besonderer Vorliebe für prekäres Diebesgut. Seit Jahren gut vernetzt und mit exzellenten Verbindungen gesegnet, entwischt sie jedem Versicherungsagenten, der versucht, ihr das Handwerk zu legen. Doch als Roger sich ihrem Fall annimmt und mehr zufällig die Geheimnisse ihrer Vergangenheit ans Licht bringt, hat er alles in der Hand, um Amanda zu Fall zu bringen, wenn, ja wenn, er nicht auf seine Gefühle für sie hört.«

Sie war also Amanda und er der heldenhafte Roger. Ein sarkastisches Lächeln entrann sich Rebeccas Kehle. Wie billig. Wie einfallslos. Sie hatte David wirklich mehr zugetraut. Ihr Blick wanderte zur unteren Seitenhälfte, wo die Stimmen der großen Medien abgedruckt waren.

»Nach dem Bestseller »Gefahr aus Seide« zeigt David Gallecker in »Nerven aus Stahl« sein wahres Potential. Einfühlsam, rasant und packend fesselt er seine Leser bis zur letzten Zeile.« Die Leute hatten einfach keine Ahnung. Missbilligend schüttelte Rebecca den Kopf und las den nächsten Kommentar. »David Gallecker versteht es wie kein Zweiter, uns an dem inneren Gefühlsstreit Rogers teilhaben zu lassen, schonungslos und unverstellt. Ein Roman, den (M)man(n) gelesen haben muss.«

Rebecca lachte wütend auf. David hatte einfach nur seine eigenen Gefühle niederschreiben müssen, nachdem sie ihm ihr Geheimnis anvertraut hatte. Dafür wurde er von den großen internationalen Zeitungen gelobt und auf ihre gut bezahlten Bestsellerlisten gehievt? Was für ein widerwärtiges Metier. Sie wollte damit nichts, absolut nichts zu tun haben. Wütend drehte sie das Buch um und schlug es auf. Noch einmal schloss sie kurz die Augen, um sich zu wappnen, vor dem, was sie nun lesen musste. Wenn sie das erste Wort gelesen hatte, dann gab es kein Zurück mehr. Dann musste sie da durch und in den grässlichen Spiegel schauen, den David ihr hinhielt. Langsam öffnete Rebecca die Augen. Gut, sie war bereit, in Amandas Welt und somit auch in ihre eigene Vergangenheit einzutauchen. Angstvoll begann sie die ersten Zeilen zu lesen.

Es war bereits vier Uhr morgens, als sie auf die Uhr blickte. Der Himmel verfärbte sich bereits leicht, das erste seichte Sonnenlicht verdrängte die Dunkelheit. Rebecca rieb sich müde die Augen, schaute auf das Buch in ihrer Hand. Sie hatte schon ein Drittel gelesen und die Zeit vergessen. Bisher hatte sie noch nichts markiert, aber David baute ja auch noch die Spannung auf. Man spürte, dass Roger hinter etwas ganz Großem her war, das ihm vollkommene Macht über die gerissene, heißblütige Amanda geben würde, deren Charme

Roger gegen seinen Willen erlegen war. Amanda kannte die Spielregeln ihres Lebens sehr genau und wusste, mit wem sie es zu tun hatte. Auch Roger hatte sie sofort richtig eingestuft, doch verhieß dies leider nichts Gutes. Widerwillig musste Rebecca zugeben, dass David ein außergewöhnliches Gespür für die Stimmungen und Gefühle seiner Darsteller besaß, diese präzise und sehr bildlich beschrieb. Sie hatte das Gefühl, im Raum zu sein, wenn Amanda und Roger miteinander sprachen, konnte förmlich die Spannung zwischen ihnen spüren. Sie blickte auf die Teetasse mit dem nun kalten Getränk. Nach den ersten Zeilen war sie so gefesselt gewesen, dass sie ganz vergessen hatte, etwas zu trinken. Auch wenn sie wissen wollte, wie es weiter ging, so war es doch am besten, dies erst nach einigen Stunden Schlaf zu tun. Schließlich musste sie auch den Rest des Buches mit geschärften Sinnen lesen und jede wichtige Stelle markieren. Sie wollte nichts übersehen. Erschöpft stand sie auf, streckte ihre steif gewordenen Glieder. Dann löschte sie das Licht und ging zu Bett.

Das beruhigende Prasseln des Regens hatte sie letztendlich in den Schlaf gesungen, doch von einer wohltuenden Nachtruhe konnte keine Rede sein. Immer sah sie Amanda und Roger im Traum, versuchte sogar mit Amanda zu sprechen, sie vor Roger zu warnen, doch Amanda hörte sie nicht. Sie waren wie durch eine durchsichtige Wand voneinander getrennt. Nach zermürbenden Stunden war

Rebecca endlich in einen tiefen, traumlosen Schlaf geglitten. Nun blickte sie aus dem Fenster, doch anstatt des sonst so blauen Meeres sah sie nur eine undurchsichtige, graue Regenwand, aus der unaufhörlich dicke Regentropfen an ihre Fenster klopften. Sie streckte sich kurz, dann warf sie die Bettdecke zurück. Sie musste jetzt wissen, wie es weiterging und endlich diese unglückselige Angelegenheit hinter sich bringen. Es gab wirklich bessere Aktivitäten, mit denen sie ihren freien Tag verbringen konnte, aber sie hatte keine Wahl. Entschieden verließ Rebecca ihr Bett, zog sich ihren Hausanzug an, dann stieg sie die Treppe hinunter, schaltete die Kaffeemaschine ein und kochte sich einen starken Espresso. Während die Maschine noch die Bohnen mahlte und das surrende Geräusch den Raum erfüllte, griff Rebecca nach einer Banane, aß sie mit ungeduldig großen Bissen auf, bevor sie den heißen Espresso trank und ins Wohnzimmer eilte. Eine neugierige Nervosität erfüllte sie. Halb zögernd, halb gierig griff sie nach dem Taschenbuch und schlug es auf. Sie trat erneut in Amandas und Rogers Leben ein, dort, wo sie es in der vergangenen Nacht verlassen hatte. Dabei versuchte sie die aufsteigende Angst zu ignorieren, dass sie sich nun dem dunklen Geheimnis, das Roger offenbaren würde, unweigerlich mit jedem gelesenen Wort näherte. Gegen ihren Willen wurde sie in Amandas und Rogers Welt hineingezogen.

Fassungslos las Rebecca die letzten Zeilen, starrte auf das

gelesene Buch in ihren Händen. Mit allem hatte sie gerechnet, nur nicht damit. Wie war das möglich? Sie hatte es doch gelesen, sie hatte es in ihren Händen gehalten, mit eigenen Augen gelesen. Jetzt verstand sie gar nichts mehr. Sie blickte zum Fenster, durch das die letzten Strahlen der untergehenden Sonne fielen und ihr Wohnzimmer in ein warmes, gelbrotes Licht tauchten. Rebecca versuchte, einen klaren Gedanken zu fassen. Nur langsam drang die Erkenntnis in ihr Bewusstsein, dass sie unbedingt zu David musste. Sie musste mit ihm reden, ihn zur Rede stellen. Er war der Einzige, der die Puzzlestücke einfügen konnte, die ihrem Gesamtbild fehlten. Es ergab alles keinen Sinn. Sie musste mit ihm reden, davon hing alles, wirklich alles ab. Plötzlich fühlte Rebecca eine ungeahnte Energie, die sie zurück in die Gegenwart katapultierte und ihren Tatendrang weckte. Sie blickte an sich herunter. So konnte sie nicht zu David gehen. Ungeduldig sprang sie auf, rannte förmlich die Treppe zu ihrem Bad hinauf. Eine innere Unruhe drängte sie zur Eile. Sie wollte so schnell wie möglich mit David sprechen, um endlich die Dämonen zu besiegen, um frei zu sein.

Als sie die Treppe hinunter eilte, umspielte ihr weißes Leinenkleid fröhlich ihre Beine, die Absätze ihrer Stillettos klapperten in schnellem Takt. Sekunden später raste Rebecca bereits im Buggy über die Insel. Die feuchtschwüle Luft vermischte sich mit dem seichten Abendwind, die

Vögel zwitscherten in den hohen Baumkronen. Die Hotelgäste waren wohl schon zum Abendessen unterwegs, denn niemand begegnete ihr auf dem Weg zu Davids Villa. Erleichtert lenkte sie den Wagen in seine Auffahrt. Ihr Herz raste wild und ihr Puls pochte ungehalten in den Schläfen. Ohne nachzudenken, griff sie nach ihrer Tasche sowie dem Buch und trat vor Davids Haus.

Dort drückte sie den Klingelknopf. Stille, nichts rührte sich. War David vielleicht doch nicht da? Er hatte ihr doch gesagt, dass er auf sie warten würde. Wieso machte er nicht auf? Ungehalten drückte sie erneut den Klingelknopf und lauschte. Waren das Schritte? Hatte sie etwas gehört? Noch während sie darüber grübelte, ob David zu Hause war, wurde die Holztür weit geöffnet und er stand vor ihr. In seiner blauen Jeans, den hellblauen Slippern und dem weißen Polo-Shirt blickte er sie überrascht an. »Becs? Ich habe noch gar nicht mit dir gerechnet.«

»Darauf kann ich leider keine Rücksicht nehmen. Kann ich hereinkommen?«

»Natürlich.« Er trat immer noch überrascht zur Seite, ließ sie eintreten. Das Zimmer lag in der dunklen Abenddämmerung vor ihr. »Ich habe auf der Terrasse gesessen. Komm mit.« Er schloss ohne Umschweife die Tür, bedeutete ihr dorthin zu gehen. Sie nickte knapp, trat wortlos an ihm vorbei zur Veranda. Auf dem Tisch stand ein halb getrunkener Melonensaft, daneben lag ein ungeordneter Stapel Papier.

Die untergehende Sonne sandte ihre letzten Strahlen über das Wasser, tauchte den Abendhimmel mit ihrem hellen Feuerball in ein orangefarbenes Rot. Nur am Rand des Horizont waren bereits die dunkelblauen Farben des Abends zu sehen. Abrupt riss sich Rebecca von diesem wunderschönen Anblick los, drehte sich schwungvoll zu David um.

»Ich bin wegen dem hier gekommen.« Wie zum Beweis hielt sie das Buch in die Höhe.

»Das dachte ich mir.« Er blickte sie abwartend an. Seine Ruhe irritierte sie, machte sie regelrecht wütend. Zornig blitzte sie ihn an. »Was hast du damit gemacht?«

»Was habe ich womit gemacht?« Er ließ sich von ihrer Unruhe nicht anstecken. Stattdessen nickte er zu der breiten Couch auf der Veranda. »Magst du dich setzen?«

»Nein«, fuhr sie ihn wütend an. »Sag mir, was mit dem Manuskript passiert ist, das ich damals auf deinem Schreibtisch gefunden habe.«

»Welches Manuskript? Wovon redest du?« Seine Stimme klang bedrohlich ruhig.

»Du weißt genau, wovon ich spreche.« Sie versuchte mit letzter Disziplin ihre Stimme zu kontrollieren, um nicht zu schreien. Er provozierte sie mit Absicht. »Ich meine das Manuskript, in das du alles, was ich dir anvertraut habe, niedergeschrieben hast. Das Manuskript, das du deinem Verleger schicken wolltest, damit dein zweites Buch gedruckt werden konnte.« Sie wedelte mit dem Buch vor seinem Gesicht.

»Bevor ich dir antworte, habe ich auch eine Frage an dich, Becs. Wieso liest du meine Unterlagen, ohne mich zu fragen?«

»Ich wollte es nicht lesen, ich habe nur zufällig die ersten Zeilen gelesen. Da war mir sofort klar, was darin stand und ich musste es zu Ende lesen. Abscheulich.« Sie spie die Worte praktisch aus. »Also, was hast du damit gemacht? Hast du es für den nächsten Roman verarbeitet? In diesem hier ist es wenigstens nicht enthalten.« Sie hielt ihm erneut das Buch vors Gesicht.

»Ich habe es vernichtet, so wie ich es von Anfang an vorhatte.«

»Bitte was?« Rebecca starrte in ungläubig mit weit aufgerissenen Augen an.

»Becs, was du gelesen hast, war kein Manuskript. Es war mein Versuch, mit dem, was du mir anvertraut hattest, umzugehen, damit ich es verstehe und dir helfen kann, die Vergangenheit ein für alle Mal hinter dir zu lassen. Es ist vernichtet und wird niemals irgendwo auftauchen.«

»Das heißt, das heißt«, stammelte Rebecca, unfähig, das Gehörte zu verarbeiten. »Das heißt, dass du mich nie verraten wolltest?«

David trat vorsichtig einen Schritt näher auf sie zu. »Nein Becs, es gibt, gab und wird nie einen Verrat geben. Außerdem hast du damals nichts falsch gemacht. Es war ein Unfall, ein schicksalhafter Unfall, für den du nichts, aber auch gar nichts konntest.« Dabei trat er nochmals einen Schritt näher auf sie zu.

Nun trennten sie nur noch wenige Zentimeter voneinander. Er blickte ihr tief in die Augen, doch er berührte sie nicht. »War das der Grund, warum du mich ohne ein Wort verlassen und alle Spuren hinter dir verwischt hast? Hattest du wirklich gedacht, ich bin so armselig und missbrauche dein Vertrauen, um mir darauf meine berufliche Existenz aufzubauen? Ist das wirklich dein Verständnis von Liebe, Becs?«

Davids Stimme klang weich, doch die Art, wie er die Worte aussprach, verriet seinen tiefen Schmerz. Rebecca blickte langsam zu ihm auf, vergeblich bemüht, die aufsteigenden Tränen zu unterdrücken. Ihre Augen schimmerten feucht, als sie die seinen trafen. Sie nickte bekümmert. »Ja, genau das habe ich gedacht.«

»Und warum hast du mich nicht vor zwei Jahren direkt zur Rede gestellt oder mir meinetwegen die geschriebenen Seiten um die Ohren gehauen? Warum bist du stattdessen ohne ein Wort verschwunden und hast mich einfach so zurückgelassen?«

»Weil es so unbeschreiblich weh tat. Ich konnte nicht anders.« Ihre Stimme war zu einem heiseren Flüstern geworden. Plötzlich hielt sie es nicht mehr aus. Sie warf sich an seine Brust, schluchzte schmerzhaft auf. »Es tut mir so unendlich leid, David. Du hast so Recht. Ich hätte zu dir kommen sollen, dir eine Chance zur Verteidigung geben sollen, stattdessen habe ich eigenhändig über unser beider Leben entschieden.« Sie schluchzte heftig. »Oh, was musst du mich hassen. Ich weiß, dass du mir nicht sofort verzeihen kannst, aber meinst du, du kannst mir vielleicht irgendwann vergeben? Es tut mir aufrichtig leid, David.« Sie fühlte, wie seine Hand sanft über ihre Haare strich, doch anstatt sie zu trösten, löste es erneutes bitterliches Schluchzen aus.

»Du tust es schon wieder, Becs, und dabei sagst du, es tut dir leid.«

»Bitte was?« Sie blickte ihn fragend aus verweinten Augen an. Sanft wischte er ihr mit den Fingern die Tränen von der Wange.

»Du entscheidest schon wieder einfach über unser beider Leben und darüber, was ich tun werde, ohne mir die Möglichkeit zu geben, dir meine Sicht der Dinge zu erklären.«

Sie nickte reumütig. »Natürlich, entschuldige.«

Schweigend zog er sie mit sich zur Couch, dann setzte er sich und zog sie bestimmt neben sich. »Becs, ich hasse dich nicht. Ich will, dass du zu mir zurückkommst und wir den Rest unseres Lebens zusammen verbringen.« Sanft zog er Rebecca an sich. »Ich liebe dich.« Die Berührung seiner Hand in ihrem Nacken prickelte auf der Haut. Sie blickte in seine ozeanblauen Augen, die sie voller Liebe anblickten. Und plötzlich war das Leben so einfach, das Glück zum Greifen nah, sie brauchte nur zufassen. Impulsiv beugte sie sich zu ihm herüber, nahm sein Gesicht in beide Hände und hauchte ihm einen sanften Kuss auf die Lippen. »Ich liebe dich auch, David, für immer.« Dann berührten ihre Lippen erneut die seinen. Alle Ängste, Sorgen und Argwohn waren verflogen, es gab nur sie und David und alles war gut. Die Sonne ließ den Himmel ein letztes Mal erglühen, dann senkte sich die Dunkelheit beruhigend über das Atoll. Die Welt schien für den Bruchteil eines Augenblicks den Atem anzuhalten, um ihr neues gemeinsames Zeitalter einzuläuten. Raum und Zeit verschwammen. Sie waren eins mit dem Universum, hier, zu zweit.

KAPITEL 16

»Was machst du da?« Müde streckte David die Hand nach Rebecca aus, beobachtete, wie sie leise aus dem Bett glitt und sich ihr Kleid anzog.

»Ich muss los.«

»Aber es ist doch noch mitten in der Nacht, Becs.«

Sie schüttelte verneinend den Kopf. »In einer halben Stunde ist Schichtwechsel. Ich will nicht, dass irgendeiner meiner Angestellten mich hier aus der Villa kommen sieht.«

David stützte seinen Kopf auf seine Hand. »Wann sehe ich dich wieder?«

Nachdenklich legte sie die Stirn in Falten. »Wahrscheinlich erst am Abend, nachdem ich mich mit Adam getroffen habe.«

»Muss das sein?« David kniff unmerklich die Augen zusammen.

Rebecca hielt inne und lächelte ihn an. »Ja, das muss sein. Schließlich heiratet er am Wochenende und ich habe ihm eine sensationelle Feier versprochen.«

Überrascht setzte David sich auf. »Adam heiratet? Das habe ich gar nicht gewusst.«

Rebecca lachte über sein verdutztes Gesicht. »Tja, seine Verlobte weiß es auch noch nicht, aber das wird sich morgen ändern. So, ich muss los.« Sie kniete sich auf die Bettkante, beugte sich zu David hinüber, um ihm einen Kuss zu geben. Dabei zog er sie ungestüm zu sich hin, wollte sie nicht loslassen.

»David, ich muss los. Wirklich.«

Er blickte sie kurz an, nickte, dann gab er sie abrupt frei. »Warte, ich komme mit. Dann können wir die letzten Stunden gemeinsam in deinem Bett verbringen.« Er grinste breit, zog sich an, griff nach seiner Sonnenbrille und seinem Hut.

»Die brauchst du dafür?« Rebecca blickte spöttisch auf seine Hand.

»Nein, die brauche ich für meinen neugierigen Josh nachher«, zwinkerte David. Dann griff er nach ihrer Hand und zog hinter ihnen die Tür ins Schloss.

Der Wecker schrillte unbarmherzig neben ihrem Ohr. Mit langjährig geübtem Griff verdonnerte sie ihn zu weiteren zehn Minuten der Stille. Sie wollte noch nicht aufstehen, zu sehr genoss sie es, an David gekuschelt in ihrem Bett zu liegen. Verschlafen blinzelte sie zu ihm.

»Guten Morgen, du Langschläfer«, begrüßte er sie, küsste sie zärtlich auf ihr Haar.

»Du bist schon wach?«

»Ja, ich habe es genossen, dich neben mir schlafen zu sehen.« Er strich ihr zärtlich über den Rücken. »Ich kann mein Glück noch gar nicht fassen. Fast hatte ich schon jegliche Hoffnung aufgegeben und jetzt liegst du hier neben mir.«

»Für mich ist es auch noch wie ein Traum.«

»Dann sollten wir ihn schnellstens Realität werden lassen«, lachte David, wobei er kurzerhand die Bettdecke über sie beide zog.

»Sag mal, was hältst du von der kleinen Lichtung?« Abwartend blickte David Rebecca an, die gerade eine Haarnadel in dem locker aufgesteckten Knoten befestigte. Irritiert wandte sie ihm ihr Gesicht zu. Ihre grünen Augen lachten ihn fröhlich an, glänzten glücklich. »Wozu?«

»Für unsere Hochzeit.« Er blickte sie entspannt aus dem Bett heraus an. Ihre Augen trafen sich im Spiegel. Sie wirbelte herum. »Sag das nochmal.«

David verzog seinen Mund zu einem verschmitzten Lächeln. »Ich dachte, wir könnten hier auf den Malediven heiraten. Es ist für uns beide ein wichtiger Ort. Außerdem soll die

Direktorin dieser hervorragenden Hotelanlage ein wahres Genie für ausgefallene Hochzeiten sein.«

»Das meinst du ernst, oder?« Mit einem glücklichen Lachen flog Rebecca förmlich auf David zu, umarmte ihn stürmisch, ignorierte, dass sich ihre halb fertige Frisur löste, ihre großen, roten Locken ungebändigt auf ihre Schulter fielen.

»Mir war es noch nie so ernst, Becs«, flüsterte David. »Ich will dich sobald wie möglich heiraten.« Und mit einem verschmitzten Grinsen fügte er hinzu: »Dann kann ich noch einige Wochen an meinen Aufenthalt dranhängen.«

»Natürlich geht es dir nur um die gesparten Hotelkosten«, murmelte Rebecca, während sie sein Gesicht mit Küssen bedeckte.

»Ich wusste doch, dass du mich verstehst«, feixte David, bevor er wieder ernst wurde. »Also?« fragte er leise.

Rebecca hielt inne, ihr Gesicht war nur Millimeter von seinem entfernt, gerührt blickte sie in seine Augen, die so hell leuchteten wie frisches Quellwasser.

»Es ist der perfekte Ort für unsere Hochzeit.«

Zärtlich fuhr David ihr mit dem Finger über die Wange. »Da bin ich heilfroh, dass du es auch so siehst. Also heiraten wir hier in einer Woche.«

»In einer Woche?«

Er lachte sie einfach aus. »Keine Sorge, Miss Quentlin persönlich wird sich darum kümmern.«

Sie bohrte ihm zum Spaß den Finger in die nackte Brust. »Darauf kannst du wetten.« Dann hauchte sie ihm noch einen letzten Kuss auf den Mund, sammelte die verstreuten Haarnadeln ein und setzte sich erneut vor ihren Frisiertisch.

Die ersten Sonnenstrahlen erhellten den Horizont, verliehen dem wolkenlosen Blau eine helle, reine Farbe. Die Luft war klar, ein seltenes Geschenk in dieser Jahreszeit. Der gestrige Regen hatte die Schwüle verdrängt, angenehm wehte der laue Wind sacht über die Lichtung, bauschte die luftigen weißen Stoffe, die um die Säulen des Pavillons auf der Lichtung gewickelt waren, festlich auf, doch die weißen Bänder kontrollierten die Bewegungen. Das Meer spülte seine Wellen mit leisem Rauschen gegen das Atoll. Die Lichtung erblühte vor dem blauen Hintergrund in einem Meer aus weißen Orchideen, Rosen und Lilien. In seiner Mitte wartete David zusammen mit dem Priester. David konnte sein Glück nicht fassen, sein Herz drohte vor Freude und Liebe zu zerspringen. Suchend glitt sein Blick über die grünen Bäume des Atolls, blieb an einem weißen Buggy hängen, aus dem Rebecca ausstieg. Wunderschön, atemberaubend, grandios schritt sie in ihrem schulterfreien, weißen Brautkleid auf ihn zu. In ihren Händen trug sie einen Wasserfall aus weißen Orchideen, ihr rotes Haar war kunstvoll an ihrem Hinterkopf hochgesteckt, weiße Moosrosen waren in ihr geflochtenes Haar eingebunden. Mit einem feierlichen Lächeln schritt sie über den langen, weißen Teppich, den sie bis zur Lichtung ausgerollt hatten, vorbei an einem nicht enden wollenden Spalier ihrer

Mitarbeiter, deren Uniformen zur Feier des Tages eine angesteckte, weiße Rose schmückte. Fast alle Angestellten nahmen an dieser Zeremonie teil, nur eine kleine Handvoll hielt die Stellung in der Hotelanlage.

Davids Blick glitt über die strahlenden Gesichter. Ganz vorne stand Nita, neben den Abteilungsleitern. David hielt einen Moment inne, dann verzog sich sein Mund zu einem breiten Grinsen. Dicht neben die Führungsriege gedrängt stand Josh und strahlte mit der Sonne um die Wette. Stolz hielt er sich gerade, blickte David feierlich an. Er nickte ihm dankbar zu, bevor er seinen Blick zu Becs wandern ließ, der Frau seines Herzens. Stolz, mutig und würdevoll schritt sie auf ihn zu. Sein Herz tat allein bei ihrem Anblick einen kleinen Sprung. Die sanfte Melodie zweier Harfen wehte über die Lichtung, verlieh ihr eine magische Stimmung. Nicht magisch, korrigierte David sich, sondern die Stimmung der Liebe, aufrichtig, tief und über die Herausforderungen und Wirrungen des Lebens erhaben. Dort kam seine Braut, seine zukünftige Frau, Becs, seine große Liebe Schritt für Schritt auf ihn zu.

Als sie die letzte Stufe des Pavillons erklomm und neben ihn trat, erklang leise ein Chor, der ein maledivisches Liebeslied, in einer ihm unbekannten Sprache sang. Ein sanfter Zauber legte sich über die Lichtung, verlieh ihr eine würdevolle Feierlichkeit. Verwundert drehte sich Rebecca um, blickte gerührt zu ihren Mitarbeitern, die stolz ihr zu Ehren sangen. Sie kannte die Sprache nicht, verstand nicht ihre Worte, doch die Melodie, gesungen von ihren Mitarbeitern, berührte sie tief. Sie alle hatten ihr auf ihre Weise ein neues Leben hier auf der Insel ermöglicht, sie in ihrer Einsamkeit begleitet und waren nun Zeuge ihres großen Glücks, des Moments, in dem sie ihre Liebe zu David besiegeln würde. Sie ließ ihren Blick von einem Mitarbeiter zum anderen wandern bis er bei Nita, die ganz vorne an der Treppenstufe stand, hängen blieb. Mit Tränen der Rührung in ihren Augen nickte Nita ihr zu, während sie stolz das Lied der Einheimischen sang. Rebecca verstand, lächelte dankbar und versuchte, den Kloß der Rührung und der Dankbarkeit in ihrem Hals hinunterzuschlucken. Langsam wandte sie sich um und blickte zu David, der sie lächelnd anstrahlte. Seine Augen sprühten förmlich vor Freude, warm und voller Liebe blickten sie in die ihren. Die letzten Töne wehten hinaus auf das unendliche Meer, erwartungsvolle Stille breitete sich aus. Endlich erhob der Priester seine sonore Stimme. Jede Zelle ihres Körpers war erfüllt von Liebe und Glück, sie genoss jede Sekunde in unbändiger Vorfreude auf ein Leben mit David.

Ebenso von Andrea Walberg erschienen:

1. Roman der Jahreszeiten-Reihe

Um Abstand von Job und Großstadt zu bekommen, reist Jessie kurzentschlossen in die Berge. Doch ihre Urlaubspläne werden durch den äußerst attraktiven, aber mysteriösen Christopher durchkreuzt. Gegen besseren Wissens beginnt sie eine Romanze mit ihm. Alles scheint perfekt, bis sie eine Entdeckung macht, die sie erschüttert. Nun gibt es für Jessie nur noch ein Ziel: nichts wie weg…

ISBN: 978-3-7347-5544-6
Auch als E-Book erhältlich

2. Roman der Jahreszeiten-Reihe

Mel hätte ihr Leben gern fest im Griff, wenn ihr nur nicht immer wieder ihr bester Freund dazwischen funken würde. Seit Jahren verdreht er ihr schon den Kopf und erst nach einem einschneidenden Erlebnis schafft sie es, sich von ihm zu lösen. Sie flieht nach Amrum, um einen klaren Kopf zu bekommen und trifft dort gleich zwei Männer, die ihr Leben nachhaltig verändern. Wie wird sie sich entscheiden? Wo schlägt ihr Herz?

ISBN: 978-3-7357-5143-0
Auch als E-Book erhältlich